# JUNTOS EM RUÍNA

SKYLA ARNDT

São Paulo
2024

Grupo Editorial
UNIVERSO DOS LIVROS

*Together we rot*
Copyright © 2023 Skyla Arndt

© 2024 by Universo dos Livros

Todos os direitos reservados e protegidos pela Lei 9.610 de 19/02/1998.
Nenhuma parte deste livro, sem autorização prévia por escrito da editora,
poderá ser reproduzida ou transmitida, sejam quais forem os meios empregados:
eletrônicos, mecânicos, fotográficos, gravação ou quaisquer outros.

**Diretor editorial**
Luis Matos

**Gerente editorial**
Marcia Batista

**Produção editorial**
Letícia Nakamura
Raquel F. Abranches

**Tradução**
Dante Luiz

**Preparação**
Marina Constantino

**Revisão**
Alessandra Miranda de Sá
Alline Salles

**Arte e Capa**
Renato Klisman

**Ilustração de Capa**
Marcela Bolivar

Dados Internacionais de Catalogação na Publicação (CIP)
Angélica Ilacqua CRB-8/7057

| | |
|---|---|
| A77j | Arndt, Skyla |
| | Juntos em ruína / Skyla Arndt ; tradução de Dante Luiz. –– São Paulo : Universo dos Livros, 2024. |
| | 288 p. : il. |
| | ISBN 978-65-5609-706-0 |
| | Título original: *Together we rot* |
| | 1. Ficção norte-americana |
| | I. Título II. Luiz, Dante |
| 24-3465 | CDD 813 |

Universo dos Livros Editora Ltda.
Avenida Ordem e Progresso, 157 — 8º andar — Conj. 803
CEP 01141-030 — Barra Funda — São Paulo/SP
Telefone: (11) 3392-3336
www.universodoslivros.com.br
e-mail: editor@universodoslivros.com.br

À metamorfose

E então Deus
condenou o jardim
e também o homem.

# CAPÍTULO UM

## WIL

Não conta como evidência se estava *stalkeando*, Wil. O xerife Vrees está fazendo uma tempestade em copo d'água desde que passei pela porta, mas resmunga mais uma vez, só por garantia. Nós dois temos um ritual semanal. Passei o último ano sendo uma pedra pontiaguda em seu sapato, pairando sobre as investigações acerca do desaparecimento de minha mãe, enquanto ele passou o ano pensando em antecipar a aposentadoria.

— Você não pode solucionar um crime enquanto comete outro — diz, inexpressivo. Apareço todos os dias na delegacia de Pine Point com pistas novas; ele não dá nenhuma importância a elas e, depois, passamos cerca de quinze minutos brigando. Hoje, já estamos no segundo minuto da nossa troca de farpas pré-programada.

Dou um tapa no balcão. Sorte a dele que há uma barreira entre nós. Nestes últimos dias, não tem nada que eu queira mais do que pular o balcão para esganá-lo.

— Então você admite que o que aconteceu foi um crime?

Os colegas dele nem prestam mais atenção. Estão acostumados. E também ocupados demais fazendo nada: conversando, empilhando papéis para descartar em lixeiras afastadas, sorvendo café e lanchando rosquinhas. Um estereótipo que só. Suponho que fazem o que podem para botar mais lenha na fogueira.

Um deles mexe no rádio, colocando músicas de Natal para tocar nos alto-falantes tremulantes. Dane-se quantas vezes tocarem Michael Bublé ou a força da neve batendo no vidro da janela — não estou no espírito natalino. Minha paciência tem limite e já está quase no fim. Meu humor hoje poderia ser descrito como a cinco segundos de agredir um policial.

— Pela última vez, senhorita Greene, não há sinal de atividade ilegal. — Ele entrelaça os dedos como sempre faz quando está lívido, contendo-se por um fio. Tive um efeito e tanto nele ao longo dos últimos doze meses: olhos abatidos, mechas grisalhas no cabelo preto, uma família de rugas prematuras marcadas na pele. — Investigamos o caso de sua mãe. Incansavelmente. Até o fim. Tudo indica que ela deixou a cidade por vontade própria.

A parede atrás dele é de um amarelo pálido e desgastado. Combina com o resto da delegacia. Com ele. Desbotado, maçante e sem graça, o xerife Vrees não poderia ser mais insosso. Ele é uma janta morna ingerida na frente da televisão ou uma tarde de sábado inútil, o tipo de tarde que alguém passaria olhando para o nada, com o noticiário local ligado ao fundo.

Ele demonstrou mais emoções nos últimos meses do que em toda a vida. Deveria me agradecer por isso.

Aponto para a foto com o dedo de unha roída. Como eu consegui a evidência não tinha importância.

— *Eu também estive investigando, Mark.* Incansavelmente. Até o fim. E olha o que encontrei.

A foto que tirei mostra o querido pastor da cidade — que parece ser tão intocável quanto o próprio Deus — no bosque perto da casa dele. Há sombras na imagem, deixando os detalhes da cena desfocados e nebulosos. Apesar disso, o luar é suficiente para definir a silhueta inconfundível do homem estrangulando uma lebre. O pastor Clarke quebrou o pescoço dela, e o sangue tinge o gelo de vermelho.

O xerife Vrees passa os olhos na imagem por um mísero instante.

— Não estou entendendo.

Tiro sarro dele.

— Você não acha estranho um homem sacrificar um animal no meio do bosque?

— Sacrificar? *Pff*. Com essa lógica, todo o mundo que mora aqui faz parte de uma seita. — Para provar que o ritual de sacrificar animais é um passatempo popular no norte de Michigan, Vrees aponta as fotos em sua escrivaninha com a cabeça. Ao lado do retrato de sua mulher durante a gravidez, há uma imagem de uma caçada. Vrees de nariz vermelho, diante de uma plataforma de caça, com um sorriso enorme e orgulhoso ao lado da carcaça de um veado.

— Galhada de doze pontas — diz, cantarolando consigo mesmo.

— Um bichão e tanto — fala o agente Mathers de seu computador. Ele nem está olhando algo importante na tela. O desgraçado está jogando paciência. E perdendo, ainda por cima.

Minha tranquilidade já era limitada, mas agora já se esvaiu.

— Tanto faz — resmungo —, esta é só *uma* das coisas que te mostrei. Estava preparando outra postagem para o meu fórum e...

— Tem realmente um gene investigativo digno de Nancy Drew na sua família, hein? — Vrees dá uma gargalhada do próprio comentário.

Fecho os punhos.

— Minha mãe não é uma detetive amadora qualquer, tá? Ela é jornalista. *Era* jornalista. Tinha diploma e tudo antes de se mudar para cá e virar orientadora educacional... Não preciso lhe explicar toda essa merda. Não é da sua conta.

A carranca de Vrees desaparece debaixo do bigode.

— Tô pouco me lixando para o que você ou AmoTrueCrime420 tem a dizer, Wil. Já falamos um milhão de vezes sobre isso. O caso está encerrado.

— Sim, já falamos, mas em nenhuma das vezes você parou para me ouvir. — Tento pegar a foto de volta, mas Vrees é mais rápido do que eu. Ele a afasta de mim e rasga todo meu trabalho com uma cruel eficiência.

— O que foi isso?

A pele dele se arrepia de frustração.

— Simpatizo com você. Acredite em mim, garota, simpatizo mesmo, mas o caso da sua mãe está mais que encerrado. Ela fugiu da cidade. Você e seu pai não mereciam passar por isso, mas a vida é assim. — Ele toma um golinho de café como se estivéssemos falando sobre o clima, não a respeito de sua própria inaptidão e do desaparecimento de minha mãe. — Agora é hora de parar de brincar de Sherlock e deixar a família Clarke em paz. Eles são gente boa. Já fizeram muito por esta cidade.

Eu não os chamaria de gente boa. Não fazia nem dois dias que minha mãe sumira quando a sra. Clarke bateu à nossa porta.

— Sinto muito pelo que aconteceu com sua mãe, Wilhelmina — disse com suavidade, de forma doce e nojenta em igual medida. Os olhos dela pareciam manchas de tinta derramada, e ela exibia um sorriso cheio de dentes brancos e brilhantes. — Cumprimente seu pai por mim. A congregação inteira está rezando para que ela seja encontrada logo.

E eu poderia jurar que, quando se esticou para pegar a minha mão, vi a pulseira de minha mãe tinindo no punho dela.

Vrees beliscou a ponte do nariz.

— Do jeito que você tem assediado a família, são eles que poderiam abrir um boletim de ocorrência contra você. Em vez disso, estão ajudando seu pai a se livrar daquele hotelzinho que só serve para consumir dinheiro.

"Hotelzinho que só serve para consumir dinheiro" significa nossa casa e a única coisa que me restou de minha mãe. "Ajudando seu pai a se livrar daquele hotelzinho" significa roubar o imóvel da gente para demoli-lo e transformar o terreno em um estacionamento. O que for necessário para nos enxotar da cidade. Vrees não é o único que não me aguenta mais. Nunca vou me esquecer do jeito que o sr. Clarke se enrijeceu quando gritei com ele na rua.

O fogo infernal que vi em seus olhos quando ele se virou para me encarar. "Acho bom se cuidar, senhorita Greene."

Há um limite de quantas vezes dá para cutucar um urso antes de ele finalmente mostrar as garras. Mas não vou deixar ninguém me assustar. Também sei mostrar as minhas.

Bato na escrivaninha com o punho, jogando tudo para cima.

— Eu também já te disse um milhão de vezes. Nunca vou desistir dela. Ao contrário de você, eu realmente me importo.

— Vá para casa, Wil — ele manda.

Bufando, enfio o celular no fundo do bolso antes que Vrees decida confiscá-lo também. Com dúzias de olhos que me queimam como fogo, saio enfurecida de lá para voltar ao inferno gelado do lado de fora.

— E, Greene — ele diz, com um tom ainda mais irritante —, isso é um aviso. Se souber que andou assediando mais alguma pessoa nesta cidade, vai se ver comigo.

Fico paralisada, de costas para ele. Minha mão agarra a maçaneta e temo que, se continuar pressionando-a desse jeito, vou acabar arrebentando-a. Do outro lado do vidro, a neve deixou a vegetação perene do bosque ainda mais vibrante. Do jeito que os olhos ficam mais brilhantes depois do choro. Não apesar da dor, mas por causa dela. Engulo as lágrimas.

— Não se preocupe; de agora em diante, vou fazer isso sozinha.

A porta bate com força atrás de mim.

Como já se esperaria, minha bicicleta está enterrada em uma montanha de neve no estacionamento. Passo vários minutos tentando tirá-la de lá antes de poder montar no assento escorregadio, mas começo a pedalar, trêmula, e saio de lá.

As estradas não são tão traiçoeiras neste horário, mas andar de bicicleta neste clima não é exatamente agradável.

A tempestade branqueou o azul do céu. Pine Point é sempre melancólica, mas a ausência de cor a torna ainda pior. É um cinza meio macabro, lúgubre e infeccioso; adentra minha pele, piorando o dia que já estava ruim até o mundo inteiro parecer ter virado ao avesso. Como se eu nunca mais fosse ser feliz de novo.

*Preciso me recompor.*

Pedalo mais rápido. Deveria ir para casa — me esquentar antes de mais uma rodada de vigilância noturna na frente da casa dos Clarke —, mas o último lugar onde gostaria de estar é em casa. Desvio do caminho para ver uma das únicas pessoas desta cidade com quem ainda me importo. Ronnie Clearwater está no meio do turno na lanchonete do Earl. Posso ter sido demitida desse mesmo emprego, mas Earl ainda não me baniu, então fico lá sem fazer nada regularmente.

À distância, a fachada da lanchonete serve como um farol vermelho-neon, EMPADAS DO EARL cortando a densidade branca do trajeto. Preciso admitir. O restante do cardápio pode ser do nível de refeitório de escola, mas a marca registrada de Earl, as empadas de carne, são surpreendentemente boas.

A lanchonete é pequena e bem fora de moda, mas tem um teto e um aquecedor, então tudo bem por mim.

Também tem um milhão daqueles aromatizantes de ambiente com cheiro de pinho na janela, o que é outro ponto positivo. Os pinheiros de verdade do lado de fora não são tão cheirosos.

Mesmo em dezembro, o bosque Morguewood fede. O fedor de putrefação emana do solo do bosque, fazendo cócegas em minhas narinas. O odor desagradável perdura o ano inteiro. A primeira geada ajuda a contê-lo um pouco, mas ainda assim ele paira como bile no fundo da garganta.

Criaturas morrem o tempo todo por lá. Veados congelados. Ursos com os olhos virados para cima, olhando além das moscas famintas e dos vermes agitados, na direção do encardido céu cinzento. O inverno mantém os cadáveres preservados, e as carcaças degelam na primavera, decompondo-se com a corrente úmida do verão.

Desvio os olhos das árvores quando chego à lanchonete do Earl.

# JUNTOS EM RUÍNA

Abro a porta depois de empurrar a bicicleta até o meio-fio. Nem me dou ao trabalho de passar o cadeado. Está velha e toda enferrujada, e ninguém pensaria que é uma boa ideia roubá-la. Se alguém precisar dela tanto assim, está pior do que eu.

É importante mencionar que a lanchonete do Earl não é uma daquelas bonitinhas, no estilo das que existiam em cidades do interior nos anos cinquenta.

Nada daquele piso estiloso em preto e branco ou bancos vermelhos e brilhantes, nada de adolescentes tomando milk-shake no balcão enquanto alguém coloca uma música do Elvis para tocar no jukebox.

Em vez disso, o que temos é um revestimento de madeira feio feito o diabo nas paredes e uma quantidade absurda de cabeças de cervo e peixes empalhados pendurados que nos encaram enquanto comemos. O rádio toca uma estação local. Uma música country fanhosa sobre uma esposa que quer cometer um crime contra o marido.

Sacudo a neve sobre o tapete sujo e entro na luz branca e doentia das lâmpadas fluorescentes.

Tem uma geração inteira de moscas mortas presas dentro delas, que, quando estalam, soam como asas farfalhando. Geralmente, neste momento, eu me jogaria em uma das cabines desgastadas e tiraria da mesa as sobras de comida do último cliente. Ronnie me traria um cesto de batata frita gordurosa que tinha sobrado de algum pedido e fofocaríamos até o turno dela acabar.

Hoje não. Ela está ocupada sendo mantida refém na mesa de outra pessoa. Pelo tremor de punhos e ranger de dentes, sei que ela preferiria correr um quilômetro no frio a atender aquela cabine agora.

Sei quem é sem nem precisar olhar. Lucas Vandenhyde, o ex de Ronnie.

Há menos de cem estudantes no distrito escolar de Pine Point, mas Lucas Vandenhyde decidiu que sua missão é ser o mais irritante de todos. Ele é como uma enxaqueca ambulante e tagarela. Cinco segundos com ele e preciso de um paracetamol.

Tudo a respeito dele é fabricado. Certinho demais. Os dentes brancos e retos são o resultado de anos de trabalho ortodôntico, e cada palavra que sai de sua boca parece lhe ter sido ensinada por um filme juvenil brega dos anos oitenta.

— Vê, eu só quero conversar.

— Não tem nada sobre o que conversar — rebate Ronnie, irritada, o que me enche de orgulho. Ela deve ter aprendido com meu TED TALK "Como ser uma escrota".

— Por favor…

— Tá, tá. Você quer conversar? — Ronnie repete, a voz se abaixando até virar um grunhido sussurrado e hostil. Não exatamente um sussurro, já que consigo ouvi-la do outro lado do restaurante.

— Tudo bem, vamos conversar. Vamos começar com o jeito com que você deu em cima da Leah Westbrooke o semestre inteiro. É por isso que está aqui agora? Porque ela tem namorado? Está perdendo seu tempo rastejando assim para mim.

Sei que ela está furiosa, porque está enrolando uma mecha de cabelo no dedo. Algumas pessoas fazem isso para flertar, mas, no caso de Ronnie, é a alternativa que encontrou para não se escalpelar. Faço cara feia ao reparar na cor do cabelo. A harpia da mãe dela correu para cobrir a tinta azul. Em menos de quarenta e oito horas, ela já fez uma viagem de uma hora para levar a filha ao salão para arrumar o tom. Não é mais o loiro virgem, mas uma imitação chamativa.

As bochechas de Lucas ficam vermelhas.

— Dar em cima? Ela é minha dupla de laboratório, Vê. O que esperava que eu fizesse? Que não falasse com ela para o caso de você parar de me odiar e decidir consertar as coisas comigo?

Kevin Garcia, amigo de Lucas, está sentado no meio da briga como um árbitro nervoso. Ele parece tão deslocado na discussão que quase chega a ser engraçado. É como o Wally escondido em um campo de batalha, dando um sorrisinho, cercado de soldados caídos. Exceto pelo fato de que Kevin não é o tipo de cara que usaria uma camiseta branca com listras vermelhas. Ele é uma propaganda ambulante de tudo que é estranho e inexplicável.

Hoje ele veste um suéter de Natal com temática alienígena que contém a frase EU QUERO ACREDITAR (EM PAPAI NOEL) e um óvni sendo guiado por renas. Ele é alto tipo o personagem de *João e o pé de feijão*, com o cabelo preto curto e rente à pele amarronzada. É um daqueles caras que teria filas e filas de garotas atrás dele se não fosse tão obcecado pelo Pé Grande.

Kevin nota que estou olhando para ele e abre um meio sorriso encabulado. Não somos amigos, mas suponho que seja uma daquelas situações meio "Parabéns, você é a única pessoa que me encontrou nesta página!". Não retribuo.

O sorriso murcha e ele foca no frasco de xarope de bordo ao lado.

Ronnie se afasta de Lucas.

— Que eu saiba, ficar com sua dupla de laboratório não faz parte do currículo escolar… e, pelo amor de Deus, já falei para parar de me chamar assim.

A bravata anterior de Lucas se esvai por completo. Ele inspira de forma brusca e protege o próprio coração com os braços cruzados.

— Nós tínhamos terminado… Ronnie. Foi uma idiotice, mas foi uma vez só e não significou nada, e nós nunca… Nós não… Não foi desse jeito. Foi um erro que terminou logo que começou. Por favor, podemos não fazer isso aqui? — Ele gesticula como se *aqui* falasse por si só.

Ronnie não cai na dele.

— Se não vai pedir nada — diz ela, irritada —, vá embora.

Lucas faz *tsc, tsc*.

— Me vê uma Sprite, então, e o Kevin vai querer… — Ele olha para Kevin, que cambaleia no lugar. Ele empurra o frasco de xarope para longe, como se não o tivesse feito de brinquedo em suas mãos até o momento.

— Uma Dr. Pepper — responde Kevin. — Por favor.

Ronnie sorri com desdém.

— Duas águas mornas, em um instante.

Ela dá meia-volta, mas Lucas a captura pelo punho. Kevin olha para mim, suplicante, e tenta afastar o braço de Lucas com cuidado.

Não dá em nada.

— Verônica, sabe que eu não gosto dela, né? Eu sempre quis você. Não vim aqui para brigar. Estava pensando que... talvez... Bom, meu pai está em Iron Mountain no momento, e vou fazer uma reuniãozinha lá em casa. Gostaria que passasse lá para conversarmos e...

Pronto.

A fúria me faz ir até ele em questão de segundos, e não deixo de notar o suspiro aliviado de Kevin. Ele não ficará aliviado com o que farei a seguir.

— Você não ouviu o que ela disse? — rosno, afastando o braço dele com um tapa na direção do chão. — Ela não quer falar com você.

— E você veio de onde? — Lucas massageia as têmporas como se eu é que estivesse causando uma enxaqueca *nele*. — Isto não tem nada a ver com você, Wil. Vaza.

— Se tem a ver com minha melhor amiga, tem tudo a ver comigo. — Sei que pareço um cachorro espumando pela boca que o espreita por trás de uma frágil cerca. Meu sorriso não é nada além de dentes trincados e olhos fixos. Meu rosto diz: "Quero ver você tentar me contradizer". Meu dedo pula na direção da porta, apontando o rumo do estacionamento. — Sai daqui agora.

Se, um ano atrás, alguém tivesse me dito que estaria aqui, defendendo Verônica Clearwater, eu teria achado que a pessoa tinha tomado umas. Mas isso tudo foi AMS — Antes de Mamãe Sumir. Quando ainda vivíamos em mundos separados e minha mãe era o núcleo que mantinha o universo no lugar. Era antes de Ronnie ser uma pária social como eu, na época em que ela era superpopular — o rabo de cavalo balançando atrás da cabeça, um brilho dourado reluzindo nas pálpebras. Quando ela passava todos os segundos do dia nos braços de Lucas, dando risadinhas quando ele lhe dava beijos na bochecha.

Mas nós duas não somos mais as mesmas pessoas que éramos no ano passado. O destino fez com que nos jogássemos nos bancos da arquibancada ao mesmo tempo, exaustas, de olhos vermelhos, e sozinhas. Falamos sobre tudo e sobre todos. A embalagem de leite que ela jogou na cabeça do ex idiota dela. O silêncio impassível antes de Elwood sair correndo. A noite em que minha mãe sumiu e a noite em que o pai dela tomou comprimidos demais. Antes de partir, ele tinha deixado um único bilhete escrito: *Não podemos continuar assim*. Ela chorou no meu ombro e eu chorei no dela, e aquela tarde mudou tudo.

Eu me espalhei por ela como uma hera venenosa e ela me impediu de enlouquecer de vez — e, agora, se alguém me perguntasse, eu diria que faria qualquer coisa por ela.

As bochechas de Lucas ficaram escarlate, os dentes batendo como lascas de pedra dando início a uma fogueira. Os olhos foram dos meus para os dela.

— Você sabe que ela também vai se virar contra você, Vê — cospe ele —, da mesma forma que se virou contra Elwood. Ela é incapaz de confiar nos outros.

Elwood Clarke. O nome acende uma chama dentro de mim, revivendo algo que nunca chegou a morrer. Ele costumava se sentar ao meu lado, os olhos se iluminando pelas coisas mais ínfimas, sempre divagando incessantemente a respeito de sua coleção de borboletas. Fazia sentido que andássemos juntos. Eu era a menina que estava sempre pronta para abocanhar qualquer pessoa que aparecesse pela frente, e ele era o menino inquieto que precisava de alguém que atacasse os outros por ele. Éramos grandes amigos, até deixarmos de ser. Até toda a minha família ser destruída pela família dele.

Agora, quando penso nele, é como se engolisse um fósforo aceso. Quanto mais me lembro de como éramos, maior fica o buraco que queima dentro de mim.

As mãos de Lucas se fecham, e sei que ele está prestes a dizer algo particularmente terrível quando se levanta. Ele não me decepciona:

— O Elwood ficou mal pra caralho com tudo isso. Você sabe disso, não sabe? Arruinou uma amizade de uma vida inteira sem dar a mínima. Qual é a sua, Wil? Cansou de arruinar os próprios relacionamentos depois que a sua mãe foi embora? Agora vai arruinar os dos outros também?

Ele é mais alto do que eu, mas isso não me impede de chegar mais perto.

— Quer dizer mais alguma coisa? Você não sabe porra nenhuma, Lucas. Não faz ideia do que eu passei.

Ele não ficou dias jogado no sofá ao lado de mamãe, os dedos ligeiros fazendo tranças elaboradas. Ele não a seguiu pelo jardim durante o verão, carregando um cesto de vime, colhendo ervas e ouvindo-a tagarelar sobre cada uma delas. Ele nunca chorou tanto que vomitou quando os dias que mamãe passou sem voltar para casa viraram semanas, depois meses.

Cerro os dentes e me mantenho firme. Continue, Lucas. Vamos ver o que acontece.

— Wil!

Temos plateia, mas não ligo. Os moradores afastam o rosto dos pratos gordurosos, os olhos desviando da televisão analógica na parede para os adolescentes na cabine mais afastada da esquerda. Luta livre não é nada comparado ao que temos ali.

Lucas inspira longamente pelo nariz, trêmulo, e depois expira pela boca.

— Sua mãe inventar de fugir da cidade foi uma bosta mesmo, mas se liga. Você usa isso como carta branca para tratar todo mundo mal. Se enxerga, garota, você não é dona do mundo.

A raiva comprime minhas costelas em nós apertados. Vou direto ao ataque.

— Ah, é? Me coloque no meu lugar, então.

Meu mundo escorre em vermelho.

# CAPÍTULO DOIS
## ELWOOD

Passei os últimos sessenta minutos rezando para ter um ataque cardíaco.

Ou um derrame. Ou um aneurisma. Não sou seletivo. Tudo que Deus precisa fazer é me levar antes de o meu pai me arrastar até o púlpito. A ideia de ficar parado na frente de um público — uma congregação, uma sala de aula, ou até mesmo o espelho, de vez em quando — faz meu coração palpitar.

Mas é oficial: Deus não está me ouvindo.

— Elwood, por que não vem aqui por um minutinho? — pergunta meu pai, um raro sorriso rasgando-lhe o rosto enquanto ele me chama para ficar diante da plateia impassível. Tento reaprender a respirar, mas meus pulmões jogaram o manual de instruções fora e me deixaram ofegante.

— Não o faça ter que repetir a pergunta — minha mãe vocifera, falando baixo demais para que os outros possam ouvi-la. Eu nem sonho em contrariá-la. As ameaças costumam ficar registradas na forma de cicatrizes. Ela me lembra uma *Papilio troilus*, a lagarta-cobra, de asas pretas como um hematoma, as pontas afiadas como um espelho quebrado pelo peso de um punho.

Seguro as costas do banco da igreja para me recompor. Não esqueci só como respirar; esqueci também como andar. Deveria ser fácil, mas agora parece que estou voando com asas dilaceradas.

Nada vai tranquilizá-la até que eu esteja naquele palco.

— *Vai.*

Então eu vou.

A igreja esquadrinha todos os meus passos rangentes e tenta me meter no mesmo molde preestabelecido do meu pai — mas não conseguem, sem dúvida, quando nos veem lado a lado. Meu pai, a "Mão Direita de Deus" há dezessete anos. Eu, o garoto que não sabe o que fazer com as próprias mãos. Será que as deixo para trás? Cruzadas à frente? Não pode ser nos bolsos, definitivamente, cem por cento de certeza.

— O grande dia de Elwood está chegando — meu pai fala com um orgulho que espero desesperadamente que seja real. Resisto ao desejo de sorrir. Preciso parecer solene, sério, pronto. Meu pai não é uma borboleta. É um louva-a-deus. Se não tiver cuidado, posso perder a cabeça.

Ele fecha a mão gélida em meu ombro e arrisco olhá-lo, só um pouquinho. À distância, temos algumas semelhanças inegáveis. Cresci à imagem dele — cabelo caótico e amadeirado; olhos mais dourados do que verdes, âmbar vertendo no centro. Idênticos até mesmo nas pintas que tingem a pele. Apesar de tudo, porém, não somos iguais. Ele é mais alto, encorpado, tem a personalidade de uma faca sendo enfiada nas entranhas. Distorce meus traços de forma estranha, fazendo meus olhos parecerem duros demais e os lábios, cruéis em exagero.

Sempre imaginei seu rosto como sendo o de Deus.

— Logo, ele será maior de idade e abandonará os estudos terrenos em nome de uma missão mais importante. — Ele está falando do meu aniversário de dezoito anos. O dia em que me formarei precocemente e no qual a vida que conheço será destroçada.

Não tenho certeza para onde meus pais vão me mandar, mas sei o que me aguarda: estudos intensos sobre as Escrituras, orações e devoção dolorida. Devo seguir os passos do meu pai, não importa quão grandes sejam suas pegadas. Talvez, quando eu voltar, enfim serei capaz de fazê-lo.

Os devotos levantam as mãos, os dedos tentando alcançar o céu. Há tantos rostos familiares na multidão, pessoas que passaram a vida inteira assistindo ao meu. Testemunharam o meu nascimento e estarão aqui quando eu voltar. A sra. Wallace, uma idosa que é a recepcionista da escola desde o início dos tempos; uma das mães da APM, a sra. Clearwater, que às vezes me encara como se eu fosse um espécime a ser estudado; Prudence Vrees, a esposa do xerife, sempre ninando a barriga em crescimento, tão grande agora que é capaz de derrubá-la devido ao peso.

A igreja é a única família que tenho.

— A lição final de hoje é a respeito das mudanças e transformações necessárias pelas quais passamos graças à vontade de Deus. — Satisfeito após todos reconhecerem meu destino, meu pai direciona a atenção para outro lugar. Coloca as mãos esticadas sobre o púlpito e, por um instante passageiro, ao lado dele, espio a chave que pende de seu pescoço.

Já o vi usá-la para abrir a porta do tabernáculo milhares de vezes, observando cada giro da fechadura. Quando criança, costumava acreditar que ele deixava o coração trancado com o cálice. Mas dei uma olhada no que tinha dentro e, apesar de haver uma página solta e, talvez, uma teia de aranha no canto, não há nenhum lado fraco dele escondido por lá.

Antes que meu pai note que estou encarando a chave, desvio o olhar para além dos bancos. Estudo o teto, minha língua tropeçando no latim enquanto murmuro as palavras para mim mesmo.

CRESCIMUS IN HORTO DEI, diz a leitura. Crescemos no jardim de Deus. O trecho combina com o nome de nossa igreja. Está entalhado em um pedaço de madeira além das portas: O JARDIM DE ADÃO. Não é nada produzido comercialmente, não tem linhas claras a serem seguidas com os dedos. Um de nossos ancestrais talhou as letras com a ponta de uma faca, e a placa continua na entrada desde então.

Quando meu pai se vira, os olhos dele voejam pela minha pele como moscas sobre carniça.

— Elwood, por favor. — Com um olhar cortante, ele indica que eu pegue a gaiola no canto.

Respondo com um aceno de cabeça trêmulo, e o resto de meu corpo leva mais um segundo para reagir. Sei exatamente onde a criatura está — meu pai me obrigou a pegá-la, prendê-la, sentar a seu lado no banco de trás durante todo o trajeto de carro até aqui. Meu coração está vivo no peito, não mais em um casulo, mas pronto para voar para longe da culpa. A criatura confiou em mim. Segue confiando em mim. *Foge*, implorei, *para longe daqui*. Ela não fugiu.

O coelho treme dentro da gaiola. É rechonchudo e branco como um monte de neve. Quieto, exceto pelas contrações ocasionais. Tento não pensar no que acontecerá com ele à noite, depois do culto. Nunca é fácil de assistir. A lâmina afundando na garganta, o sangue escorrendo dos galhos. Meu pai é impiedoso com a faca. *Os homens oferecem sacrifícios a Deus desde o princípio dos tempos, Elwood. Quem somos nós para irmos contra a palavra Dele?* Tenho horror do dia em que meu pai passará a faca para mim. Sei que vou hesitar. *O homem desobedeceu a Deus no início dos tempos, filho, e estamos aqui para pagar por esse pecado. Você está aqui para pagar.*

Por enquanto, o coelho servirá como lição.

— Deus te deu costelas por um motivo, Elwood — meu pai me repreende em voz baixa quando volto. Não preciso de um espelho para saber que meu lábio inferior treme. — Não mostre o que há em seu coração tão facilmente.

Espero que ele não consiga ler as outras mentiras na minha cara. Ele sempre foi bom em analisar meu cérebro em busca das partes mais traiçoeiras.

Se descobrir o que planejo fazer hoje à noite, pode me trocar pelo coelho. Com um último olhar severo em minha direção, ele ergue a criatura enjaulada até o púlpito.

— Como é belo esse pelo branco, imaculado como neve que acabou de cair. Se o soltássemos agora, iria se mesclar a ela com facilidade. — Ele estala os dedos para enfatizar e o barulho assusta o bicho. — Mas isso ocorre por conta da pelagem de inverno. Se não tivesse mudado de cor com as estações, provavelmente não o teríamos aqui conosco. Alguma criatura maior o teria feito de presa. Graças ao Senhor, é claro, ele possui uma vantagem. O mundo muda, e nós mudamos com ele.

O silêncio da igreja abre as portas para o mundo lá fora. O vento uiva pelos pinheiros, e galhos mortos arranham o vidro. Logo, a lua vai engolir o sol por inteiro. O que sobrar dele se derramará como gema sobre as árvores e morrerá no horizonte.

— Irmãos, podem até acreditar que não possuem nada em comum com este coelho. Não há predadores dos quais precisem se esconder, seus cabelos não mudam de cor ao longo do ano... Bem, se não contarmos os ocasionais fios grisalhos. — A multidão dá uma risadinha; é o bastante para cortar a tensão. Ele nunca faz piadas assim em casa. Ele guarda os sorrisos para a plateia. — Mas estou aqui para dizer que isso não é verdade. Somos precisamente como este coelho aos olhos de Deus. Quando encontramos obstáculos e oportunidades, não podemos encará-las como somos no presente. Precisamos pedir ao Senhor que nos mude, seja para nos tornar mais fortes diante da adversidade, seja para reunir coragem para seguir o caminho diante de nós. Quero que a transformação seja nosso tema deste Natal. A inércia é a morte.

As palavras dele têm garras, que agarram minha carne já tenra e se enfiam nela.

— Se não mudarmos para nos adaptar ao plano de Deus, não seremos diferentes do que uma lebre castanha na neve, esperando que Satã ou um falcão venha nos caçar.

O ensinamento é acompanhado por uma forte rajada de neve. Como o ensinamento de meu pai diz, a tempestade também está mudando. Está se tornando algo impossível de conter.

Vai fazer mais do que enterrar os carros no estacionamento. Vai soterrar casas, lojas, a escola…

*Escola.*

A palavra aparece em minha mente sem ser convidada, como um solavanco no peito, deixando-me ofegante. Tento afastá-la, mas não consigo. Tudo há de sumir. As escrivaninhas velhas e rangentes, a hera subindo pelas laterais de alabastro. E, é claro, penso nos meus dois únicos amigos.

Seres vivos são tão complexos. Lembro todas as vezes que borboletas voaram para longe de mim antes de sumirem para sempre. As mortas não somem. Elas deixam que eu as prenda com um alfinete, seguras atrás do vidro. Belas e minhas. Sem nenhum tipo de esforço.

Pessoas não são assim. São mais parecidas com flores. Se não forem cuidadas, elas murcham e morrem e, no fim, não lhes sobrará nada. Quando eu partir, quanto tempo levará para que se esqueçam de mim?

— Pense nisso como uma festa de despedida. — Foi o que meu amigo Lucas disse no corredor hoje, o que deu início ao meu desvio moral. Estava resignado ao meu destino até essas sete palavras invadirem meus ouvidos.

— Diz que você vai, por favor. Pode ser a última vez que a gente vai poder te ver durante anos.

Acabo com a ideia imediatamente.

— O inferno há de congelar antes de os meus pais concordarem com isso.

Mas ele foi tão rápido quanto eu.

— É só não contar para eles.

— Isso seria… — Não terminei, mas na verdade nem precisei. Meu rosto entregou tudo.

Lucas preencheu as lacunas:

— Um pecado, sim, a gente sabe. Vai, vive um pouco antes de ir embora, Elwood. Você quer mesmo passar a vida inteira sem se divertir? Dê a si mesmo uma única noite.

— Uma única noite — repeti.

— É tudo que estamos pedindo, cara. Você pode rezar depois. Vai estar de volta antes que eles notem. O que acha?

Sei o que o vento está dizendo agora. Ele grita através dos vitrais. *Pecador, pecador, pecador.*

Não deveria ter levado o plano de Lucas em consideração ou dito que iria se ele estacionasse o carro em meio às árvores. Provar o mundo exterior pela última vez — foi assim que me convenci. Agora me pergunto se não deveria ter mudado, como a lebre. Se me agarrar ao passado não será o meu fim.

— Uma oração pelo grande dia de Elwood — termina meu pai, erguendo as palmas para os céus. — Que ele continue a mudar, seguindo as ordens de Deus.

A igreja inteira abaixa a cabeça na hora. Os olhos deles podem estar fechados, mas os meus estão fixos nos olhos do coelho. São lustrosos, pretos e obstinados.

— Trazemos Elwood ante vós, ó Senhor, como testemunho de nossa devoção eterna. Pedimos pela força dele, por sua transformação. Deixai que ele se torne um homem, de acordo com Vossa palavra, e que herde a herança que recebeu ao nascer. Pois a vida traz consigo a morte, mas com o sacrifício chega a eternidade. — Meu pai reabre os olhos e se dirige à igreja. — Somos sementes ao vento.

Isso sempre marca o fim de nossa oração, um tributo final para o bosque que nos cerca antes de começarmos o sacramento. Cada semente plantada no bosque é abençoada. Nossas árvores são firmes como santos, nossa subsistência, nosso *Éden*. Murmuramos agradecimentos a elas quando dirigimos, quando juntamos as mãos antes do jantar, quando nos reunimos na igreja. Meu pai venera cada tronco antes de decepá-lo com seu machado.

— E que ele cresça à imagem Dele — a igreja entoa obedientemente, a voz de todos retumbante.

— Amém.

Meu estômago queima por conta dos pecados que ainda não cometi.

# CAPÍTULO TRÊS
## WIL

Pelo jeito que o primo de Lucas me olha, as pessoas pensariam que sou uma criminosa. É verdade, não sou santa. Madre Teresa pode não ser conhecida por empurrar os outros em lanchonetes gordurosas, mas tenho certeza de que ela teria me dado uma colher de chá se estivesse presente. Só estou parada aqui agora porque, apesar de odiar Vrees, ele estava certo: sou uma *stalker*.

Minhas sextas-feiras costumam envolver uma sessão de vigilância nos arbustos em frente à casa dos Clarke.

Geralmente, se tiver sorte, tenho um vislumbre da sra. Clarke mexendo nas persianas ou do sr. Clarke ensaiando o sermão de forma barulhenta — ou sacrificando coelhos aleatoriamente na neve, como daquela vez —, mas hoje foi diferente. Nunca, nem uma única vez, vira Elwood — Elwood, o perfeitinho que está sempre seguindo as regras — sair escondido. E, ainda assim, lá estava ele, agindo como um adolescente normal e pulando de sua janela. Para a polícia e para Deus, espiá-los deve ser, respectivamente, um crime estadual e um pecado mortal, mas não dou a mínima. Elwood sóbrio pode manter os segredos da família a sete chaves, mas uns goles a mais podem me dizer tudo que preciso saber. Dito isso, lá vamos nós para a festa de Lucas.

Ainda assim, preferiria que fosse sem a carranca de Harvey Vandenhyde.

— Você está agindo como se eu tivesse matado o Lucas. Eu encostei de leve nele antes que quebrasse. Viu? Assim. — Demonstro empurrando o tronco dele coberto de flanela. Acho que ele não tem nenhuma camisa que *não* seja de flanela. Seu uniforme é uma camisa de manga comprida enfiada para dentro de um cinto grande demais, botas pretas de caubói, apesar de morarmos no norte do Michigan, e o cabelo loiro escondido debaixo de um boné da John Deere.

Ele deve ter chumbo no sapato, já que não sai do lugar nem um centímetro.

— Ninguém quer você aqui, Wil — cospe Harvey, ainda sem se mover. Cada uma das palavras atinge minha bochecha, e limpo tudo teatralmente.

Malditos sejam ele e essas botas de caubói.

Olho com desdém para a casa de Lucas, exclusiva para quem tem convite. É grande — não grande como uma mansão, nem grande como "meu pai tem um cargo mediano de gerente", mas maior do que a maioria dos trailers por aqui. Afinal, não estamos no Vale do Silício.

É grande o bastante para abrigar mais duas pessoas, isso é certo. O brilho de luzes douradas atravessa as janelas, forte o bastante para compensar o preto absoluto do céu. Silhuetas de corpos que giram são projetadas do outro lado do vidro, pessoas dançando, rodopiando e rindo.

— O Lucas te paga para ser leão de chácara, ou você não cobra nada? — resmungo. Se Harvey não nos deixar entrar, o plano B é invadir a casa, riscando outro item da minha cartela de bingo antiética. Não sei se Ronnie vai se animar, por isso planejo mentalmente uma missão solitária. Será que alguém ouviria o vidro quebrar?

Daqui não dá para ouvir o que quer que estiverem tocando lá dentro, mas a batida faz o chão pulsar. Isso certamente abafaria o…

— Pelo amor de Deus, Wil, por que você continua parada aí? Vá ser estranha em outro lugar.

Antes que eu possa dizer alguma obscenidade e deixar a situação ainda pior, Ronnie, portadora de uma perspicácia feminina que sem dúvida eu não possuo, decide sair de trás de mim para salvar o dia.

Harvey a encara sem vergonha alguma. Por mais que eu queira estapeá-lo por isso, entendo o motivo. Ela pode ter feito a maior parte deste look às pressas no carro da mãe dela depois de eu ter ligado com o plano emergencial de festa, mas mesmo assim está linda. Com mangas de arrastão e um vestido colado, não tem nada no visual que faça lembrar *Vou pegar o carro emprestado para estudar Álgebra na biblioteca*. Acho que, se a mãe religiosa de Ronnie a visse agora, desfaleceria. Ronnie finalizou o visual com sombra de glitter metálico e escuro e um iluminador azul quase translúcido sobre as maçãs do rosto.

Enquanto isso, eu estou quase toda coberta de sujeira incrustada. Ficar se escondendo nos arbustos dos outros dá nisso.

— Ah, hum, oi, Vê — diz Harvey, inexpressivo.

Ela traça um círculo no pavimento com a ponta do sapato. Um atrás do outro.

— Na verdade, o Lucas me convidou, *sim*. Eu disse que não na hora, mas… — Ela pausa para colocar uma mecha do cabelo atrás da orelha. — Pensei melhor e percebi que queria ouvir o que ele tem pra me dizer.

O que Ronnie de fato disse quando lhe pedi que viesse comigo foi algo parecido com *Você quer que eu vá na festa daquele cretino? Prefiro morrer e ir pro inferno*. Sucedido por uma grande humilhação de minha parte. Pela forma como está vestida, porém, deve ter uma ponta de verdade nas palavras dela.

Harvey está com dificuldade para encontrar uma resposta coerente. Ronnie apressa o processo ao soltar um suspiro e ser sacudida por um genuíno estremecimento.

Funciona como um passe de mágica. Ele dá um passo para o lado, a mão robusta secando o suor da nuca.

— Desculpe, está frio aqui. Pode entrar.

Uau.

Ela rebola ao passar e, antes que ele possa erguer o braço para me impedir, ela acrescenta:

— Ela vai aonde eu for. — Sem mais discussão.

Minha primeira impressão é a calidez. O calor humano deixou a sala com vários graus a mais, e bota *a mais* nisso. É bem-vindo. Já não estava sentindo nenhuma parte do meu corpo.

Assim que me certifico de que meus braços não foram vítimas de queimaduras do gelo, dou uma boa olhada ao redor; o estilo de decoração consiste, em grande parte, em um monte de merda fácil de quebrar. Estilo elegante de mulher mais velha. Estou falando de quinquilharias para tudo que é lado. Bebezinhos querubins de vidro e porcelanas finas à mostra de maneira bizarra. Alguém vai quebrar tudo só por quebrar.

A entrada já está entulhada de copos plásticos vermelhos e latas amassadas. Eu diria que esse lugar vai acabar destruído, mas já está.

— Cadê o Lucas? Ele está conseguindo controlar a festa? — As palavras de Ronnie são pontuadas pelo som de uma garrafa se estilhaçando contra a parede.

— Hum… Sim. Não esquenta. — Harvey pigarreia, e tenho a impressão de que está falando sozinho, e não com a gente. O pai dele era das operações especiais da Marinha ou algo assim. Se o pegarem aqui, é provável que o mandem para o campo de treinamento de recrutas. A expressão dele muda e o bigode ralo sobe com o surgimento de um sorriso. Bem, não é exatamente um bigode, e sim uns cinco pelos soltos que ele se recusa a tirar. — Quer que eu pegue algo para você beber? Talvez uma gemada, pra entrar no clima natalino?

Acho que vou vomitar.

— Quero uma cerveja.

Ele desdenha de mim, como se já tivesse se esquecido da minha presença.

— Eu tenho cara de garçom, Greene? Vá lá pegar. — Ele tem um bafo horrível.

Reviro os olhos. Esta era para ser a festa do século.

— Ronnie, quer uma?

— Aham, vou beber o que você for beber.

Harvey tira os olhos de mim de imediato.

— Tô brincando, tô brincando. — Ele não está. — Eu pego.

Ele estreita os olhos, dando uma olhada em uma das doze caixas térmicas espalhadas no chão. Ouço o esguicho do gelo quase derretendo e o barulho da mão dele úmida agarrando a lata. Harvey volta com uma cerveja para nós duas.

Ele me passa a lata como se ela fosse seu filho primogênito, eu fosse o diabo e ele tivesse sido burro o suficiente para fazer um pacto comigo.

Ronnie cala a boca dele antes que ele possa dizer mais alguma coisa.

— A gente se vê por aí, tá? — ela mente.

Enrosca o braço no meu, me puxando para fora da cozinha em direção à névoa de fumaça da sala, apesar dos miados patéticos e contínuos de Harvey por atenção. A música é abafada pelo som de risadas motivadas pela embriaguez e conversas aos berros. Bêbados só calam a boca depois de desmaiar ou vomitar.

— Você me deve uma por tudo isso — sussurra Ronnie assim que estamos longe o bastante. Estamos cercadas de gente (em um condado tão pequeno, essa festa deve ser o auge do ano, e isso é algo e tanto), mas a música está tão alta que ninguém se ouve. — Tô falando sério.

— Minha dívida será eterna, ó soberana — prometo.

Ronnie revira os olhos e, com um aceno de mão, gesticula em direção às escadas. Sento ao lado dela, incrivelmente grata por ninguém ter derramado cerveja no carpete ainda. Duvido que permaneça assim. O lugar inteiro está fedendo a cerveja, suor e desodorante masculino.

— Meu Deus, a cidade inteira está aqui — resmunga Ronnie. Há certa timidez na voz dela; não deixo de notar o leve rubor em suas bochechas. — Como estou? Acha que exagerei?

Faz pouco tempo desde a época que o perfume favorito de Ronnie era Culpa Católica. Chegava a feder. Não é de se surpreender que a mãe dela me odeie. Sua filha Verônica não existe mais. Ronnie, por outro lado, é muito mais divertida.

—Tá brincando? Você tá linda! — Cutuco o ombro dela. Finjo que estou injetando confiança, uma seringa penetrando a veia.

Ela se remexe um pouco, minhas palavras chegando até ela. Espero que a atinjam.

— Obrigada, Wil. Você também está.

Bufo, mas não vale a pena tentar corrigi-la. Tudo a meu respeito é uma bagunça. Estou ainda pior do que de manhã. Tenho olheiras escuras debaixo dos olhos, e dá pra notar que meu corte de cabelo é fruto do amor entre uma tesoura enferrujada e um surto às duas da manhã. Não tenho o hábito de me olhar no espelho. Não vejo meu próprio reflexo, e sim o de minha mãe. Todas as marcas que ela deixou para trás.

*Não pensa nisso.*

Me distraio observando os outros. Como Pine Point tem uma população equivalente à capacidade de uma praça de alimentação de outra cidade, conheço todo mundo que está aqui.

Brian Schmidt dá risada a respeito de alguma coisa junto de seu bando. Ele é tão delinquente quanto eu, com a diferença de que é popular. Envolve a namorada de um jeito não-tão-inofensivo, puxando-a para tão perto que ela está quase sentada no colo dele. Os dois não têm vergonha nenhuma quando estão sóbrios. Com um pouco de álcool no corpo, ficam nojentos.

A risada estridente da namorada quase estoura os meus tímpanos.

— *Paaaaara*, Brian! — A voz dela parece a de um falcão ferido sofrendo tanto que precisa ser abatido. Ela só é popular por ser a mais barulhenta da sala. — Você é horrível.

Verdade.

— Acho que estaria me divertindo mais na UTI — resmungo em voz baixa.

Ronnie apoia a bochecha na palma da mão.

— Me lembre mais uma vez: quem foi que teve esta ideia?

Argh. Tá. Ela tem razão.

— Eu — digo lentamente —, mas tenho um plano.

Ela inclina a cabeça.

— E qual é o plano? Encurralar Elwood e atazanar ele em busca de informações que ele pode não ter? Você nem me explicou *como* sabe que ele está aqui.

Mordo a língua. Acho que ela não aprovaria se soubesse que ando espiando a casa de outra pessoa com binóculos.

— É um palpite.

Ela me olha de canto do olho.

— Eu mal conheço o cara e meu palpite é que este não é o tipo de coisa que ele faz. Acho que nem sabe o que é uma bebida.

— Falando nisso… — Abro a latinha e tomo um gole para ficar mais confiante.

Infelizmente — pela saudade que sinto de minha mãe e tudo mais —, ando bem tolerante em relação ao consumo excessivo de álcool. Mas não sou eu que preciso ficar bêbada e contar todos os meus segredos.

— Tá, Ron, me ajuda a encontrar aquele fracassado.

Estendo a mão e Ronnie a segura, deixando que eu a guie pelo mar de gente que costumava ser a sala de estar de Lucas. Não chegamos muito longe antes de a cantoria começar.

— Vira, vira, vira, vira!

Por instinto, olho para Brian Schmidt. Se alguém estiver bebendo todas para chamar a atenção, só pode ser ele, certo? Mas ele está ocupado demais pegando a namorada quando encontro seu rosto embriagado. Queria poder desgravar esta imagem de minhas retinas. Identifico que os gritos estão vindo do canto da sala, onde avisto um garoto de cabeça para baixo, plantando bananeira em um dos barris de cerveja, enquanto os outros o seguram pelas pernas. A camisa dele escorrega um pouco e reparo na pele pálida e cheia de cicatrizes. Reconheço os cachos suaves, os cílios escuros, a pintinha na bochecha.

— Caralho, você tinha razão — Ronnie fala, arfante. — É o…

— É.

Elwood Clarke.

# CAPÍTULO QUATRO
## ELWOOD

O TEMPO SE CONTORCE PARA LONGE DO MEU ALCANCE, SEGUNDOS e minutos à deriva, correnteza abaixo. Meus próprios pensamentos estão submersos, afogados pelo peso das batidas graves e do véu de corpos que giram. Não sei se passei doze minutos ou doze horas parado em um canto.

*Não acredito que estou fazendo isso.*

O pensamento se repete incessantemente. Eu o ouvi pela primeira vez enquanto estofava o lençol com o travesseiro.

E de novo quando lutava com o trinco da janela, tentando abri-lo com uma gentileza desesperada. Outra vez enquanto corria para o bosque. O carro não estava muito longe do meu quintal. Faróis apagados, nada além do ronronar silencioso do motor.

*Não acredito que estou fazendo isso*, falei, e eles riram.

— Ei. Quer tentar beber de cabeça para baixo? — Lucas se afasta de Kevin e se curva sobre mim.

Lucas é a *Eacles imperialis*, a mariposa imperial de nosso grupo. Tenho uma em casa, em cima da cômoda. As asas dela são como raios de sol cobrindo as árvores. Amarelo vertendo do marrom amadeirado. Impressionante, confiante e nada a ver comigo nem com Kevin. Kevin é uma *Papilio machaon*, uma borboleta esmeralda cujas asas são atravessadas por faixas verdes-metálicas como um óvni. E chegamos a mim. Sou mais parecido com uma *Polygonia comma* — as asas de um marrom queimado e esfumaçado, murchas como folhas no outono. Algo que se camufla e se esconde. Algo em que ninguém notaria, a não ser que parasse para procurar.

Lucas gesticula para um barril enorme no chão, um funil e um longo tubo juntando os dois.

— Se você acha que consegue...

Odeio o jeito que a expressão dele se transforma quando fala comigo. Todas as vezes que esquece quem eu sou — que me trata como Kevin ou qualquer outra pessoa —, mas depois dá para trás. Quando se lembra.

— Eu quero — digo, apesar de a culpa já ter azedado no meu estômago. Tudo que quero é me enfiar na cama. O calor do cobertor sobre mim, não o das minhas bochechas em chamas.

*Uma noite antes de tudo mudar.*

Arranco a garrafa da mão dele. Ele já tomou um quarto dela e o vidro segue quente pelo contato com suas palmas suadas. Uma serpente dá a volta no rótulo, uma estampa de escamas que se estica de uma ponta a outra. Na minha cabeça, estou vestindo folhagem, os dentes fincados em uma maçã já mordida. Não é o primeiro pecado que cometo hoje à noite, mas cada um deles é um tiro no céu noturno, explosivo e direcionado aos céus.

O líquido não queima dessa vez. Desce goela abaixo, amargo. Encorpado, com o fedor remanescente do trigo. Quero cuspir, mas sei que não posso, então bebo e bebo e bebo.

Pronto.

Sacudo a garrafa para continuar, mas tudo que consigo é um jato do meu próprio hálito, quente e pegajoso. O ar preso e o som oco de uma garrafa vazia.

Deixo a garrafa cair. Ela quebra. Decido aqui e agora que adoro o som de objetos se quebrando. O baque de algo inteiro, seguido pelo estouro das lascas se partindo em pedaços incrivelmente minúsculos. Que nunca poderão ser colados de novo, mas tudo bem. Vidro moído parece poeira estelar.

— Você realmente vai beber tudo isso e depois virar de cabeça pra baixo?

Aceno com a cabeça. Ou acho que aceno. Sei lá. Tudo que sei é que preciso tirar isso de mim de uma vez por todas.

— Eu realmente tô vendo o Elwood Clarke tomando um porre? — Brian Schmidt interrompe o beijo na namorada para caçoar de mim. Ele não é uma borboleta, e sim uma barata. A mão esquerda ajeita a franja amarela demais. — Achei que ele sextava recitando versículos da Bíblia.

Se ele ao menos soubesse quantos desses versos vivem em minha mente. Meu pai me fez memorizar centenas deles e, quando minha língua tropeçava ou eu me esquecia das palavras, ele surrava as frases em minha pele.

Minha unha finca a forma de lua crescente em minha palma quando Brian se inclina, dando gargalhada. Tudo isso vai passar logo, quando me mandarem embora. Tudo. As interações forçadas do dia a dia, a "brincadeira" de Brian de bater em minhas costelas quando passo por ele e seus capangas ao ir para a sala de aula, o desejo constante de me fundir ao chão. Meus olhos perdem o foco e vejo Brian derreter: a expressão terrível virando uma mancha, os olhos arregalados e a boca aberta, sangue escorrendo, escorrendo, escorrendo. O rugido da festa se esvai e meus pensamentos gritam como um enxame de gafanhotos bíblico.

Antes que possa voltar a ver com nitidez, sinto braços em minhas pernas. Me erguendo mais e mais, até eu encarar o chão, suspenso no ar por cima do barril. Coloco o tubo nos lábios.

Um gole. Dois. Ouve-se o som do meu nome por todos os lados. Não dura — as letras se dissolvem, remodeladas no ar para formar outra coisa. Eles entoam a nova palavra de novo e de novo, e acho que estão dizendo para que eu vire tudo para dentro, então bebo e...

— Boa, Elwood! — É o Kevin. Ele sorri, alegre, como se isso fosse algum tipo de competição, como se eu tivesse ganhado alguma coisa. Talvez tenha. Talvez meu prêmio seja a sensação de embriaguez que me percorre a pele, o zumbido estranho da felicidade tomando conta do meu medo.

Quando eles me colocam de volta no lugar, minhas pernas parecem feitas de gelatina, e Brian sequer passa pela minha cabeça.

Estou rindo. De repente, é tão fácil dar risada. A âncora que sempre me prendeu parece ter se soltado. Luzes brilhantes se refletem na garrafa quebrada que continua no chão, projetando cores como um caleidoscópio. Este é o coletivo de borboletas em inglês. Um caleidoscópio. Sempre amei isso.

— Ei, olha, ela veio. — Kevin dá um tapa no ombro de Lucas e o queixo dele vai ao chão. — Não achei que a Verônica apareceria.

Desde que me apaixonei pelo vidro cintilante, quase esqueci onde estava. Com um pouco de esforço, consigo erguer a cabeça para olhar.

Os detalhes vêm e vão. Num instante, estão aqui; no outro, já se foram.

— Você acha que ela vai mesmo me dar uma chance?

Kevin dá de ombros.

— Ela veio até aqui, não veio?

— Meu Deus, já estou suando. Não tenho nada planejado. Não sei o que vou dizer a ela.

A gargalhada borbulha no meu peito sem motivo, leve, aérea e suave. Quero lhe dizer para abrir o coração, entregar a ela todas as verdades e a ternura que manteve enterradas para resolver as coisas. Mas preciso me esforçar demais para fazer meus lábios cooperarem. Então, em vez disso, me concentro em procurar Verônica na multidão.

Ela é bonita, não há dúvida — cílios longos, olhos claros, bochechas rosadas —, mas… Não sei. Meu coração está calmo. Quando a olho, não vejo passar o dia esticado na grama; não consigo imaginar contar as sardas em sua pele ou tirar galhos emaranhados de seu cabelo.

Sempre houve apenas uma garota assim para mim.

E a lembrança banha meus ossos como uma onda ártica. A calidez se foi. *Sua família sabe o que aconteceu com minha mãe. Eu sei que eles sabem.* Os dentes rangendo na acusação, os olhos cintilantes e furiosos como o fogo. Naquele dia, eu tinha ido consolá-la, mas não encontrei luto. Só raiva. *Você precisa escolher agora.* Nossa amizade segurando-se em uma pergunta: *Em quem você acredita, em mim ou na sua família?*

— Você deveria falar com ela. — Ao menos é o que tento dizer. As palavras grudam na minha boca. Lucas enrubesce, assumindo um tom peculiar de rosa. Vai das orelhas ao nariz, e dele para o queixo.

— Não sei se consigo. Meu Deus, eu sou um otário. Estraguei tudo lá na lanchonete.

— Diz pra ela tudo o que nos disse. — Eu o puxo pela manga. — Diz que você a ama.

Sou o copiloto desse voo. Se me concentrar de verdade, posso até sentir as asas rasgando as minhas costas. Vou levá-lo até ela voando. Eles conversarão e ele pedirá desculpas, e tudo ficará bem. Talvez eu não sinta tanta culpa de partir hoje à noite para nunca mais voltar.

— Todas as vezes que tento conversar com ela, dá tudo errado, cara. Na minha cabeça, as coisas acontecem de uma maneira, mas quando eu a vejo perco as palavras e, num piscar de olhos, tudo terminou e eu voltei a ser o cretino.

Quero argumentar, mas não sei o que dizer. Dando meia-volta, eu a procuro mais uma vez, mas a multidão já começou a se dispersar. Agora que parei de beber, eles não têm mais nada para assistir. Talvez devesse pegar a bebida da mão de Lucas de novo, se isso a fizesse voltar para cá.

Meus olhos deparam com um rosto conhecido.

Esta garota não tem nada de suave. Olhos escuros, a boca retorcida sempre com desprezo. Ela tem o tipo de beleza mortífera; se alguém a olhar por muito tempo, pode virar pedra. O cabelo de raízes escuras cai em mechas repicadas sobre os ombros. Ela não tem flores, só espinhos.

Olho para ela e suas trinta e duas sardas. Wilhelmina Greene.

A visão faz meu mundo desmoronar. Eu a vejo, e as borboletas que tinha no estômago caem mortas.

A explosão de alegria que estou sentindo — o sorriso enorme que não conseguia tirar do rosto, a gargalhada que me escapou — acaba abruptamente.

Ela vem em minha direção. Cada vez mais perto, até agarrar o tecido de minha camisa com o punho.

Foi um ano terrível e tenso. Um ano inteiro preso em sua tempestade brutal, capturado por um ódio tão profundo e mortal que me deixou permanentemente sem ar. Ela me pediu que escolhesse, e escolhi; tenho vivido as consequências dessa escolha desde então.

Todos os olhares cortantes que ela dedicou a mim quando achava que eu não estava olhando, o jeito que seu sorriso murchava e morria quando nossos olhares se encontravam.

E, agora, os dedos se fecham com força.

— W-Wil. — O nome quase não desce. Preciso engolir duas vezes para que passe por minha garganta. Estou enfeitiçado por cada ínfimo movimento; minha voz esguichando conforme vem à tona como bile, os joelhos estalando quando me remexo, o peso lento do meu corpo.

E ela está me puxando, me arrastando adiante como se eu não pesasse nada. Me sinto leve como uma pluma.

Ouço gente zombando e assoviando por tudo que é canto. As pessoas nos olham, mas não consigo encará-las de volta. As luzes se transformam: os tons vivos se esvaem. Agora é um clarão de vermelho-escuro. O mesmo tom brusco de um corte gotejando ou uma ferida inflamada e furiosa.

Meu peito dói. Muito, demais. A cada respiração, um chiado sai dos pulmões. Wil está me tocando. Consigo sentir o calor dela se espalhando pela camisa. *Wil está me tocando.*

Reconheço a porta de trás quando ela bate atrás de nós. E, depois, silêncio. Eu e Wil. Sozinhos. O quintal de Lucas se estende em um terreno branco e infinito. Ela está perto de mim.

Minhas costas contra a parede e os lábios perto dos meus. Parece irritada, e, talvez, eu devesse estar assustado, mas ela tem cheiro de morango. Digo isso a ela.

— Você vai falar só isso? — ela pergunta, rompendo o silêncio com os olhos ardentes e os dentes rangendo. — Nada de "Desculpa pela minha família estar tentando roubar sua casa, Wil" ou "Desculpa por não te ajudar a resolver o caso da sua mãe, Wil"?... Sério, morangos? — A raiva dela se transforma em uma breve confusão e ela cheira o próprio cabelo. — Eu tô é com cheiro de suor.

Acho que digo alguma coisa, mas não tenho certeza. Só sei que vou cair quando ela me largar. Minhas pernas mal conseguem me manter de pé.

— Seu pai desistiu de brincar de pastor, foi? Agora ele quer virar Deus? O que sua família quer com o hotel, afinal? Deixe-me ver... Vocês vão demolir? Transformá-lo em uma megaigreja?

O hotel?

Abro e fecho os olhos, mas não consigo entender o que ela diz. Meu pai nunca mais mencionou Wil ou a família dela desde a acusação e o início do caso. Não tem por que ele querer comprar uma coisa dessas.

— Eu não... — Não sei o que me deixa mais sóbrio: o rosnado do vento ou o colarinho da camisa ficando cada vez mais apertado pela pressão. Ela me solta um pouco e eu arquejo. — Não sei do que você tá falando, Wil.

— Mentiroso — ela sibila com a voz gélida. Tão volátil e furiosa quanto da última vez que me acusou. Mas, desta vez, não tenho nada com que me defender. Desta vez, ela me deixou sem palavras. — Você tá querendo dizer que eu sei e o xerife Vrees sabe, mas você não?

Balanço a cabeça. É tudo que consigo fazer.

— Suponho que também não tenha nada a dizer sobre a minha mãe, certo? Mais especificamente: onde ela está?

*Na minha cabeça.* É o que quero falar, mas, mesmo bêbado, sei que não devo. Sophie Greene se alojou permanentemente em meus pensamentos. Ela existe em sombras turvas e, quando sorri, é o mesmo sorriso que vi na igreja aquele dia. Ninguém de fora jamais aparece no culto, mas lá estava ela, sentada no último banco e sorrindo abertamente, apesar dos olhares.

*Sabe*, meu pai disse à mesa do jantar depois que ela sumiu, *aquela mulher já tinha abandonado a filha recém-nascida. Ela fugiu da família e, quando voltou a si, fez todo um espetáculo ao voltar. Deve ter sentido falta de atenção. Nem todo mundo tem os mesmos valores familiares que nós.*

Me pergunto se ela está sorrindo, seja lá onde estiver agora.

— Já te disse antes — preciso lutar para falar — que não sei onde sua mãe está, Wil, mas minha família não tem nada a ver com isso, tá certo? O que mais eu preciso fazer para provar? Não sei nem como você chegou a essa conclusão, para começo de conversa. Foram eles que organizaram as buscas, foram eles que colaram os pôsteres, eles…

— Ah, mil desculpas, eles são verdadeiros santos. Só um santo abusaria de uma criança, não é mesmo? — Até ela parece impactada pelas palavras. Morde o lábio, e me pergunto se tem medo de que mais alguma coisa escape e fique apodrecendo entre nós. — Eu não deveria ter dito isso.

— Você não sabe de nada, Wil. — Afasto-me de seu olhar insistente. Não acredito nas palavras que saem de minha boca a seguir. Suponho que já esteja virando um hábito entre nós. — É melhor abandonar a própria filha?

Ela continua fazendo cara feia antes de quebrar o contato com um chiado.

— Vai se foder, Elwood.

Eu tinha razão — caio na calçada gelada quando ela me solta. A porta dos fundos chacoalha atrás dela. Não sei quanto tempo vou levar para conseguir ficar de pé. Oscilo, o enjoo crescente emergindo dentro de mim. O mundo está congelando, mas minha pele queima pelo toque dela.

Estou enjoado.

Está quente demais para respirar. Sinto que estou prestes a vomitar.

Subo dois degraus de cada vez.

No andar de cima, as paredes estão decoradas com rostos sorridentes. Sorrisos ficando cada vez maiores conforme os observo, olhos que acabam com mais pupila do que parte branca. Minha pele parece que vai descascar dos meus ossos como tinta.

Preciso encontrar o banheiro.

Abro as portas, uma por uma. As maçanetas cedem facilmente enquanto procuro um lugar para ir. Um escritório vazio com paredes estéreis e bem pintadas. Um armário usado como depósito em que tudo estava organizado em caixas com compartimentos. A terceira porta revela a lua quando se abre. A luz prateada adentrando o quarto sobre costas nuas. A coluna se curvando como ossos em um bosque; gemidos guturais e doloridos; corpos banhados em azul.

Harvey e uma garota estão transando na cama.

A imagem deles se esvai. São só duas criaturas, braços, pernas e membros. Sangue, osso e carne selando os dois. Corações batendo, o rufar pesado da juventude.

— Qual é, sai daqui, porra! — ela grita, jogando um travesseiro contra mim. Me apresso para sair, cambaleante. A porta se fecha com uma batida atrás de mim, minhas pernas me levam para longe. Corro pelo corredor. A náusea cresce a cada segundo que passa. Abro uma última porta rangente, suspirando alto com o que encontro. Chego no vaso em poucos segundos. A bile queima o meu peito, arranhando até chegar à boca, deixando para trás uma garganta ensanguentada. Vomito e vomito e vomito. Meus olhos ardem, cheios de lágrimas. Tudo é repulsivo. O gosto, o som, o fato de que minhas mãos estão agarrando o assento encardido do vaso como se minha vida dependesse disso. Pessoas sentaram nele.

Fizeram mais do que sentar. Deus, deus, deus. Preciso desinfetar minhas mãos várias vezes. Preciso limpá-las com alvejante. Minha mãe não pode descobrir. Meu pai não pode descobrir. Ninguém pode…

Vomito de novo.

*Pecador, pecador, pecador.*

Puxo a língua para fora usando as unhas, esfregando a camada imunda com mãos mais imundas ainda. Preciso tirar o gosto antes que ele crie raízes dentro de mim e fique aqui para sempre. Vou rezar e rezar até que passe.

Encaro o interior do vaso.

Está cheio de gravetos quebrados e tufos de grama. Brotos de pinheiro salpicados por tudo que é lado, um bosque verde e desolador contra a porcelana branca. No centro de tudo, vejo o corpo destroçado e amassado de uma mariposa. O pelo vermelho como sangue seco, sem o frescor, a vividez e o brilho. Luas crescentes entalhadas nas asas, duas manchas idênticas em sépia. Há pontos pretos que se parecem com bolinhas de gude, imitando o olhar de um predador. É uma *Hyalophora columbia*.

Ela zune em meio à água, ainda viva, se debatendo com o que resta de sua vida.

A descarga a leva para longe.

Cambaleio para a parede de trás e me pergunto o que foi que vi. Estou bêbado. É isso. Estou alucinando porque estou bêbado e amanhã isso será apenas uma memória ruim.

Vacilo até chegar à pia e deixo a água quente correr por entre os dedos.

— Não é real. Não é real. Não é… Não é…

As palavras fecham minha garganta e bloqueiam o ar. Arquejo, mas não consigo respirar. *Preciso sair daqui.* Porém, não vou muito longe.

Estrelas explodem das lâmpadas até serem tudo que vejo. Levam consigo meu mundo, destruindo minha visão até tudo virar uma escuridão esfumaçada.

# CAPÍTULO CINCO
## WIL

E AÍ, COMO FOI? — RONNIE PERGUNTA. APOIO-ME NELA, SEM confiar que minhas pernas vão me manter de pé. Elwood enfiou uma estaca em meu peito e faço tudo que posso para não me desmanchar em sangue no chão.

*É claro que ele não diria nada. Ele não dá a mínima para você. Deixou isso claro, um ano atrás.*

Meses se passaram, mas o passado continua em carne viva, apodrecendo.

Aperto a mão de Ronnie. A noite fez um estrago na maquiagem dela; a sombra está começando a marcar, o batom foi transferido da boca ao copo. Mesmo desarrumada, ela é linda. A presença dela ajuda, mas não é o suficiente. Nada é suficiente.

— Eu queria que a gente pudesse conversar, Wil — implora ela. — Queria que me contasse a verdade a respeito de tudo mais uma vez.

Um dia, ela vai me abandonar também. Todo mundo faz isso.

Tento dizer algo mas, ao abrir a boca, tudo emerge.

Enfio as unhas no braço, mais e mais fundo, para me distrair com a dor. Sentir dor é melhor quando sou eu que estou no controle.

— Ei, Wil? — A voz dela faz com que eu levante os olhos. Está ali parada, a preocupação estampada no rosto.

As lágrimas correm, entrando pela boca até eu só sentir o gosto do sal.

— Podemos ir embora? Não quero que o mundo inteiro me veja assim. — Minha voz falha quando lhe digo isso ao pé da orelha. Meus dedos agarram partes dela, ávidos: cabelo, as costas do vestido, tudo em minhas mãos para chegar mais perto.

Ela passa o polegar em minha bochecha.

— Esta festa tá um saco mesmo. Sabe o que mais? Vamos voltar antes que todas as ruas virem um inferno.

O inferno não é um buraco fervilhante debaixo da terra. O inferno é sair no frio e ser nocauteada direto nos pulmões pela Mãe Natureza. O inferno é o vento cortante, tão intenso que é preciso checar se as bochechas não estão sangrando.

Graças a Deus, Ronnie secou as lágrimas do meu rosto. Tenho a horrível sensação de que, do contrário, teriam congelado. Em dias particularmente ruins, vou para o jardim de cabelo molhado só para ficar com pedaços duros de gelo.

O carro volta à vida. O limpador do para-brisa arranha o vidro congelado e um ar gélido sai do sistema de ventilação, não ajudando em nada a melhorar os arrepios deslizantes que sinto nos ossos.

A vergonha já começou a tomar o lugar do luto. Chorar sozinha é uma coisa — os dentes afundando no travesseiro, os soluços abafados por paredes finas feito papel. Chorar abertamente é outra, deixar que o mundo inteiro veja como você está frágil.

— Vamos ouvir quanto estão preocupados com essa tempestade.

Ronnie aperta um dos botões do rádio com o dedo enluvado. Todas as estações ficam a horas daqui, nossa cidade é pequena demais para ter qualquer coisa.

— Uma tempestade enorme passando hoje à noite, pessoal. Vou te dizer, o bicho vai pegar. Há alerta de ventos fortes da uma às cinco da manhã. — Nosso meteorologista tem o sotaque mais característico do norte do Michigan que já ouvi na vida. — Uma tempestade verdadeiramente monstruosa. Estamos sentindo um gostinho dela hoje à noite. Espero que todos os ouvintes estejam em casa, em segurança…

Enquanto isso, Ronnie agarra o volante com toda sua força, isso porque mal estamos nos mexendo. Vai aparecer alguém morto logo mais. Esquece: vão ser vários. Hoje à noite, as rajadas de vento serão ferozes, e não vai dar para ver nada à frente. Só o branco ofuscante em tudo que é lado. E é algo brando comparado ao que está por vir.

Serpenteamos pelo menor bairro do mundo e passamos pela lanchonete do Earl — onde Ronnie pode não trabalhar mais por minha causa.

Todos os prédios da cidade são intercalados por árvores, como outdoors em uma estrada rural. O carro de Ronnie passa rastejando pelo único bar que temos. Apesar das condições do tempo, ainda há carros no estacionamento. Operários da usina agem como se beber na Taverna Tail fosse um segundo emprego. Graças a eles, a família Ramirez deve estar cheia da grana; com certeza têm o bastante para grudar moedas por tudo que é canto.

Resisto à vontade de falar a Ronnie para pararmos ali. Eles não chegam a pedir para ver a carteira de identidade, e adoraria tirar algumas das moedas do chão de resina. Meu pai está tão endividado que qualquer ajuda conta.

— Então — Ronnie começa a dizer. Se não estivesse tão perigoso, ela provavelmente já estaria batucando o volante como sempre. Lá fora, a nevasca está ainda mais forte. Vai ser horrível de tirar depois. Com a venda do hotel, estou quase tentada a abrir mão por completo e deixar a neve nos enterrar vivos.

Não.

Vou pensar numa saída. O hotel não vai a lugar nenhum.

— Então — repito, mas prefiro encarar a estrada a olhá-la.

Silêncio.

Ela comete o erro de esfregar o olho com a mão, e a maquiagem fica ainda mais borrada.

— Por favor, me explica ao menos um pouco o que tá acontecendo, pelo amor de Deus.

Minha boca fica seca. A fortaleza que construí para os meus segredos é de difícil acesso, mas forço alguns deles a escaparem pelas frestas, por Ronnie.

— Eles vão dar o caso da minha mãe como concluído. Vrees praticamente disse isso quando fui lá hoje. Ele se cansou de mim.

O efeito é instantâneo. O tremor de constrangimento da pele. O cérebro a todo vapor, tentando ao máximo encontrar a coisa certa para dizer. Espero de verdade que ela não diga que sente muito. Já ouvi isso demais.

— É sério? — pergunta, e eu poderia suspirar de alívio. Ela franze o cenho, e vejo o lábio dela se curvar em uma carranca. É difícil saber quanto é genuíno e quanto é só uma imitação da minha própria cara, o retrato da emoção que quero ver. — Só se passou um ano. E agora acabou? Assim?

— Para eles acabou — acrescento com rapidez. — Para mim, não.

Rajadas de vento gelado passam pela rua carcomida. A neve devorou as linhas de sinalização no asfalto. Ronnie umedece os lábios. O batom de antes já sumiu.

— Eu poderia te ajudar.

— A não ser que queira se esconder nos arbustos da casa do Elwood comigo…

Merda, não deveria ter falado tanto.

O riso dela morre rápido. Ela se vira bruscamente para mim quando percebe que eu não ri junto, e preciso bater nela para voltar a prestar atenção no caminho.

— *Você tá falando sério?*

— Seria uma piada horrível — rebato, e a ideia de que outra pessoa saiba disso azeda meu estômago. — Preciso descobrir os podres deles.

Ela nunca disfarça bem quando fica nervosa.

— Wil, você poderia entrar em apuros de verdade, sabe disso, né? E se eles te mandarem para um reformatório ou algo assim?

Dou de ombros.

—Tenho certeza de que não mandam ninguém com mais de dezoito anos pra um reformatório.

Ela insiste.

— Eu não sou nenhuma jurista, mas... Meu Deus, Wil, agora você me deixou paranoica. Só falta me dizer que invadiu a casa... Não fez isso, né?

Faço que não.

— Não, Ronnie, relaxa. E não estou preocupada. Estou preocupada é com a minha mãe. Preciso de provas.

Ronnie me olha com compaixão, mas desvio o olhar para o rádio.

Não preciso de pena. Pena não paga as contas, e pena não vai consertar nada.

— O Elwood falou alguma coisa? — pergunta.

— O pior de tudo é isso — confesso. Por sorte, minhas mãos não estão à vista, pois começaram a tremer de leve. Sento sobre elas para lutar contra o tremor. — Ele agiu como se não fizesse a mínima ideia do que eu estava falando. De novo. Acho que tanto faz se está bêbado, chapado ou tomando o soro da verdade.

— Você acredita nele?

— Não. Já devia ter imaginado. Não acredito em nada do que sai da boca do Elwood.

Ficamos sentadas em silêncio pelo resto do trajeto. Da casa de Lucas, são quinze minutos até o hotel. Em geral, leva metade do tempo, mas só vai rolar quando um bom samaritano decidir limpar a neve.

O verde que vi de manhã sumiu sem deixar rastros. Gelo voeja perto da entrada principal, projetando a placa que diz QUARTOS DISPONÍVEIS em círculos estonteantes. Um pouco mais rápido, e é capaz de a placa sair voando e acabar no estacionamento.

No alto: HO EL GRE.

As luzes que sobraram cortam a noite acinzentada, o amarelo-limão fluorescente que deveria dizer "Hotel da Família Greene", mas que não diz isso há mais de um ano. Agora é só uma monstruosidade, mas ao menos a feiura combina com o resto do edifício.

— Chega a ficar mais fácil em algum momento? — pergunto. É uma pergunta silenciosa, mal dá para ouvir em meio à escuridão.

Não preciso explicar. O luto teceu um laço impenetrável entre nós.

— Sinto falta do meu pai desde os meus oito anos. Penso nele o tempo todo, de verdade, mas… o tempo ajuda. Você aprende a ir levando um dia atrás do outro. A recolher os cacos e seguir em frente.

Entrelaço meu mindinho ao dela e ela o aperta, em uma reafirmação tácita.

— Quer que eu passe a noite aqui? Posso inventar alguma mentira pra minha mãe de manhã, mas, se precisar de mim, eu tô aqui.

Não quero ficar sozinha. Não quero mesmo. Mas, por mais que queira, não consigo pedir.

Não quando é tão fácil forçar um sorriso, apertar o dedo dela com força e dizer:

— Não se preocupe, eu tô bem.

Ela estreita os olhos.

— Tem certeza?

— Tenho — minto.

Ela solta minha mão e me puxa para um abraço de verdade.

— Me manda mensagem se precisar de alguma coisa, tá? — Ela é bem mais forte do que parece. — Qualquer coisa. Eu venho para cá. Irmãs Anárquicas, lembra?

A sra. Clearwater nos apelidou assim pouco depois do início de nossa amizade. Depois que passei a "influenciar" a filha dela a ser ela mesma. Nunca foi um elogio, mas soa bem demais para não ser considerado assim.

— Como me esqueceria? — Abro um grande sorriso, desta vez verdadeiro. — Irmãs Anárquicas para sempre. Vai com cuidado, tá?

Sorrio até o carro desaparecer. Depois, fico sozinha com meus pensamentos e com o que o xerife Vrees descreveu de modo carinhoso como "hotelzinho que só serve para consumir dinheiro".

Consigo entender por que aos olhos dos outros pode se ter essa impressão. O hotel da família é um portal para os anos setenta. Tudo aqui está determinado a continuar velho. Nem todos os aromatizantes de ambiente do mundo removeriam o cheiro de coisa velha do ar. Não importa quanto limpemos os móveis, o pó sempre volta.

Mal dá para ver o prédio da rua hoje em dia. A cada ano, o bosque Morguewood avança mais. As trepadeiras escalam as paredes, arranhando as laterais do edifício como se pudessem nos arrebentar se se esforçassem.

Não moramos aqui desde sempre. A ideia de ter um lar de verdade já se foi há muito tempo, já é tão distante que agora nem parece mais real. As memórias existem, mas parecem ter sido transplantadas, supridas por uma fonte externa. Como uma história que se ouviu a vida inteira. É possível se lembrar dela de cor e salteado, mas a história em si não é sua.

A única pessoa que conseguimos empregar está na porta segurando um cigarro.

Para ser honesta, nem sei se chegamos a lhe pagar um salário. Papai não paga por muita coisa.

Talvez Cherry só esteja aqui por bondade. Talvez seja por pena. Ela e minha mãe eram tão próximas que pareciam mãe e filha. Estando minha avó de verdade morta e o filho de Cherry na cadeia, talvez seja mesmo o que elas viraram. Família.

— Antes que peça, não vou te dar um — diz sem nem me olhar. Me surpreende que a ventania não tenha apagado o cigarro dela. Ela o protege com a mão descoberta. Cada dedo está abarrotado de anéis, e nos pontos em que o esmalte descascou dá para ver que as unhas estão amareladas.

— Por que acha que eu pretendia pedir?

— Porque você sempre pede. — Ela abre um leve sorriso.

— *Touché.*

Dou uma bufada.

Ela pode ser um matusalém, mas nunca teve um fio grisalho que demonstrasse. Cherry pinta os cachos de um vermelho vivo, que retoca todas as semanas. Uma vez, ela me disse que passa a mão nas caixas de coloração ao distrair a atendente com uma tosse horrorosa que "acidentalmente" faz as tintas acabarem na bolsa dela. *Se preciso me conformar com o envelhecimento, então preciso me divertir de vez em quando, não acha?*

No momento, porém, ela parece compartilhar do que estou sentindo: frustrada, exausta, precisando com urgência tirar um cochilo que dure o ano inteiro. O batom vermelho, sua marca registrada, parece ter sido reaplicado no escuro com a mão esquerda. O cachecol de lantejoulas está enrolado com tanta força que faz minha própria garganta coçar.

Ela enruga o nariz, e tenho certeza de que consegue sentir o fedor de álcool no meu hálito.

— E aí, o que uma garota como você faz em uma sexta à noite?

Dou de ombros, levando os olhos à placa. O neon queima meus olhos.

— Bebe. Vai a festas. Toma decisões idiotas comuns para a idade.

— Tudo isso, é? — Ela me cutuca antes de dar risada e tragar. Observo o jeito como prende a fumaça antes de a deixar escapar como um dragão. Fede.

— Tomei uma cerveja e aí eu e a Ron decidimos voltar. Foi isso.

— Você não deveria beber.

— Você não deveria fumar.

Ela solta um grunhido, mas vejo o vislumbre de um sorriso.

— *Touché.* — Outra tragada, e ela joga o cigarro no cinzeiro. — E aí, seu pai enfim te contou?

— Ele não me contou merda nenhuma. Eu mesma li o papel.

Sinto o ardor da memória e a raiva quase é suficiente para me aquecer.

— Seu pai pode não saber lidar com as coisas direito, mas você acha que deve culpá-lo por ficar nervoso? — pergunta Cherry, as palavras se entrecortando em uma tosse típica de fumante. — Você não é exatamente um doce de garota perto dele. É uma verdadeira fera, que nem a sua mãe. Deixe-me adivinhar, você acabou com ele por conta disso?

Evito olhá-la nos olhos.

— Um pouco.

*Você vai vender para a porra dos Clarke? Como ousa?*

*E o que queria que eu fizesse? Não nos sobrou mais nada, Wil.*

Posso não ser boa em muita coisa, mas sou ótima em despejar minha raiva. Por alguns segundos maravilhosos, ele voltou à vida. Ele era só a sombra do que foi um dia. Um cara que, em algum momento, foi meu pai, mas hoje não é mais nada.

E, então, voltou a sumir.

Digo a ela a mesma coisa que falei para ele:

— É a única coisa que restou dela.

Ela me olha de uma forma que é saudosa, na melhor das hipóteses, ou trágica, na pior. Os olhos caídos, os lábios apertados. Não gosto de pena, mas prefiro isso à forma que meu pai reagiu. As emoções dele desapareceram tão rápido quanto surgiram, drenadas até não sobrar mais nada.

Cherry suspira.

— Sua mãe nunca adorou a ideia do hotel. Ela também teria vendido, por um preço justo. Este lugar sempre foi a menina dos olhos do seu pai.

O que só mostra o que ele sente a respeito de suas "meninas". Quase digo isso, mas mordo a língua. A esta altura, meu pai é a menor das minhas preocupações.

— Não ligo. Depois disso, acabou. Nós já perdemos a casa. Nós já perdemos tanto, Cherry. Não podemos nos dar ao luxo de perder mais nada. Além do mais, o que você vai fazer?

Ela faz uma cara estranha — é difícil dizer se é pela fumaça no ar ou pela pergunta repentina.

— Eu vou dar um jeito, garota. Sempre dou, não dou?

— Não é justo.

— A vida não é justa.

Cerro os dentes. Quantas vezes preciso ouvir isso de gente que já desistiu?

— Odeio dizer isso, Wil, mas é tarde demais. Não sei como vocês escapariam do contrato, a não ser que Ezekiel Clarke caísse morto ou acabasse na cadeia. E, mesmo assim, vai saber. — A voz dela sai distante, quase nebulosa. — Crescer significa aprender a lidar com os tapas da vida.

Me recuso a aceitar isso.

— Então nunca vou crescer, porque me nego a aceitar isso sem lutar. Se alguém me der um tapa, vou revidar com tudo.

Mordo o lábio com tanta força que sai sangue. As palavras de Ronnie pairam em minha mente. *Só falta me dizer que invadiu a casa... Não fez isso, né?*

Não, mas talvez seja a hora de invadir. Se Vrees não vai me ajudar e não vou conseguir tirar nenhuma resposta de Elwood, vou precisar expandir minha investigação.

— Wil, promete pra mim que vai deixar essa família em paz. — Não deixo de notar um certo desespero na voz dela. Cherry raramente implora.

— Eu juro — minto.

Os olhos dela se detêm em mim por mais um minuto. Mas, em seguida, ela assente, abre um sorriso fraco e me dá as costas.

— Pai, eu tô saindo. Tenta não engasgar no próprio vômito, tá?

Aperto os olhos para ter certeza de que ele não morreu, só capotou. É difícil dizer hoje em dia.

Logo que mamãe sumiu, ele ainda tinha um pouco de vida. Penteava o cabelo, aparava a barba, se certificava de não estar coberto de manchas de ketchup, literalmente. Até conseguiu outro emprego como chef em Hartsgrove, a cidade vizinha.

Esse tempo se foi.

Hoje ele tem manchas de uísque, e o quarto dele virou o paraíso de um acumulador. Nosso micro-ondas antigo está desligado no meio do chão; ao lado, há caixas de pratos velhos embalados em jornal; o aspirador é a coisa que mais acumula pó, ironicamente, negligenciado em um canto. Ele acumula tudo isso na esperança de que, algum dia, a gente se mude e volte a precisar dessas coisas.

Sem mamãe, nós dois não conseguimos custear a casa e o hotel, então aqui estamos.

Olho a mesa de cabeceira dele. Tem uma farmácia inteira ali — alguns remédios para ajudar com a depressão, outros para melhorar o alcoolismo. Ele toma zero comprimidos. O remédio favorito de meu pai é uma garrafa de bebida.

— O que eu não faço por você — vocifero, girando-o até deixá-lo de lado. Não que ele esteja me ouvindo. Ele mal me ouve quando está acordado. — Se precisar de mim, estou salvando o hotel. *Nos* salvando.

Deixo-o assim e bato a porta ao sair.

Sem Cherry, o hotel inteiro ficou mais escuro. O lugar parece particularmente mal-assombrado esta noite — sons entrecortados vindos de um canto, a pia gotejando, os canos rangendo. Paredes cansadas de aguentar o próprio peso, pisos que se movem e gemem sob mim. Sombras que encontram formas de entrar, vindas de fora. O vento surrando nas portas de vidro em rajadas violentas. As luzes do estacionamento atravessando a escuridão, mas, além delas, o mundo virou um breu. A neve vem do leste, em rajadas laterais que rasgam o céu.

Deveria me sentir feliz por estar abrigada com uma tempestade tão agressiva acontecendo lá fora. Confortável e em segurança, com um teto sobre minha cabeça e o lençol até o queixo… mas estou determinada. Querendo ou não enfiar ideias na minha cabeça, Ronnie estava certa. Chega de acampar nos arbustos e esperar que algo aconteça fora da casa. Preciso descobrir o que está acontecendo entre as paredes erguidas com tanto cuidado.

Quase esqueço de me agasalhar mais antes de sair.

As portas gritam, protestando, abrindo-se para revelar o bosque coberto de neve, os galhos recém-secos, a lua cativa entre as nuvens.

É uma cidade-fantasma. Não há nada além dos gravetos se partindo sob os meus pés, e meu hálito virando uma nuvem, e a advertência uivante do vento, que me puxa pelo queixo, convidando-me a olhar a linha das árvores.

Gavinhas se estendem até a estrada, movendo-se para longe do bosque, afastando-se para reivindicar mais terra.

Cambaleante, meus olhos oscilam das portas descascadas para o bosque coberto de branco. Abri um bom caminho, mas não posso voltar ainda. Estremeço diante de um ataque violento da neve, fazendo o que posso para olhar para a frente, mesmo com gotículas de neve entrando nos olhos. A forma mais rápida de chegar até a casa é atravessando o bosque. Deveria haver uma trilha a essa altura, mas deve estar encoberta por montes de neve fresca. Já fiz esse caminho várias vezes, meus olhos vermelhos pelas lágrimas e meu sangue ardendo como ácido nas veias.

Vou conseguir respostas hoje, de uma forma ou de outra. *Lá vou eu, família Clarke, estejam prontos ou não*.

# CAPÍTULO SEIS
## ELWOOD

O MUNDO VOLTA EM FRAGMENTOS: AS LUZES BRANCAS E fluorescentes que ardem, um cômodo que parece uma cratera escancarada, um hematoma terrível se formando na têmpora. Tudo volta a se mesclar.

Kevin me observa do alto, um copo de água transbordando nas mãos enquanto Lucas me levanta. Tento colaborar, mas sou só um peso morto.

— Cara, eu tava morrendo de medo de você ter apagado total. Você acha que pode ter tido uma concussão? Acha que ainda pode estar tendo? Quer dizer, você não parece estar sangrando. — As perguntas de Kevin me deixam sóbrio em questão de segundos. — Quer que eu ligue pra sua mãe?

— Não! — Odeio o fio de voz que encontra o ar. É brutal demais para ser minha, fria e implacável demais. Falo de novo, agora com mais suavidade: — Não, por favor. Meus pais não podem saber de nada. E-eu tô bem. Talvez tenha bebido demais, mas parece tudo bem agora. Eu vomitei quase tudo, de qualquer forma. — Forço uma risada. — Acho que sou mais fraco do que vocês pensavam, hein?

Eles não riem.

— Dá espaço pra ele, Kev. — Lucas franze o cenho. — Foi mal. Eu deveria ter te ajudado a ir se acostumando. Pega, bebe um pouco d'água. Vai precisar de paracetamol também, caso acorde com uma ressaca desgraçada.

A condensação escorre pelo copo de vidro e pinga dos meus dedos. Deveria dizer muitas coisas, mas não consigo. Deveria contar sobre a mariposa escapando de meus lábios, a sensação insidiosa de que estou ficando louco. Deveria dizer que tenho medo de perdê-los, que todas as vezes que eles trocam sorrisos ou riem sem mim, meu mundo fica ainda mais estilhaçado. Mas não digo nada. Só balbucio um "obrigado". A água arranha minha garganta já dolorida.

Kevin pega o copo vazio e o deixa no balcão ao lado dele. Sou grato por isso, já que minhas mãos estão fracas. Não sei por quanto tempo teria conseguido segurar o copo sem deixá-lo cair e se espatifar no chão do banheiro.

Lucas abre um sorriso triste.

— Desculpa se a noite não foi tudo aquilo que eu falei. Tem sempre a próxima vez, quando você voltar, né?

O olhar sombrio em seu rosto diz tudo. A próxima vez será daqui a muito tempo, enterrada sob milhares de possibilidades. Talvez eu volte diferente, ou talvez sejam eles que não voltem. Talvez esta seja a última noite que temos.

Ainda estamos em silêncio no carro.

Me encolho, esfregando os braços como se quisesse produzir uma fagulha. O clima está congelante, mas ao toque de um botão os assentos de couro começam a esquentar.

Kevin pigarreia, e sua respiração deixa uma marca no ar gélido.

— É por isso que vou estudar no sul do país. — O nariz dele está quase tão vermelho quanto o cabelo de Lucas. — Vou virar picolé daqui a pouco.

— *Tá na hora!* — Lucas ri do slogan da universidade escolhida por Kevin. — Sei lá, o frio não é tão ruim assim. Vai ter um monte de inseto no Alabama, e tudo é úmido pra caramba.

— Insetos? Talvez devesse vir comigo, Elwood. Você adoraria isso. — Kevin pisca e eu tento sorrir, mas não sei se é isso que

# JUNTOS EM RUÍNA

parece. Ele franze os lábios depois de um silêncio pesado. — Você precisa virar pastor como o seu pai? Não pode ir pra faculdade? Tenho certeza de que deve ter algum curso que combine com você.

Quase. Eu quase me inscrevi. Acho que nunca passei tanto tempo olhando para a tela do computador. Universidade do Michigan escrito em letras grandes e ameaçadoras, o formulário quase todo preenchido, o coração batendo forte.

Então, com as mãos trêmulas, arrastei o mouse até o *X* e lavei as mãos. Enterrei o sonho.

Acho que ele não sabe como as palavras doem.

— Foi o caminho que escolhi.

O rosto de Lucas se contorce.

— Claro, não foi uma escolha tão "difícil" assim. — Ele decora a palavra com aspas, erguendo as mãos do volante por tempo suficiente para o carro deslizar. Kevin lhe dá uma cotovelada nas costelas, e ele volta a pegar o volante, retomando o controle.

*É o meu dever*, quase deixo escapar, antes de notar como isso soaria.

— O que eu quero não importa, seja como for.

Lucas quase não se dá ao trabalho de conter a reprovação.

— Então é o quê, o fardo de sua vida? A consequência de ter nascido?

Por mais que se estranhem, Lucas e Wil têm o coração parecido. Brasas acesas, ardendo e em chamas dentro do peito. Aprendi da pior maneira que há fogos que não podem ser apagados.

— Eu quero ir — argumento, esperando que, se repetir vezes o suficiente, vou acabar acreditando. — Preciso ir.

Lembro a última bronca de meu pai. O rosto dele me afligia de tão indiferente, o peito subindo e descendo de acordo com as respirações controladas. A luz se apagou de seus olhos — como uma mão agarrando uma chama, primeiro os restos de fumaça, depois a escuridão. Ele foi até mim, as solas dos sapatos silenciosas na madeira. A mão recuando e me atingindo no rosto com um único tapa, brusco e estonteante. Só um gostinho da dor que estava por vir.

Meus dedos tocam os hematomas amarelados escondidos pelas mangas. É fácil conseguir cicatrizes, ao contrário de borboletas.

O que ele faria comigo se descobrisse que eu não estava em casa?

A conversa dá uma guinada, acompanhando o cantar dos pneus, divergindo em avenidas desconhecidas. Afundo no banco de trás, saindo de cena. Há um mundo entre eles que desconheço. Dias que passam na casa um do outro, passeios de carro noturnos, piadas secretas. A amizade dos dois me penetra as entranhas como uma faca afiada.

Arranho o polegar, distraído. Minha mãe nunca conseguiu acabar com este hábito. Cutuco o polegar até minha pele ficar em carne viva, do jeito que me sinto.

A atmosfera muda conforme nos aproximamos de minha casa. Tudo muda. O resto da cidade pode ter progredido com o tempo — postes de telefone, fios pendurados como heras —, mas minha casa e a igreja parecem arrancadas das páginas de um livro de história.

Lucas e Kevin são como os carros voando pela vastidão desse nosso bosque imutável. Eles vêm e vão à vontade, mas eu estou arraigado neste lugar para sempre. Dói por um instante, mas, no fim das contas, é melhor assim. Quando partir, eles vão se esquecer de mim. Não vou machucá-los, não tanto quanto machuquei Wil.

*Minha família nunca sequestraria alguém, Wil. Você ouviu o que acabou de dizer?*

Ela tinha olhado para a fronteira do bosque, além do véu denso dos pinheiros.

*Você está do lado deles?*

*É minha família, Wil.*

Ela bufou, incrédula.

*Isso só vai até certo ponto.*

Encaro a janela e deixo a neve enterrar o que me resta de memória.

Através dos vazios entre as árvores, as sombras tomam forma. A escuridão se retorce como uma enguia, uma ondulação curiosa no ar noturno. Não só a vejo; sinto essa sinuosidade fundo no peito.

— Você precisa enfrentar seus pais em algum momento — diz Lucas abruptamente, por cima dos murmúrios do rádio. Sei que ele passou um bom tempo pensando nisso.

— Não é correto ir contra os próprios pais — digo, como se não tivesse feito exatamente isso.

Lucas não desiste.

— Meu pai ficou furioso quando me inscrevi na faculdade em Chicago. A cara toda vermelha, espumando pela boca. Ele tinha inventado toda uma história na cabeça dele de que eu passaria a vida inteira aqui trabalhando na usina. E aqui estou eu, indo mesmo assim. Você não é apenas o filho deles. Você é uma pessoa autônoma.

As palavras voam para fora de mim, soltas.

— Você nem *imagina* como a minha família é. Eu nunca vou conseguir o que quero. Na real, não sei nem *o que* eu quero. Mas, no fim das contas, não importa.

O silêncio a seguir é sufocante.

Minha raiva dá lugar a um terror frio e devastador. Não deveria ter dito isso. Não deveria mesmo. Honra teu pai e tua mãe. Honra teu...

— Acho que todos nós estamos cansados — diz Kevin, apesar de que eu seria um tolo se não notasse como o sorriso dele perdeu a força. — Não deveríamos ter insistido.

Cansados. Será? Talvez. Minha exaustão se manifesta em hematomas escuros e profundos ao redor dos olhos. Só de me olhar no retrovisor, sinto vontade de bocejar. Nada parece melhor do que o cobertor quente e o travesseiro que me aguardam. Tenho vontade de ver o bosque adormecer comigo. O vento diminuindo até virar um embalo, a lua por trás das árvores, afundando o mundo em um azul pálido e frio.

Mas o bosque não faz nem menção de dormir.

O carro vai parando contra o cascalho, e Lucas muda a marcha para estacionar. Atrás, o bosque continua, denso e inexorável.

— Obrigado, gente — balbucio, sem saber o que dizer. Nunca gostei de dizer adeus. A culpa por partir não ajuda em nada.

— Dorme um pouco, Clarke — brinca Lucas. — A gente se vê… — Ele se cala, incerto.

Engulo em seco.

— É. A gente se vê.

Observo o carro ir embora até não ter mais nada para ver.

Sob o casaco, sinto um arrepio que sobe pelas costas.

Olho de relance para minha janela à distância — o medo se debate em meu peito pela primeira vez. Qual será a consequência dessa vez? Quantas cicatrizes posso acumular antes de deixar de ser uma pessoa e virar uma única e grande ferida?

Não. Concentro-me em respirar, em cada inspiração chiada. Talvez meus pais sequer notem. Vou entrar pela minha janela, ir direto para a cama e tudo vai correr bem. Dessa vez, a mão do meu pai não vai se retrair para me atingir. Ele vai pousá-la com gentileza em meu ombro, enfim sentindo orgulho de mim.

*A missa noturna acabou. Meus pais estão dormindo.* Entoo as palavras como um mantra, algo que posso manifestar e tornar realidade. Não há motivo para que estejam acordados. A vida do meu pai é uma rotina infinita. Ele vai dormir assim que o sermão acaba. Dorme tanto quanto possível até amanhecer.

Me apego à crença enquanto sacudo a trinca. A janela range mais alto do que gostaria, e meu coração congela no peito ao ouvir o barulho. Detenho-me, espero e depois a levanto um pouco mais para entrar. O quarto está coberto pela escuridão, mas arquejo quando as sombras se juntam em uma silhueta.

Ouço o clique do interruptor antes de vê-lo. Meu pai está na porta, e seu rosto é a definição da ira.

Tudo para entre nós, e ficamos suspensos no tempo, entre o Antes e o Depois, presos em um Agora horrível. Os olhos verdes de meu pai ardem, sombrios. Não tenho como fugir. Quando o tempo volta a passar, ele me dá um tapa na cara, e é o suficiente para meus olhos se encherem de lágrimas e meus dentes rangerem. Arfo, mas o ar parece ter sido arrancado de meus pulmões.

— Onde você estava?

A ameaça em seus olhos é mais do que um aviso. É uma promessa de que mais dor está por vir. É aí que noto minha mãe observando no canto, como um abutre aguardando o abate. Talvez ela venha devorar o que restar de mim.

Abro a boca, mas a minha voz não vem.

— Consigo sentir o cheiro. Você está bêbado — ele vocifera, as palavras me atingindo com mais força do que a ardência de sua palma. No chão, vejo o celular descartável que Lucas me deu feito em pedaços.

— Eu não, eu… — Não dirás falso testemunho a seus pais. O provérbio me força a pronunciar as palavras. — Quer dizer, eu estava, eu… Sinto muito, senhor. — Minhas palavras despencam como bigornas. Arrebentam o silêncio e ecoam em minhas orelhas.

— Você nos desobedeceria desta maneira? — Os punhos dele tremem. — Logo hoje? Nós rezamos por você, Elwood. Esqueceu-se disso, ou só não se importa?

— Eu me importo!

Nenhum dos dois trocou a roupa da igreja. Será que sabiam que eu tinha saído antes de o sermão começar, ou será que perceberam depois? De qualquer forma, estão no meu quarto há um bom tempo.

Eu deveria saber que isso aconteceria.

— Você o quê? — Meu pai exige saber. — Se importa mais com esses garotos do que com sua família? Do que com a igreja?

Penso nos olhos do Senhor queimando em minha nuca enquanto eu vomitava meus pecados.

— Eu queria me despedir.

— Não deveria se importar com esses garotos. Nós não somos como eles, Elwood. Você não é como eles. A família deles nem vai à missa.

— Eles são meus amigos.

— Seus amigos? — Meu pai gargalha como se fosse a melhor piada que já contei. — Esses meninos não têm valor algum. São como comida para vermes.

— Não diga isso.

Me surpreendo com cada palavra. Cada músculo meu quer tremer e se encolher ante seus olhos severos, mas minha boca tem vontade própria. Talvez seja um pouco da raiva, o que sobrou dela fervilhando e vertendo do meu âmago.

Meu pai leva um momento para compreender. Seu rosto indiferente se retrai em uma descrença enojada.

— Direi o que quiser e, como meu filho, você há de calar a boca e ouvir.

Engulo em seco, o que dói.

— Você vai comprar o hotel da Wil? — Minha língua traiçoeira me quer morto.

Meu pai fica quieto por um instante, mas o silêncio não dura.

— Não diga o nome daquela víbora nesta casa.

*Wil, Wil, Wil, Wil*, entoam meus pensamentos. Wilhelmina Greene. Sinto os dedos dela agarrando meu peito, o ruído de sua respiração contra minha pele. Lembro-me da fúria nadando em seus olhos e da dor subjacente.

— Mas você vai?

Minha mãe nos olha. Sei que ela já teria me batido de novo. Os olhos dela descem até a mão pendente de meu pai, e sei que ela está contando os segundos em silêncio, mas meu pai não se move um centímetro que seja.

— O que eu faço não é da sua conta. A você cabe não se vincular àquela cobra inútil que difamou o nome de nossa família publicamente, ou já se esqueceu disso?

— Não, senhor, mas…

Meu pai amacia a voz e, assim, soa dez vezes mais perigoso do que antes:

— Me conte o que a Bíblia diz sobre filhos que desobedecem aos pais.

Limpo a garganta, já sentindo o terror das consequências do que disse.

— N-não deixe de disciplinar o jovem… Se o castigar com a v-vara, ele não morrerá. — Consigo ouvir meu coração na garganta. — Castigue-o com a vara e, assim, livre-o da morte.

— Então sabe que merece esta punição.

Me encolho, mas meu pai não está tentando pôr as mãos em mim. Em vez disso, ele pega um dos meus quadros de borboletas da parede e o som que sai de mim nem parece humano. É mais um urro desesperado. Prefiro a surra. Prefiro de bom grado que…

— Não, por favor!

O rosto dele se retorce quando ele joga para longe a primeira peça da minha coleção de borboletas. Ela atinge a parede fazendo um barulho ensurdecedor. Vidro quebrado não parece mais poeira estelar. Parece estilhaços voando e visão turva pelas lágrimas. Parece pecado e punição, e o olho sempre atento de Deus. Mais e mais partes de minha coleção atingem a parede. Cobri cada centímetro deste quarto com quadros de espécimes, e cada um deles cai como um caleidoscópio mortal.

Minhas borboletas estão amassadas e mortas, as asas rasgadas e os corpos retorcidos. Meus papilionídeos, minhas borboletas--monarcas, minhas borboletas de asa de vidro. Passei anos enfurnado neste quarto com alfinetes e pinças. Abrindo as asas, perfurando o tórax, alinhando as asas até parecerem novas. Vivas.

Agora elas só parecem mortas.

— Que a dor sirva de lição — esbraveja meu pai. — E nem sonhe em fugir de novo. Você não conhece o tamanho de minha ira.

Observo-o voltar para o corredor escuro com minha mãe atrás dele. Centímetro por centímetro, até não ver mais nada.

Estou só.

O tempo se mistura com o tique-taque do relógio. Fico sentado por muito tempo, encarando o estrago, apertando os olhos com força, rezando para que tudo passe — mas Deus continua não ouvindo. Dá na mesma. Há um cemitério aos meus pés, um mar de vidro e cadáveres.

Pego o que sobrou de uma mariposa. O vidro fere meus dedos, mas quase não sinto o corte. Em minhas mãos há o que costumava ser uma *Acherontia atropos*. Uma das minhas criaturas mais queridas, o corpo dividido entre uma explosão de amarelo vivo salpicado de castanho-escuro. Uma borboleta-caveira.

Ao lado dela, vejo a *Polygonia comma* e a mariposa imperial. As antenas caíram e as asas são uma imitação em farrapos de seus tempos de glória. Não há como salvá-las. As lágrimas correm antes que consiga contê-las. Elas escorrem de meus olhos injetados como chuva, descendo por minhas bochechas e pingando do meu queixo até o chão. Imagino as lágrimas escaldando a madeira. Tudo que sobra é um luto viscoso que me consome, e fico com medo de me afogar com suas ondas. Vou mergulhar tão fundo que nunca mais voltarei.

Acabou a escola. Acabou Lucas. Acabou Kevin. Acabaram as borboletas e mariposas. Acabou-se tudo.

Por mais que tente extinguir a dor, ela permanece, pressionando minhas costelas. Apertando meus pulmões até que respirar se torne algo difícil.

Um som me arranca de meus pensamentos. Debaixo das tábuas, a porta da frente se abre com um rangido. Há uma enxurrada de movimento, passos e palavras sussurradas. Pressiono a orelha contra o chão, tentando ouvir.

A voz do xerife Vrees sai rouca e grave.

— Precisamos lidar com esse garoto o quanto antes. Se não consegue ficar de olho no próprio filho, Ezekiel, eu posso fazer isso. Tenho uma bela cela o esperando.

Cela? Oh, Deus, é pela bebida, não é? Desobedeci à lei e agora vão me algemar e vou passar o resto da vida em um uniforme laranja de cadeia, e...

— O parto de Prudence ocorrerá logo. O que faríamos se ela desse à luz e o seu garoto estivesse brincando por aí?

Hum?

Ouço a voz de meu pai.

— Não é bom que fale comigo assim em minha própria casa, Mark. Você se esquece de que continuo sendo a Mão Direita. Nada mudou.

Vrees bufa de forma sombria, sem nenhum traço de medo na voz. Ele enfrenta meu pai de um jeito que eu nunca sonharia fazer.

— *Ainda* não, Ezekiel, mas está quase na hora e precisamos eliminar a semente do próximo Alderwood.

Quê?

O medo e a confusão agem como os fios de uma marionete, levando-me em direção à porta, movidos por uma curiosidade obscura e insaciável. As vozes ficam mais abafadas conforme os visitantes adentram a sala de estar, mas minha mente se manifesta com clareza.

*Vá olhar.*

Tomo cuidado ao passar pelos cacos de vidro para evitar ser denunciado pelo barulho dos meus pés. Minha boca está tão seca que dói. Tento engolir saliva, mas não sobrou nada.

Estou acostumado a não fazer barulho. Dominei a arte de me misturar às paredes e fazer com que meus passos sejam os mais silenciosos possíveis. O resultado de passar anos pisando em ovos. Mesmo assim, tenho medo de que as batidas violentas do meu coração interrompam o silêncio. Temo que meu pai consiga farejar minha pulsação e me machuque mais do que já fez das outras vezes.

Se é que isso é possível.

Mas preciso saber do que estão falando. O corredor continua no andar de baixo depois de uma escadaria íngreme. Sigo sem fazer barulho até o segundo degrau e espio o que há além da parede de balaústres. As luzes não estão acesas, mas velas projetam sombras de silhuetas.

O cheiro chega primeiro. Denso e podre como leite azedo, potente como veneno. Ele sempre está presente na cidade como um sabor repulsivo na boca, vazando das árvores em degelo. Nunca foi, porém, tão pungente dentro da minha própria casa.

Este cheiro é muito, muito mais forte. Ele se estica em todas as direções, ensopando o chão e renascendo dele como ervas daninhas.

Meus pensamentos retornam por um momento, revoltando-se com fúria e dor. Se tivesse pensado direito, talvez teria mudado de ideia. Meu pai vai me ver. Eu sei que vai.

Mas nada disso parece importar. Já estou aqui. Me inclino na direção da lateral da escada, passando a mão cuidadosamente no balaústre.

A polícia de Pine Point paira atrás de Vrees como os discípulos de um profeta. Há um enxame inteiro de policiais na sala de estar, com distintivos e rostos severos.

Os ombros largos de meu pai ficam rijos.

— Eu sei muito bem disso, *Mark*. — Meu pai passa uma mão inquieta no cabelo. — Mas arriscamos causar um espetáculo se você o levar até a delegacia. Se alguém o vir...

— Todo mundo já o viu. — Vrees afunda o dedo no peito de meu pai, e preciso engolir um arquejo.

Meu pai parece igualmente atordoado com o gesto, desacostumado a desafios e detestando cada segundo daquilo. Quando o choque se desvanece, ele golpeia o braço do xerife para que volte a seu lugar.

— Se insiste em fazer o papel de um carcereiro de cidade pequena, pode posicionar seus homens ao redor do perímetro, mas não vou deixar que arrisque nosso plano. Eu conheço Elwood. Já meti medo o bastante nele por uma noite. Ele não vai me contrariar.

Vrees sorri com desprezo.

— Ele já contrariou. Elwood é um garoto curioso, Ezekiel, e a curiosidade é algo perigoso. Esse comportamento deveria ter sido extinto há muito tempo.

É verdade. Minha curiosidade começou cedo. Ela nasceu dos livros. Enciclopédias antigas que meu pai julgou inofensivas o bastante para eu devorar. Antes de aprender a ler, eu traçava as fotos nas páginas amareladas. Antenas e asas curvadas. Borboletas. Foi aí que tudo começou. Meu pai sempre retorcia os lábios ao ver cada caixa que chegava em casa. Ele não se importava muito, contanto que eu ficasse em meu quarto e o deixasse em paz. Uma borboleta virou várias, várias viraram centenas. É difícil se sentir solitário quando se está cercado.

— *Ele. Vai. Ficar. Quieto.* — Cada palavra é uma bala disparada entre dentes. — Patrulhe o perímetro, se precisar, mas lembre-se de seu lugar. Nada mudou ainda.

O xerife Vrees encara meu pai, irritado. A sala está tão escura que as sombras quase lhe engolem as órbitas dos olhos.

— Aquele garoto puxou ao tio dele.

Meu tio. Morto antes que eu pudesse conhecê-lo. Tenho a cicatriz da vez que perguntei sobre ele. Tinha encontrado uma foto de meu pai ao lado de um garoto que se parecia muito comigo — havia nele uma suavidade que não se via no resto da família. Foi uma pontada em meu coração, uma onda de luto por um homem que nunca conheci. Chorei muito antes de meu pai arrancar a foto de mim e incutir uma lição em minhas costas. *Nunca fale dele nesta casa.*

Meu pai diz o mesmo agora, agarrando o colarinho de Vrees. O xerife não sai do lugar.

— Você ama Elwood?

— Não — meu pai nega com rapidez, a voz veloz e dura demais. Não precisa sequer de um instante para pensar. Não valho nem uma consideração. — Eu não o amo. Ele não passa de um mal necessário.

Afogo um som horrível e profundo que ameaça escapar por minha garganta. *Eu não o amo.* Sempre suspeitei disso, mas estas palavras parecem marcar meu coração a ferro e fogo. *Ele não passa de um mal necessário.*

O coelho também não passava de um mal necessário. Assim como o veado-de-virgínia, a garganta cortada em uma trilha vermelha macabra, os olhos vidrados refletindo os meus. Cada criatura empalada e estripada. A cabeça decepada de um urso-negro rolando na neve. Tantos sacrifícios que meu pai me forçou a assistir.

*Esta floresta é um presente de Deus para nós, Elwood.* A voz do meu pai soava sombria ao dizer isso; ele nem se dava ao trabalho de me olhar. Estava ocupado demais limpando a lâmina suja. *Só prosperamos porque Ele nos permite prosperar. O Senhor sempre exigiu sangue.* Meus dedos roçam a pele ainda macia de meu pescoço.

Não espero para ouvir mais nada. Me forço a voltar para o quarto, afoito para colocar uma porta entre mim e eles. Perguntas zumbem em minha mente como mosquitos famintos. Procuram respostas que não tenho.

Eu nunca seria mandado para outro lugar, seria? Ao menos não no mundo dos vivos. Minha curiosidade dá à luz um medo tão potente que não consigo me imaginar livre dele. O Jardim de Adão tem planos a meu respeito. Algo que envolve o derramamento de meu sangue na neve. Minha "missão divina" esteve sempre destinada a ocorrer a sete palmos.

Não… Eles não fariam isso.

*Fariam?*

Abro a porta do quarto. O vidro quebrado e a multidão de cadáveres discordam.

Borboletas despedaçadas até virarem nada.

Penso em meu pai rezando por mim, a mão descansando em meu ombro como se eu fosse um porco premiado. Ele sabia. Conhecia meu destino quando disse aquelas últimas palavras fatídicas:

*Pois a vida traz consigo a morte, mas com o sacrifício chega a eternidade.*

Imagino meu sangue derramado. Olhos vidrados e voltados para o céu, a língua pendendo do maxilar aberto, o coração viscoso numa vasilha.

Ando aos tropeços, até cair. O carpete esfola minhas mãos, mas ignoro a dor. Tento imaginar a luz se esvaindo, os últimos segundos de consciência antes de morrer. E, então, imagino a ira que hei de encarar no inferno. Todos os meus pecados cobrando seu preço. Não vou morrer. Não posso.

*Nem pense em partir.*

*Esta noite, teremos policiais patrulhando o perímetro.*

Conjuro o que resta de minha coragem. Inspiro profundamente, chacoalhando os ossos. Meus pulmões chiam conforme abro a janela outra vez. Me preparo e pulo. Meu joelho raspa o gelo duro feito pedra. O sangue encharca minha calça jeans, mas não paro para pensar nisso. Não posso parar.

Minha mãe nunca quis me colocar nos Escoteiros. Posso ter achado isso bom quando criança, mas não é o que sinto agora. Outros garotos gostavam de chutar, socar e quebrar, gostavam de rir do choro e jogar refrigerante em formigueiros, gostavam de correr como selvagens e uivar feito lobos.

Tudo que eu queria era encontrar um lugar no jardim, ler um livro sentado na cerca, estudar os brotos de plantas e os pequenos insetos que viviam no solo abaixo de nós. Agora queria ter sido mais duro, mais cruel, mais forte — queria saber correr, lutar e escapar daqui.

A lua no alto parece o olho de Deus. Ele me seguirá até os confins da Terra. Tudo sai de foco, um mundo lamacento de verde, marrom e um negro profundo.

A neve aperta, rajadas brancas obscurecendo o mundo à minha frente. Cada passada é recebida com o arranhão de um galho ou um impacto evitado por pouco. As árvores bloqueiam o caminho, uma prisão de gelo me detendo. O bosque torce por minha morte como espectadores de um esporte cruel.

Mas corro, e corro sem parar.

# CAPÍTULO SETE
## WIL

A QUIETUDE DO BOSQUE SÓ EXISTE EM CEMITÉRIOS. Não se ouve a cantoria dos pássaros ou o farfalhar dos galhos, não há criaturas me observando das sombras.

Só a morte.

Tudo morre nesta época. O período em que o inverno roça seus dedos gélidos pelo mundo e assassina tudo o que vê pela frente. Parece errado que eu esteja aqui, viva e respirando em um local sem pulsação.

Não que eu tivesse escolha. Já fui longe demais para desistir do plano agora. Não dá para deixar de nadar quando se chega à parte funda. A única opção é chegar ao outro lado.

Eu plantei. Agora preciso colher.

*Que hora para pensar nisso.*

Praguejo em voz baixa e continuo avançando em um silêncio frustrado. Não sei dizer quanto tempo passo caminhando entre as árvores.

O plano parece mais enevoado e impulsivo a cada passo que dou. Só pensei em ir até a casa dos Clarke; não pensei em como entrar nela quando estiver lá. A palavra-chave aqui é "quando". Com a nevasca, o trajeto parece duplicar.

O bosque continua para sempre, à distância. Minha respiração pesada deixa uma névoa densa no ar, e já não sinto todos os dedos do pé. Só lembro que os tenho quando meus cadarços inúteis desamarram e as pontas molhadas deslizam para baixo do sapato, fazendo-me tropeçar no passo seguinte.

O mundo derrapa aos meus pés enquanto caio, e me preparo para o impacto. Pela primeira vez em meus dezoito anos, sou grata pela neve. Sem ela, meu joelho ficaria em frangalhos por culpa de uma raiz serpenteante ou uma pedra pontuda. Tudo que sinto, no entanto, é um tapete aveludado, branco e suave.

Mesmo assim, não estou totalmente aliviada. O frio encharca minha calça jeans e meu rosto termina coberto de gelo. Como se já não estivesse preocupada com a ideia de perder o nariz por conta do frio, agora acabei de pegar um trem sem volta para a cidade das geladuras. Volto a me levantar, uma mão massageando o rosto para voltar a senti-lo e a outra deslizando pela base da árvore ao lado.

Há algo grudento na casca que envolve meu punho. Sangue preto se derrama pela minha pele como seiva.

Tem um corpo aninhado entre os galhos.

Duas órbitas vazias revestidas de sangue seco e escuro. A pele esticada e descorada, o buraco do tamanho de um punho atravessando o peito. Entranhas cheias de folhas e insetos correndo e rastejando. Minha mãe.

— Não.

Só consigo dizer isso. Minha boca não acompanha a mente e minha mente não acompanha os olhos, e não tem como...

O jantar sobe pela minha garganta, mas, antes de eu poder colocar tudo para fora, a imagem desaparece com o vento. Esmaece até não ser mais minha mãe, e sim um coelho. Os olhos deixaram de ser azuis e vívidos e se tornaram buracos pretos. Uma lebre esfolada e pendurada na árvore, o pelo branco tingido de negro, as entranhas escapando do peito aberto.

Berro até ficar rouca. Até minha garganta parecer sangrar. Berro porque sei que o bosque vai engolir o som. Vou capturar meu medo, meu luto, minha frustração e enterrá-los neste bosque. Vou botar tudo para fora até não ter mais nada.

Me encolho e caio ao último grito. Minhas unhas escavam a neve até chegar à terra. Vou me enraizar aqui. Há noites em que consigo ouvi-la gritar. Há noites em que acho que ela nunca foi embora.

Ergo os olhos, absorvendo o cenário frio. O céu cinza como água suja, o pinheiro escuro, o branco sem fim. Não sou como Cherry ou mamãe, mas não posso negar que Morguewood é amaldiçoada. Ela é maculada desde sempre. Mamãe passava muitos dias de rosto grudado na janela. *Você também sente, não sente?*, perguntava, os olhos estudando a linha das árvores. *Aquele bosque é um cemitério.*

Não sentia à época, mas agora sinto.

*Sua mãe não está desaparecida*, cantam meus pensamentos enquanto a visão cruel que tive dela permanece gravada em minha mente. *Ela está morta. Você sempre achou que poderia salvá-la dos Clarke, mas como pode salvar alguém que eles já mataram?*

— Não é verdade — repito para mim mesma, sem me importar se estou frenética ou gritando. — Ela não está morta. Não está. *Não está.*

Minha respiração dá um solavanco. Não estou mais sozinha. Consigo sentir antes mesmo de ver a silhueta cruzando as árvores.

*Eles vieram te matar também*, cantarola a mesma voz horrenda. Por um momento terrível e passageiro, acredito nela.

Só tenho um segundo para me arrepender de ter vindo até aqui. Um único momento para imaginar o luto de meu pai quando sua família for retirada das árvores.

A sombra adquire foco, tomando a forma de um garoto. Ele corre até mim, os olhos verdes descontrolados, todo o meu medo refletido e multiplicado neles. O cabelo dele, de um castanho escuro e profundo, está desalinhado e selvagem.

Todo o medo e torpor que sentia se retorcem nas minhas entranhas, fervilhando até adquirir uma forma odiada. Elwood Clarke.

Mando para longe a vulnerabilidade junto com a neve. Ninguém pode me ver assim. Especialmente ele. Por que está aqui? O pensamento palpita brevemente em minha cabeça, passando apressado por ela como se fosse o vento. Por que não continua na festa?

— Que porra é essa? — pergunto de súbito, esperando que ele não note a hesitação em minha voz. Aguardo que me ouça, que seus olhos detenham-se em mim pela segunda vez na noite, o que não acontece. Estão vidrados e desfocados, vendo algo além de mim. Faz barulho ao respirar e move as pernas como se estivesse prestes a morrer.

Meu ódio se esvai por um momento, dando lugar à confusão.

Elwood quase me atropela, mas para abruptamente. O terror retrocede e uma esperança estranha parece substituí-lo.

— W-Wil?

— Que merda você quer aqui? — vocifero.

Ele pula como se tivesse sido eletrocutado. Fica ali parado, remexendo-se como se algo pudesse aparecer a qualquer momento para abocanhar seu pescoço. Jesus. Fico de pé, passando os dedos nas pernas.

Eu o encaro, absorvendo tudo o que não tinha notado antes. Os galhos arranharam-lhe a pele, e ele está tremendo muito. Os dedos esfolados assumiram um tom vivo de vermelho, e os lábios se tornaram azulados.

Pigarreio, desviando os olhos de propósito. A imagem de mamãe está marcada em minha mente; preciso fazer de tudo para estabilizar minha voz.

— Sei por que estou aqui, mas e você? Qual é a sua desculpa?

Ele vasculha as sombras de novo, virando-se para mim mais uma vez, agarrando-me pelo braço.

— É que... — Ele sacode a cabeça. — Precisamos sair daqui.

— Não vamos a lugar nenhum.

Puxo a mão, olhando por cima do ombro dele com uma expressão desconfiada. Nada. Não há olhos vermelhos e brilhantes nem o vislumbre afiado de uma faca. O medo dele é contagioso, infiltrando-se em mim antes que tenha chance de afastá-lo. Talvez sejam os cortes na pele dele. Há sangue suficiente para me deixar enjoada. Mas não vou dar a ele a satisfação de me ver tremer.

— Você não entende.

Me empertigo. É mais difícil do que parece. Meu corpo possui memória muscular; meus braços traiçoeiros querem abraçá-lo, meu rosto traiçoeiro quer relaxar. Graças a Deus tenho uma determinação de aço.

— Verdade — digo entre dentes. — Eu não entendo.

A frustração tem um efeito diferente sobre ele. A minha se manifesta em dentes cerrados e punhos trêmulos. A dele é uma fera silenciosa, mais concentrada no desespero que na raiva. Um arrepio o perpassa, os olhos estão arregalados.

— Por favor. Explico depois. Minha família está… — Mas não consegue terminar.

Um barulho corta a noite: vários pés atravessando a neve, botas pisoteando o gelo com força. O corpo de Elwood enrijece, congelando. Ele sequer respira. Fecha a cara, e vejo seus olhos quase pularem para fora das órbitas. A escuridão cobre os estranhos à distância, mas cada passo os aproxima de nós.

— Minha família — ele murmura.

Aqui, nas sombras do bosque, as palavras têm mais peso. Elas roubam o pouco ar que resta em meus pulmões. Feixes de lanternas cruzam a escuridão. A luz passa por cima de meu ombro, a marca perfeita de um holofote na casca da árvore. Elwood não precisa dizer mais nada. Temos que sair daqui.

Assinto, atordoada, e meu corpo arde de adrenalina. Ele me puxa com força em direção a seu peito antes que o próximo feixe de luz me atinja. Grudados pele a pele, ele nos esconde atrás da casca ensanguentada da árvore do coelho. Vermelhidão escorre dos galhos, formando um caminho macabro que desliza pelo couro cabeludo de Elwood. Parece uma gota de suor descendo pela bochecha. Meus olhos se movem até o que há acima dele, um olhar úmido de cadáver, que me encara.

Me pergunto se o coelho sentiu alguma coisa quando lhe cortaram a garganta. Decido que não quero saber.

O tempo passa como se fôssemos um bicho morrendo atropelado: cada segundo é lento e agonizante, uma eternidade presa à espera do fim. Não sei quanto tempo passamos assim, corações disparados em sincronia, esperando as luzes se apagarem e as passadas mudarem de curso.

Eventualmente, o brilho se volta para outro lado, substituído por um azul pálido. Os passos cessam, e o silêncio que fica é ainda pior. Tapo a boca com a mão para abafar minha respiração, atenta a cada expiração que escapa, entrecortada, dos meus lábios. Minha mão livre encontra a de Elwood e não há nada de gentil em como nossos dedos se agarram.

Um segundo. Dois.

E, então, a família dele bate em retirada. Ao esmaecer do último passo, Elwood espia a escuridão. Tenho tempo de engolir em seco, assentir e apertar a mão dele antes que ele decida se mover.

O caminho que meus tênis trilharam anteriormente foi soterrado. A neve chega à altura dos joelhos, mas não importa. Voltamos correndo, esquivando-nos de galhos e estremecendo a cada saraivada de vento. Jatos de gelo surram meu rosto. Preciso esfregar a neve dos olhos para conseguir ver o hotel à distância. É uma linha de chegada feia, mas corro para alcançá-la.

Os minutos se misturam e só fico levemente consciente da mudança entre a terra do bosque e o asfalto do estacionamento. A porta do hotel, então, se abre, rangendo como um mausoléu. Aperto os olhos para discernir o ambiente em meio às luzes amareladas. Quase não chegam a ser uma presença reconfortante. Parecem lúgubres e instáveis, como se pudessem se apagar. O calor me atinge quando as portas se fecham atrás de mim.

— Jesus — digo ofegante, por não ter nada melhor a dizer. Meu corpo descongelou, mas acho que meu cérebro ainda não.

— Preciso me esconder — Elwood fala de repente, evidentemente mais alerta do que eu. — Você pode fazer uma barricada atrás da porta? Nós podemos… hum… trazer aquela escrivaninha para cá.

Ele aponta para a escrivaninha da recepção — que pesa noventa quilos no total. Tenho plena noção de que não consigo movê-la do lugar. Duvido que ele conseguiria. Juntos, somos uma dupla inútil.

Engulo e espero que as palavras se articulem. Depois, espero mais outro minuto para que saiam afiadas.

— É. Não. A gente não vai fazer isso. Sinceramente, você parece prestes a desmaiar; suponho que preciso me assegurar de que não vai cair duro. Por mais que te odeie, se deixar que você morra, o xerife vai vir atrás de mim. E todos sabemos como ele gosta da sua família. Assim que puder, precisa ir embora daqui.

— Não — geme Elwood, mais desesperado do que já achei que fosse possível. Ele balança a cabeça, ficando cada vez mais pálido. Está começando a parecer tísico. Ou como se já tivesse virado um fantasma. — Por favor.

É a última coisa que diz antes de desabar no chão. No carpete fica uma mancha da poça de neve, gelo cinza e encardido penetrando as fibras.

Cherry vai ter um ataque de fúria quando vir isso. Meu peito dói. Cherry saberia o que fazer. Não andaria em círculos como uma galinha degolada. Ela já teria tido uma ideia. Respiro — uma única inspiração profunda e dura, que arde ao ser liberada.

Há uma caixa de primeiros socorros intocada na primeira gaveta. Espano a camada grossa de poeira e a apoio debaixo do braço.

Acho que é isso. Vou ter que bancar a médica e torcer para Elwood retribuir o favor com informação.

— Eu não te devo nada, mas tudo bem. Meu Deus. Só não morre neste hotel, tá? Deus sabe que eu não consigo te carregar. Me ajuda um pouco, se der. Vou te levar pro meu quarto… por enquanto.

Agacho ao lado dele, oferecendo o ombro para ele se apoiar. Ele aceita, hesitante. Sinto o gelo de seus dedos na pele. São quase como os de um cadáver. Seguimos pelo corredor cambaleando.

Chegamos ao meu quarto depois de cinco minutos frustrantes. A placa diz 103, mas gravei meu nome no metal com uma lâmina: WIL.

Eu o apoio em um canto e chuto a porta com um grunhido. Meu quarto tem um cheiro forte de mofo. As paredes que um dia foram brancas estão acinzentadas, a pintura descascando em algumas partes. O carpete vermelho-alaranjado não combina com as cortinas verde-oliva. Uma combinação que só é festiva nesta época do ano, e horrível em todas as outras.

Por sorte, meu quarto tem duas camas de solteiro. Uma para ele se esvair em sangue e outra para me jogar mais tarde, questionando-me sobre o que fiz. Nos movemos, constrangidos, em meio às minhas tralhas. O aparelho de som quebrado, a caixa repleta de fitas inúteis e outras relíquias do passado.

Chuto as coisas para fora da cama extra, jogando-as no chão sem me importar nem um pouco se o gesto foi gracioso ou não. Neste exato momento, não tenho cabeça para sentir vergonha.

— Consigo ouvir seu coração — comenta Elwood do nada, conforme me aproximo. Ele arfa a cada palavra.

— Para de falar bizarrices — digo com desdém. — Cala a boca e me deixa dar um jeito em você.

As palavras parecem sair pesadas. Isso nunca aconteceu. Lembro todas as vezes que esfolei o joelho ou machuquei os nós dos dedos em uma briga. O temperamento inconsequente que percorre minhas veias exigia que eu escalasse todas as árvores até chegar ao galho mais alto. Os dedos de Elwood eram sempre tão ágeis depois. Ele reclamava e mostrava sua desaprovação, passando gaze sobre os meus cortes e grudando curativos na minha bochecha.

Mas isso foi antes, não agora.

Espero não demonstrar meu nervosismo. Que Deus o proteja se precisar de pontos. Não podia procurar na internet com meu celular pré-pago e pré-histórico: "WikiHow como evitar que um ex-amigo morra de hipotermia".

Não é assim que imaginei nosso próximo encontro depois da festa. Achei que nossa reunião envolveria dar um tapa na cara dele enquanto o hotel é demolido. Xingá-lo. Fazer alguma coisa pra ele. Não cuidando dele como se fosse feito de vidro.

Vou até o banheiro e pego uma toalha da prateleira. A água que sai da torneira está gelada. Espero-a esquentar, encarando meu próprio reflexo com hesitação. Meu cabelo está molhado pela neve, meu lápis de olho ficou borrado com as lágrimas. Manchas pretas escorrem pelas minhas bochechas. Esfrego tudo até me limpar.

*Se liga, Wil, ele não vai morrer.* Um pouco de frio e exaustão não vão acabar com ele. Fecho a torneira e vou até ele.

Seu peito sobe e desce, fraco. É o suficiente para me impelir. Passo a toalha pelos cortes — há um abaixo do maxilar e outro se revelando no rasgo do joelho da calça.

A maior parte dos arranhões são superficiais, mas há alguns fundos e preocupantes. Especialmente o da bochecha. Meus dedos se demoram ali mais do que o necessário. Espero que ele pareça um estranho, mas tocá-lo é tão familiar que chega a ser perturbador. Não sei quanto tempo ficaria aqui, se pudesse, mas recuo assim que o ouço pigarrear. O que diabos estou fazendo? Me ocupo em revirar a caixa de primeiros socorros. Não sei se antisséptico tem data de vencimento, mas nem considero verificar. Tiro a tampa e ele estremece ao senti-lo nas feridas.

Jogo a toalha no chão junto com a caixa de primeiros socorros. O tecido costumava ser branco feito casca de ovo, mas agora está manchado de sujeira e sangue. Engulo em seco.

— Pronto. Vou pegar algumas roupas do meu pai. Elas vão ficar grandes em você, mas ao menos... hum... Só fica vivo até lá, tudo bem? Acha que consegue?

Ele olha para a janela. Seu rosto está mais pálido do que seria possível.

— Não quero ficar sozinho.

— Vou voltar em alguns minutos. Confia em mim, você ainda me deve uma explicação por… por tudo isso. — Abano a mão.

Por um minuto, parece que ele vai brigar comigo. Como se achasse que ficar sozinho é um fardo pesado demais para carregar. Mas logo passa. Ele morde o lábio, assentindo de modo débil.

— Tá.

— Eu vou voltar — murmuro, gesticulando. — Até lá, não olhe nem toque nas minhas coisas.

A porta range ao se fechar e me preparo para o que está por vir.

# CAPÍTULO OITO
## ELWOOD

FRIO ME RETORCE OS OSSOS.
Há lascas de gelo no lugar das costelas e minha respiração se acumula como gelo nos pinheiros. Me mexo de um lado para outro debaixo das cobertas de Wil, mas nada afasta a sensação. Ela se fecha como uma garra em minha pele.

Eu não estava sentindo frio no bosque — não enquanto corria. Nunca fui do tipo atlético; meus membros sempre pareceram gravetos, frágeis a ponto de se partirem, mas corri dando tudo o que tinha. Corri rápido e fui tão longe quanto pude.

Mais forte que o medo, mais forte que o frio — uma semente amarga floresce em meu estômago. Meus pais iam... o quê, exatamente? Me matar? Eu sei o que ouvi, mas, distante do momento, parece fictício.

Só que sei que não é.

Em algum lugar, nas profundezas do bosque, minha família continua à minha procura. Wil não sabe do perigo que corro. Ela não sabe de nada...

Wilhelmina.

Outra emoção desperta dentro de mim. Não é raiva, nem medo, mas a mesma culpa que senti na festa. É como se tivesse sido anos atrás, mas os números vermelhos e brilhantes do relógio dela sugerem que só se passaram duas horas.

Nunca estive no quarto dela.

É abarrotado, tão atulhado de pertences que mal há espaço para respirar. Tudo é coberto por uma camada de poeira. A colcha de retalhos sob meu corpo está velha e encardida. Há teias de aranhas nas quinas e o cheiro prolongado de pó.

Meu quarto é de um branco imaculado, com poucos toques pessoais além das borboletas. Todas as minhas camisas e calças ficam cuidadosamente dobradas em gavetas, passadas para não terem vincos. Aqui tem roupas dela jogadas por tudo que é lado. Algumas no chão, outras lançadas sem formalidade em gavetas.

Resisto à dor nos ossos ao levantar da cama. Ela tem razão. Preciso tirar essas roupas. Mas, primeiro, acho que mereço um banho. Um banho de verdade.

Cada passo que dou parece uma batalha. *Dorme*, cantam meus ossos, *volta para a cama e dorme*. Me recuso a ouvir.

Meus membros não estão mais tão fracos a ponto de mal me manter em pé. Na verdade, uma energia estranha me impulsiona.

*Não olhe as minhas coisas. Não toque nas minhas coisas.* A voz de Wil é como um zumbido no crânio. Vou da cama ao banheiro, dançando de forma constrangedora ao redor de todas as coisas dela.

O banheiro se abre com um protesto enferrujado. Leva um momento para a luz acender, mas, quando acende, preciso abafar um grito. O quarto não se compara ao banheiro. Gavetas abertas, pilhas e pilhas de lixo sobre as superfícies; embalagens de xampu pela metade, caídas sobre uma gosma permanentemente seca; estantes desabando com o peso de todo o conteúdo acumulado ali; escovas, pentes, pranchas modeladoras, uma lixeira quase cheia.

Atravesso tudo isso, pegando da prateleira o que espero ser uma toalha limpa. Tem mais roupa suja dela que migrou do quarto para cá. Meias que não formam pares e um cinto que parece uma cobra estão no canto do banheiro.

O chão do box tem rastros perturbadores de ferrugem que se assemelham a mofo, mas me forço a entrar da mesma forma. Escancaro o registro de água quente, mas ele parece discordar. O chuveiro cospe água gelada, fria o suficiente para me fazer recuar.

Me seguro na parede de azulejos para não cair. Com outro gorgolejo, a água se transforma aos poucos de traiçoeira a aceitável. Quando a temperatura enfim chega ao que eu queria, já estou tremendo.

O calor que sinto na pele é milagroso. Deixo a água correr por mim, passar pelo meu cabelo e testa rumo ao chão. A bênção não dura.

Minha vida acabou.

A verdade me atinge em cheio. Não posso mais voltar para casa. Tudo mudou. Preciso sair desta cidade. Foi meu próprio pai que falou: da próxima vez que fugisse, descobriria o tamanho de sua ira. Agora que ele sabe que fui embora, a contagem regressiva começou. Os segundos até meu último suspiro fazem tique-taque. O momento em que me torno o coelho do sermão de meu pai.

O sangue que tenho sob as unhas escureceu do vermelho ao preto. A mão do meu pai agarrou o meu ombro, e ele irradiou alegria para a igreja inteira. Por um momento fugaz, achei que ele poderia estar orgulhoso de mim.

*Eu não o amo*, foi o que ele disse. *Elwood não passa de um mal necessário.*

Caio no chão imundo e abraço os joelhos feridos. A água cai sobre mim, primeiro escaldante, depois gelada. As lágrimas que correm por minhas bochechas se misturam sem esforço à água até virarem um borrão. Não sei quanto tempo passo ali sentado, chorando enquanto a água gelada surra minhas costas. É uma eternidade até me erguer e, sem jeito, manusear o registro para desligar o chuveiro.

Espero congelar assim que sentir o ar, mas meu corpo está em brasa.

Uma enxaqueca terrível se espalha por meu crânio. Duas lâminas esfaqueando minhas têmporas. Massageio a cabeça, mas não adianta. Minha mãe saberia o que fazer.

Ela tem um arsenal inteiro de remédios em casa, o suficiente para afastar o mais ínfimo dos desconfortos. Wil também deve ter alguma coisa, certo?

Abro o armário, mas ali não há nada além de pentes negligenciados, grampos de cabelo e um pote de melatonina vencida. Solto a porta do armário e cambaleio para trás.

O espelho me mostra um reflexo estranho. Vejo a mim mesmo — rígido e gelado, o corpo retesado feito cimento, os olhos arregalados até não poder mais. A dor só aumenta cada vez que me mexo, crescendo e crescendo, até eu sentir que estou prestes a desmaiar. Asas se debatem contra minhas costelas. O som delas viaja até meu crânio, o grito de uma cigarra atrapalhando meus pensamentos.

Meu reflexo entra e sai de foco. Como o vai e vem hipnótico de um relógio. O reflexo fica mais claro por um segundo vertiginoso, e noto uma casca de pele morta na ponte do nariz. Me inclino para a frente, perto o bastante para enevoar o espelho, e puxo. O fio de pele não acaba. Me desvendo aos pedaços.

As cores rodopiam e escoam de minha pele, sendo substituídas por um verde vivo e orvalhado. Meu crânio racha, meu queixo, que já é pontudo, alonga-se até virar duas pinças afiadas. Os olhos explodem para fora das órbitas, crescendo até ficarem enormes e parecidos com os de um inseto, com duas pseudopupilas pretas como nanquim.

Não é real. Não pode estar acontecendo de novo. Primeiro a mariposa no vaso; agora *isto*.

O cômodo inteiro se transforma com meus pensamentos, o papel de parede borbulhando e descascando para dar vazão a insetos — larvas se contorcendo; vermes grossos, leitosos e acinzentados; tarântulas peludas. Um jardim cheio de insetos zumbindo e se remexendo.

Grito, o maxilar se deslocando para soltar um berro que atravessa minha garganta como uma faca. Nem sequer parece humano. Minha voz se modula. Cada vez mais aguda e fina, até não ser mais uma voz, e sim o bater da língua úmida e o estalar dos dentes. Minha humanidade se desfaz, e tudo que faço é trinar. Berrando como um inseto que se esconde no mato.

Caio. A multidão de besouros faz o chão zumbir, e os azulejos racham para dar passagem à terra. Baratas e formigas agitadas sobem por minhas pernas como um enxame preto e espesso. A visão é desfeita pela porta batendo.

— Que porra foi essa? — pergunta Wil, e eu não quero que ela olhe para mim. Não quero que ela... — Cara, você tá bem? Ouvi um grito.

Os olhos dela se demoram no meu cabelo molhado, e ela se vira para o lado com as bochechas coradas.

Traço o arco do meu queixo à procura de alguma qualidade monstruosa escondida sob a pele. Nada. O cômodo também voltou ao normal. O papel de parede está grudado de volta no lugar e os azulejos aos meus pés estão imundos, mas intactos. Dando meia-volta, procuro meu reflexo no espelho. Não vejo nada fora do normal. Nada de olhos de inseto salientes ou pinças afiadas.

Tudo voltou a ser como era. Como da última vez.

— D-desculpa. Eu achei...

— Achou o quê? — ela indaga, mas só balanço a cabeça. — Quê? Que o mundo estava acabando?

Sim.

— N-não é nada — insisto, maravilhado com minha própria voz. Tão humana. — Eu... eu não sei.

Ela franze o cenho. Por um segundo, algo estranho passa por seu rosto, mas, assim como a visão, logo vai embora.

— Jesus, Clarke. Você não deveria tomar banho estando com hipotermia... Tanto faz. Pega, surrupiei algumas roupas do meu pai. Veste alguma coisa, pelo amor de Deus.

Ela me oferece uma pilha de roupas e eu uso o pouco que me resta de energia para me vestir. Passo os braços pelas mangas, puxo para o alto a calça de abrigo, larga demais, e um moletom com o logo de uma loja de produtos para pescaria.

— O-obrigado.

Tento segui-la até o quarto, mas sinto as pernas fracas. Nem parecem ser minhas. Pé esquerdo, pé direito, pé...

Dou de cara no chão. Uma explosão rápida e intensa de dor me atinge. Faço uma careta, cobrindo meu nariz e sibilando por conta das pontadas de calor.

— Cara, o que tá acontecendo com você hoje? Você está ainda mais esquisito do que o normal. Continua bêbado? — Ela chega perto, perto demais, e franze o nariz como um cão de caça treinado para detectar álcool.

Com o rosto dela a centímetros do meu, reparo em todas as coisas que não notei antes. O rímel amontoado, os cílios virados de forma estranha; uma pintinha no meio da bochecha, outra raspando o queixo; dentes afiados, alguns virados para dentro. Coisas que não deveriam ser adoráveis, mas são.

— Não, acho que não. — Sacudo a cabeça, maravilhado com a normalidade de meus dedos. — Mas tem algo errado. Tem algo muito, muito errado.

Não noto que meu joelho está tremendo até ela agarrá-lo com força.

— Me conta.

Não é mais uma pergunta, mas uma ordem.

Minha boca está tão seca que é insuportável. A única coisa que sinto é o gosto pungente de sangue.

— Eu virei um inseto — confesso. — Achei que tinha virado, ao menos, mas depois voltei ao normal.

Ela estreita os olhos.

— Você tomou alguma coisa estranha na festa, não tomou?

— Não! Eu... eu sei a impressão que isso passa, mas aconteceu, juro. Não usei drogas. Esta não é a primeira vez. Eu vomitei na festa, Wil.

Isso rompe o silêncio.

— Beber daquele jeito dá nisso — ela brinca, oferecendo a mão para me erguer do chão sujo.

Eu aceito, balançando a cabeça em desespero.

— Não, não é o que está pensando. Eu vomitei uma mariposa.

Seja lá o que pretendia dizer, as palavras morrem nos lábios dela. Ela fecha a boca.

— E agora, no seu banheiro, eu vi a minha... minha pele descascando e... — As palavras não saem, então imito pinças com os dedos.

— Vou ter que te interromper, tá, menino do dedo verde. — Wil inspira, sibilante, e faz um sinal para eu me sentar na cama e calar a boca. — Não sei se você tá alucinando ou viajando ou o que mais, mas juro que você não virou um louva-a-deus no meu banheiro. — Ela deixa uma caneca a meu lado na mesa de cabeceira. — Pronto, bebe isto e fica sóbrio de vez. Achei que seria bom lhe preparar uma bebida quente. É café, desculpa. Sei que você odeia, mas é tudo que temos. Coloquei o que tínhamos de açúcar nele. De nada.

Pego a caneca com as mãos e tremo por conta do calor.

O primeiro gole é brutal, mas me obrigo a continuar. Meu pai toma uma xícara todas as manhãs.

Uma vez, ele me deixou tomar um gole. Precisei de todo meu foco e concentração para fazer descer. Ele bufou ao ver minha expressão azeda, puxando o café de volta para tomar um bom gole.

— É possível adoçá-lo com creme e açúcar, mas o torna algo que não é. Precisa ser forte o suficiente para despertar. — Meu pai fez careta ao olhar para a xícara. — Não precisa gostar; só precisa beber.

Engulo o amargor.

Wil senta na cama a meu lado. O cabelo preto feito nanquim mal chega aos ombros. Quando éramos mais jovens, na época em que eu a conhecia de verdade, chegava à cintura. Ela o prendia em uma trança apertada, e eu costumava ser o encarregado de pegar os galhos e as folhas que ficavam presos nela.

Ainda lembro da sensação da trança por entre os dedos. Engulo em seco.

As orelhas dela estão abarrotadas com uma dúzia de brincos e argolas. Ela só tinha três no ano passado. Se alguém saberia disso, esse alguém sou eu.

*Você não a conhece mais. Ela se tornou outra pessoa.* Antes do sarcasmo, lembro do sorriso que ia de orelha a orelha. As covinhas cortando sutilmente as bochechas. Lembro da risada — suave e lírica, o contrário do que se esperaria de uma garota tão durona.

Ela fecha a cara, estreitando os olhos castanhos.

— E aí, vai me dizer o que realmente está acontecendo? Além do… ãh, da coisa do *inseto*, o que se passa com a sua família?

Sacudo a cabeça.

— Não sei.

— Por que alguém perfeitinho como você fugiria de casa? — A voz dela é tão cortante quanto os galhos do bosque. Talvez ela também arranque sangue.

Não posso admitir. Não em voz alta.

O silêncio que paira entre nós é suficiente para fazê-la praguejar.

— Vou começar a cobrar uma taxa extra pela perda de tempo.

— Cobrar? — repito.

— Sim, Elwood. Cobrar. Você não tem o direito de me fazer perder tempo à toa. Claro, também preciso levar em consideração o serviço de quarto… — ela aponta para a caneca fumegante a meu lado — … o tratamento emergencial, a estadia na suíte de luxo.

Isso aqui? Uma suíte de luxo?

— Eu não tenho dinheiro — deixo escapar, e, pela primeira vez em minha vida, é verdade. Estou sozinho sem meus pais. Sem dinheiro. Sem pertences. Sem nada. Nada além do medo crescente em minhas entranhas.

— Claro que tem, Clarke. — Ela arrasta a pronúncia do meu sobrenome como se fosse um insulto mordaz. — Sua família tem dinheiro suficiente para comprar nosso hotel e demoli-lo por diversão.

Nunca gostei de ser chamado de Clarke. Não combina comigo. É grande demais para alguém tão pequeno. Limpo a garganta e sinto o gosto de sangue.

— Tudo bem. Você tem razão. Eu fugi de casa. — Pronto. Agora admiti. As palavras tomam forma no ar e temo que possam dar a volta em meu pescoço e me estrangular. Há uma finalidade cortante nelas. Nada que eu disser pode mudar ou consertar o fato. Fugi de casa, e agora esse pecado ficará marcado em minha pele. — Meu pai me pegou. Foi a única vez na minha vida que saí escondido e meu pai me pegou. Ele me pegou e... — Veio em minha direção, cuspindo a raiva como brasas, os lábios escancarados em um rosnado enquanto destruía tudo que eu amo. — Ele convocou o resto da igreja. Eles falaram sobre mim como se eu não significasse nada... Desculpa. Eu não sei. O xerife Vrees estava lá e meu pai disse que não me amava e... — Minha voz falha como se eu estivesse na puberdade.

O silêncio se esparrama como a névoa de um lago. Paira sobre nós, pesado, denso e incessante.

— Quê? — pergunta Will, arfando.

— Eles estavam falando sobre garantir que eu não fugisse de novo antes de Prudence dar à luz. — Soluço e me enterro ainda mais nas cobertas. — Wil... Eu juro que não sabia que meu pai quer comprar o hotel. Não fazia ideia. Acredite em mim.

O luar fraco e opaco toma parte do quarto. Não posso ir muito além disso.

— Prudence? A esposa de Vrees?

— Sim. — Respiro fundo e sinto o peito inchar e subir. — Eles querem que eu morra. Falaram sobre tirar algo de mim e colocar no bebê, e... Desculpa, é demais.

— Era tudo tão óbvio — sussurra Wil, e a suavidade não combina com ela. — O Jardim de Adão é uma seita bizarra. E, durante esse tempo todo que passei com o Vrees, só achei que ele fosse incompetente ou que estivesse recebendo propina, mas nunca parei pra pensar que ele e a esposa fizessem parte disso.

Merda, Elwood, *Vrees faz parte de tudo*! Meu Deus, isso é maior do que eu pensava. Isso é muito maior do que eu pensava.

Do lado de fora, a neve continua a cair. As palavras de Wil chicoteiam minha pele, frias como a corrente de vento do outro lado da janela. Meu pai sempre diz que o frio faz alguém se sentir vivo da pior forma possível. Atiça uma energia interna, um desespero desconhecido. O frio mostra quem realmente você é.

Tenho medo do que isso diz a meu respeito.

— Eles falaram alguma coisa sobre a minha mãe?

Balanço a cabeça.

— Não que eu tenha ouvido.

Minhas unhas se enterram na carne do braço, fazendo brotar o conforto da dor. Estou vivo. Muito, muito vivo.

Além das cortinas, o bosque parece mais próximo. As árvores murmuram, e temo que minhas palavras sejam carregadas até a igreja. Quero engolir cada uma delas de volta.

Me encolho mais na cama, ficando menor, e jogo os braços sobre os joelhos.

De esguelha, vejo os olhos de Wil arderem, mas não me viro para olhá-la. Não consigo.

— Vou te ajudar — diz, mudando de tom. — Não vou deixar que seus pais o encontrem, prometo. Me ajuda a descobrir os podres da sua família e a encontrar minha mãe, e eu te escondo pelo tempo que precisar. Sem cobrar nem nada. E aí, quando seus pais estiverem vestindo o macacão laranja do uniforme da cadeia, nós dois estaremos felizes.

A traição é uma família de cicatrizes em minha pele. Todas as vezes que cometi o erro de dizer o nome de Wil em voz alta debaixo do teto dos meus pais.

— Não posso incriminar minha família.

Ela faz a mesma expressão que esperava que fizesse: de extrema frustração.

— Você disse que eles iam te matar. — Quando ela fala, tudo parece preto no branco, mas, em minha mente, é algo confuso como a neve, um borrão indistinto de certo e errado.

— Eu nunca estive contra os meus pais.

— Tem uma primeira vez para tudo, não tem? — Ela não perde uma. — Além do mais, não que você tenha escolha, não é?

Odeio admitir, mas ela tem razão. Se eu pudesse escolher, não teria fugido e, ao chegar aqui, meu primeiro instinto não teria sido me esconder na cama e rezar até passar.

Meu lar é uma faca no pescoço e uma coleção de asas destruídas e arrancadas.

— Tá. — Uma palavrinha pesa mais do que tudo. — Eu ajudo.

Uma vez cimentado meu caminho de pecados, me deixo cair por completo.

A cama reclama sob o meu peso. Queria que o colchão me engolisse por inteiro e me levasse para longe. Não verifiquei se há percevejos, mas estou cansado demais para me levantar. Talvez eu ajude a arrumar a cama amanhã. Talvez eu faça uma faxina completa neste lugar para não enlouquecer. Ou talvez o terror me pegue de vez e eu não seja capaz de fazer absolutamente nada.

— Combinado, então.

Os olhos de Wil estão focados num ponto do teto. É como se estivéssemos olhando para as estrelas, traçando constelações com os dedos. Um universo colado acima de nós, com um leve brilho verde luminescente.

— Você continua amando o espaço, né? — murmuro para me distrair.

— Não sou obcecada que nem você com seus insetos, mas... tem algo a respeito de ir o mais longe possível daqui que me atrai — balbucia Wil, traçando o asterismo do Grande Carro com o dedo. — Se não fosse pela minha mãe, eu já teria ido embora desta cidade idiota. Teria comprado uma passagem de ônibus para qualquer destino e nunca mais teria voltado. — Ela funga, virando para o lado. — Foi ela que fez isso para mim. Teria sido mais fácil só grudar todas as estrelas e pronto, mas ela as agrupou em constelações, só para mim.

— Ela te amava muito. — As palavras escapam por conta própria. Pisco observando o teto de textura *gotelé*, impedindo as lágrimas de correrem por meu rosto. Me pergunto a quantidade de asbesto que deve haver neste lugar. Me pergunto se a tinta das paredes é à base de chumbo. — Eu não deveria ter dito o que falei na casa do Lucas.

Ela está em silêncio: só o sobe e desce do peito, as batidas do coração.

— Por favor, não fala dela no passado.

Abro a boca para pedir desculpas, mas ela me cala com um olhar.

— Você não precisa comentar nada, Elwood. Eu já tenho uma coleção de sinto-muitos. — Mantém a expressão rígida. — Se contasse para alguém o que aconteceu com você, acha que ajudaria se alguém sentisse muito?

*Sinto muito por sua coleção estar destruída. Sinto muito que sua família não o ama.*

*Sinto muito pelo que vai lhe acontecer quando o pegarem.*

— Você tem razão, des… Vou calar a boca.

— Eu perdi todo mundo na mesma semana. Minha mãe, meu pai de todas as formas que contam, e você.

— Eu não tive escolha. — Há um quê de desespero em minha voz que me surpreende. — Você acusou minha família.

— E agora olha onde você está. Aqui. — Ela grunhe ao pronunciar a palavra, e a voz dela sai mais dura do que já ouvi. Ou talvez a verdade é que é dura de ouvir. — Você acha que eu teria feito isso se não tivesse sido obrigada? — É a voz dela que falha agora.

— Você me obrigou a escolher.

— E você escolheu. — A voz dela se encolhe, e ela seca as lágrimas do rosto bruscamente. — Meu Deus, como eu te odeio.

Do lado de fora, o vento está cada vez mais agressivo, golpeando as janelas.

Há tanto veneno nessas seis palavras que até ela recua. Cada uma me atinge como uma bala plantada no fundo do coração. Não há nada a dizer depois disso — mesmo que eu quisesse, a dor é grande demais. Eu me iludi todo esse tempo. No fundo, sempre soube que ela me odiava, mas achei que, se mantivesse distância, poderia fingir que não era verdade. Poderia me convencer de que as coisas melhorariam algum dia.

Minhas pálpebras pesam, cansadas de impedirem as lágrimas de cair. O lençol parece um caixão que me prende e pesa sobre mim. Por sorte, não vejo nada quando durmo.

Sou grato pela escuridão.

# CAPÍTULO NOVE
## WIL

Não acordo com o sol brilhando do lado de fora ou com os pássaros piando. Acordo com Elwood Clarke tendo um surto.

Ele levanta de um pulo, o peito chiando a cada respiração turbulenta e ruidosa. O suor fez grudar na pele a camisa que lhe dei. Algumas gotas escorrem pelo rosto, coladas nele como orvalho na grama. Seu cabelo está tão despenteado quanto o meu depois de acordar.

— Tudo foi real — ele arqueja.

— Bom dia pra você também — resmungo, encarando-o de forma nem um pouco entusiasmada.

Mesmo em pleno surto, ele está com uma aparência decente. Os cílios dele são ridiculamente longos e ele não parece ter tido uma única espinha na vida. Talvez os pais o tenham feito seguir um tratamento preventivo para acne. Sigo o declive do nariz e o contorno do maxilar.

Quando nos conhecemos, as orelhas dele eram grandes demais para o rosto e os braços eram tão longos em relação ao resto do corpo que chegava a ser engraçado. Era um filhote de cachorro em fase de crescimento. O último ano causou mudanças em nós dois. Ele ficou mais bonito; eu estou ficando cada vez mais feia. Meu cabelo é... bom, o meu cabelo. Não diria que minha pele piorou nos últimos tempos porque isso implicaria dizer que a minha pele já chegou a ser boa. O estresse se alojou na minha mente e nas minhas glândulas sebáceas.

As olheiras são um bônus. Minha aparência é um desastre.

Sinto um arrepio e direciono minha raiva à corrente de ar entrando pela janela. Todo inverno tento arrumar isso com um rolo de fita adesiva. Não sou habilidosa nem faço a mínima ideia de como consertar janelas, mas sei usar fita adesiva. Infelizmente, minha fita de bolinhas não está servindo de nada hoje. Boa parte de meus braços descobertos tem arrepios possivelmente permanentes.

Tiro as pernas de cima da cama e uso os pés para pegar um moletom amarrotado do chão. Ele passa no teste de cinco segundos para verificar manchas e cheiro de suor, então arrisco vesti-lo. Na frente está escrito PLANET HOLLYWOOD — ORLANDO.

Spoiler: nunca estive no Planet Hollywood de Orlando. Mas alguém que frequenta o brechó já foi.

— Meu pai vai me matar — geme Elwood contra os próprios joelhos. Ele está exagerando, mas não demora muito para perceber que isso não está muito distante da realidade. O pai dele pode, literalmente, assassiná-lo.

Não posso pensar nisso, porque alimenta um medo diferente no qual não quero acreditar — o de que minha mãe não está presa em algum lugar, me esperando, mas morta há muito tempo. Sempre mantive essa parte de mim abafada, a preocupação angustiante de que meus instintos não estivessem equivocados. Todas as vezes que fiquei encarando as árvores e o mundo ao meu redor, procurando uma conexão — *estou aqui. Estou viva* —, sem nunca encontrar nada. A linha que nos une foi tão esticada, está tão puída e desgastada... será que eu notaria se ela fosse cortada?

Afasto a ideia porque a verdade é pesada demais para ser digerida neste momento.

— Seu pai não terá a oportunidade de fazer isso — digo com convicção. — Você esqueceu que eu odeio esse homem mais do que qualquer outra pessoa no planeta? Eu o enfrentaria de bom grado por você.

Por mais irritante e terrível que Elwood seja, preciso admitir que preciso dele. As palavras de Cherry não param de passar por minha mente. Com evidências convincentes e uma testemunha, posso consertar tudo. Resolver o caso de desaparecimento de mamãe. Salvar o hotel. Colocar os Clarke e os Vrees atrás das grades pelo resto da vida.

Elwood me encara. Os olhos dele são perturbadores de tão verdes. Afasto o olhar por instinto.

— Antes de pensar em que diabos faremos a respeito de tudo isto, vamos pensar no café da manhã — sugiro. Ele não responde; está ocupado demais arranhando a própria pele por conta do estresse. Ele já fazia isso no ano passado. Toda vez que ficava nervoso, começava a descontar a preocupação nos dedos e arranhar a pele até fazê-la sangrar. É bom saber que algumas coisas não mudaram. No geral, ele parece em um Surto Completo, então descarto a ideia de levá-lo comigo até a cozinha.

— Vou pegar alguma coisa. Acho melhor ficar aqui. Se seu pai sair de baixo da cama, é só gritar que eu volto para enchê-lo de porrada.

Em um milagre que só Jesus teria sido capaz de conceber, meu pai madrugou e acordou antes da uma da tarde. Bom, mais ou menos. Ele parece um morto-vivo na mesa da cozinha, mas essa é sua "cara de sempre". O cabelo está bagunçado e arrepiado, e ele está vestindo o velho roupão que lhe "dei" quando tinha dez anos. Na verdade, quem comprou foi a mamãe, mas ela me deixou assinar o cartão sozinha. Os olhos dele estão vidrados e desfocados, seu hálito cheira a uísque. Nada de novo. O cheiro o segue como se fosse sua colônia favorita. Uísque e Lixo, marca registrada.

Faço um barulho com a garganta. Não vou desejar bom-dia, de mim ele só vai conseguir um *hunf*.

— Sei que está chateada, Minnie — ele murmura quando passo por ele para pegar a cafeteira.

Eu o olho de relance, mas ele não está me olhando. Está ocupado demais mexendo no rasgo da manga. O roupão ficava ótimo quando eu tinha dez anos. Agora parece algo que foi achado no lixo.

Ele pigarreia, e parece o som de um garfo sendo jogado na lixeira.

— Pensei ter ouvido você falando com alguém ontem à noite. Você trouxe algum amigo?

— Só se for na sua imaginação. — Dou de ombros. Não é uma mentira, tecnicamente. Ele disse "amigo", não "ex-melhor amigo com quem briguei". De qualquer forma, não diria nada. Não é da conta dele. Ele não pode escolher as vezes em que quer se importar comigo.

— Poderia jurar que ouvi…

Estou prestes a dizer "você está ouvindo coisas", mas Elwood decide que este é o melhor momento para aparecer à porta. Meu pai pode não estar olhando para mim, mas com certeza olha para ele.

Elwood se move como se fosse um bezerro recém-nascido. Aguardo até as engrenagens no cérebro do meu pai engatarem. Nós dois. Aqui. De pijama. Evidentemente descabelados. Elwood pingando de suor. Meu pai engasga com o próprio ar.

— O-olá, sr. Greene. — Elwood já está ficando com urticária. A mancha começa no pescoço e sobe para o rosto e a ponta das orelhas. Ele se encolhe, os ombros curvados como se pudesse desaparecer se tentasse o suficiente. Não deve estar se esforçando muito, porém, já que um minuto se passa sem que ele evapore.

Elwood abre a boca, mas não é capaz de ir adiante.

O som da porta da recepção ecoa no corredor e, mais rápido que num piscar de olhos, Elwood dá um pulo.

Vejo toda a vermelhidão se esvair para dar lugar a um branco fantasmagórico. Ele arregala os olhos e um arrepio violento corre por sua pele.

— Olá? — A voz é grave, familiar e enervante. É seguida pelo vento e pela batida brusca da porta contra as dobradiças enferrujadas. Eu reconheceria aquela voz em qualquer lugar. O pai de Elwood. Tudo que sai da boca do sr. Clarke parece ser dito em itálico. Ele soa como a Siri do iPhone, se a Siri só falasse sobre Deus.

— Ficaria surpreso de encontrá-lo aqui, Ezekiel — resmunga outra voz. Por outro lado, o xerife Vrees mal se dá ao trabalho de enunciar as palavras. Ele fala como se o próprio bigode o esgoelasse. Gostaria que fosse o caso. — Eles praticamente não têm hóspedes. Francamente, este lugar seria melhor como um estacionamento.

— Ele não está aqui — sussurro para meu pai. — Faça-os ir embora.

Depois de um segundo que passo falando obscenidades em voz baixa, papai suspira e se ajeita. O que acontece depois é um gesto débil, mandando-nos entrar na despensa e depois outro para ficarmos quietos.

Meu pai não precisa repetir. Elwood adoraria afundar nas tábuas do chão e nunca mais voltar, se fosse uma opção. Ele entra primeiro e eu o sigo. Pela fresta, assinto para meu pai antes de fechar a porta devagar.

— Bom dia, xerife Vrees — ouço-o dizer. Não consigo imaginar a cena, ele chegando à recepção de pijama. Apesar de sua voz ser formal, o tom de cordialidade desaparece quando fala: — Bom dia, Clarke. Suponho que vocês dois não vieram fazer uma reserva?

Eu me remexo, olhando as prateleiras que parecem sombras. Há pouquíssima comida, considerando o tamanho da despensa. Temos um pacote velho de cereal e algumas embalagens de macarrão instantâneo. Além disso, vejo uma lata de espinafre que venceu dois anos atrás.

Tão diferente do passado. Antes de ser atropelado pela depressão, papai também trabalhava como chef de cozinha. Não estávamos na situação em que estamos hoje. O sonho dele era transformar este lugar em uma pousada. Ele acordava antes do sol raiar para cozinhar para os hóspedes, e o mais doido de tudo é que adorava fazer isso.

Agora, a não ser que Cherry cozinhe para mim, a maior parte das minhas refeições são preparadas pelo micro-ondas. Nuggets congelados, "lasanha" murcha e mole, costelas com gosto e cheiro de ração de cachorro.

Após a morte de suas ambições, meu pai começou a usar a despensa como mais um depósito para todas as nossas tralhas velhas. Está abarrotada de caixas seladas com fita e empoeiradas.

Quase não tem espaço para respirar. O peito de Elwood está colado nas minhas costas, e consigo sentir os batimentos frenéticos de seu coração. Parecem querer atravessar minha caixa torácica. Agarro a mão dele com força.

Ele fica imóvel.

— Estamos à procura do meu filho — anuncia o sr. Clarke. — Ele está aqui? Veio com sua filha, talvez?

Ele fala *filha* como se fosse o pior insulto imaginável. Talvez seja. Digamos que não sou a queridinha de Pine Point.

— Pelo que sei — responde papai, a voz chocante de tão suave —, minha filha parou de falar com seu filho há mais de um ano.

As palavras dele escondem um golpe muito mais potente. Tenho certeza de que isso não passa despercebido por nenhum deles. Um ano atrás... bem quando mamãe sumiu e acusei o sr. Clarke pela primeira vez.

— Não aprecio o seu tom, sr. Greene — rebate o sr. Clarke, com a voz cortante. Eu o imagino bufando na recepção. Um cachecol azul-marinho enrolado no pescoço, apertando um casaco de mesma cor contra o peito, provavelmente fazendo cara feia para toda aquela poeira. — Ele poderia ter vindo aqui só para me contrariar.

Não consigo imaginar Elwood fazendo nada para contrariar alguém.

— Está vendo alguma chave sendo usada? — papai pergunta, e preciso tirar o chapéu para ele. Está atuando melhor do que pensei. — Ele não está aqui.

Tenho certeza de que vou ter que lidar com isso depois, mas por enquanto funciona.

— Não importa — insiste o pai de Elwood, apesar de parecer ter perdido um tanto da exaltação que tinha ao chegar. — Ainda assim, precisamos fazer uma busca completa no lugar.

Sinto Elwood apertar meus dedos. Se apertar um pouco mais, vai acabar quebrando a minha mão. Dou uma cotovelada nas costelas dele, e ele me solta um pouco.

— Vai ser muito mais fácil procurar nos destroços depois de demolir o hotel, Clarke — diz papai. Ele está se controlando muito melhor do que eu faria. Se estivesse lá, já teria dado na cara do pai de Elwood. — Está perdendo o seu tempo. Até lá, não tem como entrar aqui sem um mandado de busca. Xerife Vrees, você deveria saber disso melhor do que ninguém.

Vrees bufa.

— Virou advogado agora, Greene?

Silêncio.

— Claro, não seria difícil conseguir um — diz o sr. Clarke. — Este lugar é a violação encarnada das regras sanitárias.

Meu pai replica alguma coisa, mas fala baixo demais para eu poder ouvir. Depois começa uma discussão sussurrada, seguida de passos agressivos vindos de sapatos sociais. E, em seguida, o som de dobradiças rangendo e o vento entrando. A nevasca é interrompida pela porta batendo.

Um segundo se passa. Dois, três, quatro e cinco.

Meu pai volta e a porta da cozinha se fecha atrás dele.

— Tudo bem — diz, e sinto a mão de Elwood voltar ao normal. — Vocês dois podem sair agora.

# CAPÍTULO DEZ

## WIL

Elwood parece prestes a vomitar, então meu pai, que para variar não nota nada, começa a fazer panquecas doces.

É estranho dizer "pai" e "cozinhar" na mesma frase. Estou acostumada a "pai" e "pedir comida" ou "pai" e "vacas magras". Faz muito tempo que não faço uma refeição de verdade.

— Estou um pouco enferrujado, desculpe. — Papai aponta para o que deveriam ser panquecas. Parecem mais cartilagem com chocolate. — Por um momento esqueci que elas estavam no fogo.

Torço o nariz ao ver a nuvem escura de fumaça. Estou surpresa de que o detector de incêndio não tenha começado a berrar. Deus nos acuda se o sprinkler for ativado. Depois da última travessa, papai joga a frigideira com o resto das coisas na pia. Já tem uma torre de louça suja, e a frigideira no topo parece uma estrela de árvore de Natal.

— Obrigado — murmura Elwood, aceitando o prato sem nem torcer o lábio. Ele parece tão acabado, tão incrivelmente morto por dentro, que quase não consigo me defender do sentimento que isso causa em mim.

— De nada. — Meu pai expira o que restou de ar nos pulmões em um longo suspiro. — Eu costumava cozinhar o tempo todo, né, Wil?

Lembro-me dele servindo o café da manhã para mim e mamãe — panquecas macias e cheias de chocolate. Ele sempre deixava um copo de suco de laranja me esperando na mesa da cozinha (a mesma que agora coleciona contas vencidas). Ouso dizer que as coisas costumavam ser normais.

*Se casar algum dia*, mamãe me disse uma vez, lambendo molho holandês do garfo, *case com alguém que saiba cozinhar*. Se meu pai estivesse por perto, ele acrescentaria: "Então, aquele Elwood faz aula de culinária?", o que me fazia corar e querer bater nele.

— Aham — digo, apática, cortando um pedaço melancólico no meu prato. O recheio de chocolate espirra. É tudo que ele vai tirar de mim.

Meu pai limpa a garganta e tenta mais uma vez.

— Não sabia que vocês dois tinham voltado a ser amigos.

— Não voltamos — respondo com a boca cheia de panqueca.

— Ah… Tá. Hum. — Meu pai tamborila os dedos na madeira. Se está tentando se conectar comigo, precisa saber que a ponte entre pai e filha foi pro inferno. Qualquer tentativa de contato agora inclui atravessar um rio cheio de crocodilos, e nós dois sabemos que "esforço" não é uma palavra que se encontra em seu vocabulário. — Você sabe que não pode ficar aqui para sempre. Eu fugi uma vez de casa quando era garoto. Em algum momento, seu pai vai…

Elwood se arrepia ao ouvir a menção ao pai. A panqueca não lhe desce bem pela garganta, e ele precisa tomar um pouco de suco para não engasgar.

— Eu sei — diz ele, já em pânico. A cor quase sumiu de seu rosto. — Eu sei que ele vai me encontrar.

Assim é que se faz.

Sem conseguir fechar a boca por cinco segundos completos, papai começa pela terceira vez.

— Bom, hum… a respeito de não haver nenhuma chave fora do lugar, hum, imagino que esteja ficando no quarto da Wil. — Ele nos dá um olhar evasivo e desconfortável. Já sei qual será a direção horrível e embaraçosa que ele vai tomar. — Espero que vocês não… hum… façam nada que não deveriam fazer.

Pronto. Sabia.

— *Pai* — uivo. Agora sou eu que engasgo com as panquecas. Meu subconsciente doentio recupera a imagem de Elwood, recém-saído do chuveiro, a toalha pendendo ao redor do quadril, o cabelo molhado e pingando no peito...

Preciso de uma lobotomia.

— Quero dizer, eu e sua mãe fomos jovens um dia, sei como as coisas são. — Meu pai volta atrás, apesar de empurrar o prato para a frente como se tivesse perdido o apetite. Assim como eu. — Não quero que aconteça nenhum acidente.

As bochechas de Elwood ficam cor de carmim.

— Meu Deus. Não. Que nojo, pai. — Minha cadeira arranha o chão quando me levanto. — Elwood está aqui se escondendo da família, só isso. Por que precisa tornar tudo tão esquisito?

É a hora de meu pai ficar vermelho. Ele retorce os lábios para dentro, mordendo-os para não dizer mais nada. Deveria ter feito isso antes.

E lá se foi o café da manhã.

Não nos falamos ao voltar para o quarto.

Quer dizer, o que dá para dizer depois disso, sinceramente? Sinto muito que seu pai esteja à sua caça. Sinto muito por meu pai ter sugerido que você poderia me engravidar se não tomasse cuidado. Sinto muito que não tenha sido engolido pela terra como gostaria. Se descobrir um jeito, me avisa.

Ficar em silêncio com Elwood é horrível. É tão difícil penetrar nos pensamentos dele. Praticamente impossível. A mente dele é uma fortaleza, e ele sempre me deixou do lado de fora do portão. Ele se senta na beirada da cama e encara o carpete imundo sob os pés.

Quando abre a boca, o medo escorre de cada palavra.

— Seu pai tem razão. É uma questão de tempo até meu pai me encontrar.

Meu pai não deveria ter dito aquilo. Tusso, cruzando os braços à frente do peito e tentando fingir uma força que não tenho.

— Meu pai quase nunca tem razão. Eu falei que vou te proteger e não vou dar para trás. Acho bom você manter sua parte do trato.

Ele parece nem ouvir. Depois de cinco segundos encarando o chão, afunda a cabeça nas mãos.

— A cidade inteira está atrás de mim e não faz nem um dia. Acabou para mim.

— Acabou nada — vocifero. Jesus, como ele é dramático.

— Sinto como se tivesse acabado.

Não é fácil sentir simpatia. Ou ao menos expressá-la. As palavras se enrolam na ponta da língua e não sei o que fazer com minhas mãos, rosto ou qualquer outra coisa. Me jogo sentada ao lado dele e descanso o cotovelo no rasgo do joelho da minha calça jeans.

— Bom, não acabou, então cala a boca. — Talvez não tenha sido muito solidário. Tusso e tento mais uma vez. — Vai dar tudo certo. Prometo.

Pronto, agora parece um pouco mais convincente.

Exceto que talvez não, já que ele começa a chorar. Ele se arranca do próprio casulo de autopiedade, e consigo ver que seus olhos estão vermelhos e marejados.

A visão atravessa meu peito como uma faca. Me sinto estranha, vazia e destruída. Sem perceber, me aproximo em um surto de memória muscular. Meus dedos se dirigem ao cabelo dele, o polegar traçando círculos lentos no couro cabeludo. Era algo que eu costumava fazer antes, quando as coisas eram diferentes. Quando ele continha as lágrimas por muito tempo, as emoções se derramando de uma única vez. Quando éramos nós dois contra o mundo inteiro.

Recuo e sento nos meus dedos traiçoeiros. Não confio mais em mim mesma.

A ponte do nariz dele está levemente corada, e o vejo afastar as emoções com a manga da camisa. *Meu pai disse que garotos não choram,* Elwood me confessou no sexto ano, o rosto inchado pelas lágrimas. *Mas é tão difícil de segurar. Como você consegue?*

*Eu me obrigo a não sentir nada*, foi o que falei. Faço isso agora. Absorvo e escondo tudo. Preciso me concentrar de novo na tarefa que tenho em mãos: obter respostas.

Limpo a garganta, me sentindo estranhamente encabulada.

— Precisamos começar a procurar as respostas hoje, e não vamos encontrá-las aqui no hotel, isso é certo. Estava prestes a tentar invadir sua casa quando nos encontramos ontem.

Os olhos dele esbugalham e, por mais ridículo que fique, é melhor que chorar.

— Espera, volta, você ia invadir minha casa?

Minhas escapadas noturnas nunca soam bem na boca dos outros.

— Algo assim, é. Você nem teria notado. Sou discreta quando quero. Já me viu tirando fotos alguma vez?

Por sorte, estou ocupada demais vasculhando embaixo da cama para ver a reação dele. Tenho certeza de que os olhos dele devem ter saído do crânio.

— Wil, quer dizer que estava me seguindo? Espera, pensei ter visto algo nos arbustos duas semanas atrás. Achei que era um guaxinim.

— Hum, erro compreensível. — O vão debaixo da cama está atulhado de porcaria. Mas não importa. Sei exatamente onde está minha caixa de evidências. Ela costumava abrigar um par de tênis esportivos tamanho trinta e sete, mas agora esconde um milhão de fotos acusadoras. — Você é uma pessoa entediante de seguir, Elwood.

— Eu… Desculpa?

— Não tem nada de errado nisso, mas não se preocupe, não joguei todos os meus sábados no lixo. — Viro o conteúdo da caixa ao lado dele e ele dá um pulo. Centenas de fotos desfocadas da família dele se espalham pelo cobertor e, preciso admitir, é bastante incriminador, visto assim.

— Mas que mer… — Ele se contém, mordendo o próprio lábio.

— Você ia dizer *merda*? — Bufo uma risada. — Nunca te vi dizer palavrão. Cheguei a achar que você tinha um chip de controle parental no cérebro.

Espero que ele choramingue e reclame, mas ele não diz nada, e sou obrigada a mudar de tática. O humor se esvai.

— Tá bom, tá bom, não é a coisa mais ética que fiz na vida. Meu Deus. Não me olha dessa forma, Clarke. Nunca espiei pela sua janela ou coisa do tipo. — Nós dois coramos, e me obrigo a seguir adiante. — Todas essas fotos são do lado de fora. Seu pai sacrificando animais no bosque, sua mãe usando as joias da minha, seu pai entrando na igreja e literalmente ficando lá a noite inteira. Na manhã seguinte, ele estava de volta em casa. Juro por Deus que não peguei no sono, mas...

— E esta? — pergunta Elwood, os dedos pegando com destreza a única foto que eu deveria ter queimado.

— Devolve isso. — Não vou conseguir tirar o rubor do rosto nem a tapa, mas estou determinada a tentar quando ele levanta a fotografia, tirando-a do meu alcance. Se minha cara ficar mais quente, a placa que indica a possibilidade de incêndios florestais lá fora vai ter que ser virada para "alta". — Foi sem querer. Devolve.

A foto de Elwood mostra um raro sorriso. Genuíno e florescente como uma brisa de verão.

Quando a tirei, ele estava fora da casa, no jardim da mãe, e, como uma princesa da Disney, borboletas voavam acima da cabeça dele... e, se gostei do jeito que o brilho vespertino refletiu em sua pele, isso é problema meu, não dele.

Ele é frustrante quando quer.

— Quanto tempo passou me observando?

— Ah, não que possa fazer alguma coisa a respeito — brinco, e isso só me faz passar mais vergonha, mas estou pegando pesado agora. Há outra caixa de sapatos escondida embaixo da cama. Que já deveria ter botado fora, mas nunca tive coragem. Eu a puxo para fora e, Deus, não é que funciona?

— V-você ficou com tudo isso? — ele gagueja.

Meu próprio rosto me encara milhares de vezes; eu existo em papel-manteiga rasgado, margens de caderno e no espaço amassado de um guardanapo. Elwood me deixou esses desenhinhos como um gato que oferece bichos mortos à dona.

— Obviamente. — Engulo em seco. — Incrível como você não cansou de fazer esses rascunhos incessantes de mim. Quantas versões dá pra fazer desse cabelo oleoso e dessa carranca permanente?

Ele abre e fecha a boca como um peixe fora d'água. Espero que me contradiga, mas ele não diz nada. O que eu esperava — que ele me elogiasse? Que tivesse um motivo lisonjeiro para me desenhar tanto? Por anos, fui a única pessoa que falava com ele na escola. É óbvio que seria sua única musa. Não poderia ter outro significado.

Chuto a caixa para longe e, para ser honesta — o que raramente sou —, isso dói mais do que deveria.

— Tanto faz. Não estamos aqui pra falar sobre isso ou essa foto idiota na sua mão. Estamos aqui pra falar do lunático do seu pai. — Pego uma das fotos do topo. Não me importa qual, só quero me distrair. Olho de relance para a imagem e vejo que estou com sorte: a transição perfeita. — Também tem um punhado de fotos dele na biblioteca. Parece ser um dos refúgios dele além da igreja e da casa. Duvido que ele tenha pegado um livro do Stephen King. A Bíblia é de uso exclusivo dele, ou o quê?

Elwood parece ter recuperado a capacidade de falar.

— Não há só livros na biblioteca, Wil. Também tem registros lá, sabia? Ele deve estar checando o livro-razão da cidade ou algo assim.

*Livro-razão da cidade*. As palavras tiram a poeira de minhas engrenagens mentais.

— Que tipo de coisa haveria em um livro assim?

É o mesmo Elwood da sala de aula, sempre afoito para levantar a mão e tagarelar respostas.

— Tudo. Qualquer coisa. É a melhor forma de preservar a história da cidade. Datas importantes, nascimentos, falecimentos, o que quiser. Meu pai é muito bom com registros.

As mesmas engrenagens começam a se mover.

— Está decidido, então.

Ele pensou tão rápido antes, mas agora ficou lento.

— O que está decidido?

— Precisamos desse livro.

— Se houver um fio de cabelo fora do lugar, meu pai vai saber que fui eu que peguei. — Elwood coça a bochecha, os olhos correndo para a janela. Eu fechei as persianas, mas o bosque Morguewood achou uma maneira de aparecer pelas frestas. O terreno, que costumava ser familiar, cresceu de forma selvagem durante a tempestade. — Além do mais, o que a gente faz se ele me descobrir por lá?

Faço pouco-caso de sua preocupação.

— É o momento perfeito. Você mesmo disse. Não pode arriscar que alguém o veja. Que lugar seria melhor do que uma biblioteca na véspera do Natal?

Ele reflete a respeito, e quase consigo ver o talho que provoca por mordiscar a bochecha por dentro.

— E como vamos até lá?

— Eu tenho uma bicicleta.

— Então sugere que a gente vá derrapando pelas ruas congeladas na frente de todo mundo?

Maldito seja por seu bom senso. Massageio o ponto de tensão entre os olhos e torturo meu cérebro para encontrar uma saída útil. Não dá para ir a pé, obviamente, e o carro do meu pai é uma lata velha e enferrujada, além de ser barulhento. É capaz de a buzina sair anunciando o nome de Elwood pela rua. Eles logo o veriam. Como poderíamos ir pra lá?

*Qualquer coisa. Eu venho para cá. Irmãs Anárquicas, lembra?*

— Acho que tive uma ideia.

Meus dedos deslizam pelo número de Ronnie. Depois de socar os dígitos, conto cada toque.

— Atende, atende, atende.

— Alou?

Não é a voz que eu queria ouvir. Lucas boceja do outro lado da linha, a voz sonolenta. Escuto o farfalhar de lençóis, a mão com que ele esfrega nos olhos.

Droga, os dois passaram a noite juntos.

— Desculpa, achei que tinha ligado para o número da Ronnie. Se eu quisesse falar com você, teria dito NFL três vezes diante do espelho. — Estou genuinamente irritada agora. Elwood parece estar vendo a morte em pessoa. Faço um sinal para ele se afastar.

Lucas muda de tom.

— Que cara de pau. Ainda não acredito que me empurrou lá na lanchonete do Earl.

— Tanto faz, não liguei para falar do seu ego ferido — rebato.

— Escrota. — Ele bufa. Por sorte, não desliga na minha cara. — Por que você ligou? — Não é bem uma pergunta, e sim uma acusação. Um ponto de interrogação jogado contra mim. Imagino seu rosto ficando tenso, as sobrancelhas se juntando.

— Para falar com Ronnie. É o celular dela, afinal.

Ele não tem como discutir. Ouço-o acionar o viva-voz.

— Quem é? — balbucia Ronnie ao fundo. Imagino-a com o rosto afundado num dos travesseiros de Lucas. A maquiagem de ontem à noite deve estar borrada, e o cabelo todo arrepiado, como sempre fica antes de ela arrumá-lo todas as manhãs.

— Wil — grunhe Lucas.

Meu nome é melhor do que café para ela. Merda, é melhor do que cocaína. Deixa-a desperta em um instante.

— Wil! Oi! Desculpa! Eu posso explicar. Eu e o Lucas… Depois que eu te deixei em casa, quero dizer, bom… Ele me mandou mensagem e…

— Essa não é a primeira vez que vocês passam a noite juntos. Eu conheço a história. — Ronnie é uma daquelas pessoas que precisa cometer o mesmo erro um milhão de vezes até desistir. Foi a mesma coisa com a chapinha pré-histórica que ficava chamuscando o cabelo dela. Levou séculos até ela jogar aquele treco no lixo, depois de já ter perdido tufos de cabelo.

— Hum… — Ela ainda parece se sentir superculpada. Se esforça para mudar de assunto. — E aí?

Elwood se agacha para ouvir mais de perto, e preciso me afastar para desgrudar o ombro dele do meu.

Duvido que a polícia seja sofisticada o bastante para grampear o telefone, mas não vou arriscar.

— Eu queria pedir uma carona — falo, e não é mentira, sendo honesta.

— Carona? — repete ela. — Para onde?

— Para a biblioteca.

— É véspera de Natal. A biblioteca tá fechada, dã — diz Lucas, mas logo em seguida é socado no ombro. Ele estremece, soltando um "aiiii" entre dentes. Quase esqueci que os dois estavam no viva-voz.

— Para de ser otário.

— Lucas, se quer um olho roxo, só precisava me pedir — digo irritada, e espero que ele saiba que estou sendo sincera. — Não me importa se está fechada ou não. Preciso de uma carona.

— Não dá pra esperar? — Lucas tenta de novo, provavelmente querendo voltar para seja lá qual fosse a atividade abominável que fazia antes de atender. Tinha que ser na véspera de Natal. Mas preciso elogiar Ronnie por sua capacidade de ser sorrateira.

— Não — respondo, com toda a falsa doçura de que sou capaz. — Não dá.

Ronnie engole em seco. Consigo ouvir o barulho dos lençóis quando ela se senta, ereta.

— Tá, Wil, nós vamos passar aí em cinco minutos.

— O que quer dizer com "nós"…?

Lucas desliga antes que eu obtenha uma resposta.

# CAPÍTULO ONZE
## ELWOOD

Lucas e Wil decidem que o momento perfeito para começar a Terceira Guerra Mundial é bem aqui no carro.

— Que parte de "sutilmente" você não consegue entender? — ela resmunga, brandindo o dedo na direção de Kevin assim que abre a porta. Ele está sendo levado no banco de trás como uma carga contrabandeada, e o sorriso desaparece de seu rosto. — Também vamos parar pra pegar o Brian Schmidt, ou ele está escondido no porta-malas? Podemos aproveitar pra fazer um desfile pela cidade, já que estamos aqui.

Kevin tosse um "Hum, eu posso ir embora", mas Lucas não quer nem saber.

— Ignore-a, Kevin. Senta e cala a boca, Greene. Você disse que queria ir para a biblioteca. — Lucas retribui a raiva de Wil na mesma moeda. — Por isso eu trouxe o Kevin. O cara que literalmente trabalha na biblioteca e tem a chave do lugar. Quê? Tava esperando que a gente arrombasse a porta?

Ela bufa e, quando fica claro que não tem intenção alguma de afivelar o cinto, eu passo, tímido, a mão por cima de Wil para fazer isso por ela. Ela lança um olhar fulminante em minha direção antes de dedicar sua energia outra vez para Lucas.

— Teria sido fácil.

— É, só que não. Algumas pessoas precisam pensar no próprio futuro. Falando nisso... — Lucas busca meu reflexo no retrovisor. Ele não me encararia com a intensidade que está me encarando agora nem se eu estivesse na lista dos mais procurados do FBI. — O que tem de errado com você, cara?

Meus dentes batem um contra o outro ao vê-lo. Os cachos loiros estão amassados por uma touca de tricô vermelha, e tudo que sobra dele está coberto por uma jaqueta acolchoada e pesada. Um punhado de tecido xadrez e vermelho está saindo pelo zíper, e tenho certeza de que até essa peça da roupa é térmica.

— Hum — começo. Não termino. O vento surra o vidro do carro, faminto e tentando agarrar o que está fora de alcance.

— Vou precisar de uma resposta melhor do que "hum". Seu pai e o xerife Vrees passaram na minha casa procurando você. Pelo amor de Deus, tem pôsteres dizendo que você está desaparecido. Estou surpreso de não ter visto nenhum helicóptero até agora. — Ele olha de relance para o céu como se os helicópteros pudessem chegar a qualquer instante. — O que aconteceu depois de a gente te deixar em casa? E por que está com ela…? Não me diga que vocês voltaram.

— Meu Deus — diz Wil, e tento não pensar demais sobre o nojo na voz dela. — Mais uma vez, para você e o resto do universo: nós nunca estivemos juntos. Além do mais, quem é você para falar isso?

— A gente ia te contar — Verônica insiste. Ela está com uma base escura demais para seu tom de pele, aplicada como se tivesse se maquiado às pressas. Usa um daqueles coletes acolchoados em cima de uma camisa comprida com estampa de zebra. Lucas fala quase todos os dias sobre Vê. Quando não fala dela, fica encarando-a desavergonhadamente no corredor. — Eu juro.

— Ah, tenho certeza de que sim — Wil resmunga para si mesma no mesmo momento em que Kevin coloca a mão no meu ombro.

— Sério, Elwood, você tá bem? — ele tenta descobrir. — Estávamos preocupados com você.

Pronunciar as palavras em voz alta para Wil já foi bem difícil. Repeti-las para o resto do carro se mostra quase impossível. Limpo a garganta.

— Eu fugi de casa.

Ao volante, Lucas abre e fecha os olhos, sendo tomado outra vez pela frustração.

— Quando disse que precisava enfrentar seus pais, quis dizer se inscrever em uma universidade, não fugir de casa. Não é de se assombrar que seu pai estivesse puto comigo. Ele quase me acusou de sequestro.

Vislumbro o rosto de meu pai. Consigo vê-lo apontando o dedo para o peito de Lucas, de alguma maneira conseguindo pairar sobre ele mesmo sendo mais baixo.

— Não é só isso — Wil fala por mim. Cerra os dentes, como se estar no mesmo carro que Lucas fosse suficiente para irritá-la. Os dois sempre foram como os polos idênticos de um ímã, que se repelem por serem tão similares. Uma vez, Kevin brincou que Lucas seria o único que poderia preencher o vazio deixado por Wil, mas acho que nem ele seria capaz de fazer isso.

Quando ela volta a abrir a boca, a história inteira escapa por seus lábios. Parece ainda pior quando a ouço contada por outra pessoa.

Lucas permanece quieto e em choque por um minuto. Troca olhares com Verônica e Kevin, vendo quem gostaria de falar primeiro. Mas ninguém fala nada, e os olhos dele param em mim.

— E você acredita em tudo isso?

Quando fecho os olhos, ainda estou correndo, os galhos me açoitando e o medo inundando minhas entranhas. Nunca saí do bosque, gravado em minhas pálpebras. Árvores cortando as nuvens, troncos mais largos do que casas, raízes retorcidas como dedos desejando arranhar alguém. Quanto mais fundo, mais escuro. No coração do bosque, nem mesmo a lua penetra pelas folhas.

— O que quer dizer com isso? — retruca Wil.

— Não tô falando com você, Wil. Eu sei o que você acha.

— Ah, você acha que eu o convenci?

Os dedos dele apertam o volante.

— Francamente, sim. Você fugiu com ele na festa, só Deus sabe o que disse para ele, que passou o resto da noite completamente fora de si, e agora tudo desandou. — Os olhos dele encontram os meus no retrovisor. — Não é por mal, cara. Wil enfiou essa ideia maluca na sua cabeça quando você estava bêbado. A culpa é minha. Eu deveria ter te ensinado a beber, para você sair de lá mais consciente. Mas você tá tentando me dizer que, depois de um ano da Wil agindo como se quisesse participar das investigações do *Linha Direta*, agora a gente precisa acreditar em todas as lorotas dela? Cara, são seus pais. Eles são super-religiosos e controladores, mas assassinato? Seita? Isso não é um programa de televisão. É a vida real.

— Pelo que sei, um grupo pequeno com pessoas cheias de segredos e rituais estranhos é a definição de seita — zomba Wil. — Ronnie, Elwood, me digam por que nunca falaram sobre o que acontece na igreja. Costumava pensar que pessoas religiosas adoravam falar sobre a própria fé.

Troco um olhar com Verônica.

— É que o pai de Elwood prega muito sobre cada um ficar no próprio canto — diz Verônica. — Tudo é feito na base de só falar o necessário lá no JDA — ela abrevia Jardim de Adão como se fosse uma gíria —, e só os adultos têm acesso a certas coisas. Basicamente, até os dezoito anos, você só fica lá ouvindo. E, de repente, ao virar adulto, todo mundo se torna magicamente fiel, como minha mãe. Nunca questionei isso. Achei que era só ficar mais velha para, do nada, querer se aproximar de Jesus e tal. Que é bem estranho, isso é.

— Estranho, mas não homicida, Vê. — Lucas tamborila os dedos no volante. — Suponho que sua mãe também esteja em uma seita agora. Me pergunto como ela consegue conciliar as obrigações tendo que dançar pelada sob a lua cheia também.

— Que nojo. — Verônica faz como se fosse vomitar. Ela se vira para mim, apesar do sarcasmo do namorado, com uma expressão surpreendentemente sincera. — Eles falaram se minha mãe também está ciente disso? Sei que ela é envolvidíssima com a igreja, mas nunca achei que seria capaz de matar alguém.

— Verônica, isso não é real — resmunga Lucas. Ele massageia o nariz antes de Verônica bater nele para que mantivesse as duas mãos no volante.

O carro faz a curva e, de repente, a cidade está cheia de pôsteres de "desaparecido". Estão por todo lado. Grampeados em postes de luz, colados em vitrines, provavelmente até debaixo das portas de cada casa. De um dia para outro, virei a mascote extraoficial da cidade.

— Então... é por isso que vamos para a biblioteca? Para ver se o sr. Clarke andou pegando algum livro sobre o Charles Manson nos últimos tempos? — pergunta Lucas.

— Ele não pegou nenhum — Kevin anuncia no mesmo instante. — Caso alguém queira saber.

— Pronto, mistério resolvido. — Lucas bate palmas, e mais uma vez gritam com ele por não manter os olhos na estrada.

— Não, seu escroto — Wil grunhe. — A gente tá procurando outra coisa. Se acha que tudo isso é uma piada, deixa a gente entrar e espera no estacionamento. Ninguém queria mesmo que você viesse.

Ele bufa.

— Não, eu vou junto. Não garanto que você não vá saquear a biblioteca... e estou aqui por Elwood. — Ele ergue os olhos para encontrar os meus no retrovisor, e sou arremessado de volta ao dia em que nos conhecemos, quando aqueles olhos pensativos pousaram em mim pela primeira vez.

*— Nós levamos um fora ao mesmo tempo? — perguntou, escorregando as costas pela parede de blocos de concreto. Tentou dar um sorriso maldoso, mas não conseguiu. Soprou uma mecha de cabelo molhado, o couro cabeludo grudento depois de lhe terem despejado o conteúdo de uma caixa de leite. — Que dia, hein?*

*Queria abrir a boca para responder que eu e Wil não estávamos namorando, mas meu coração despedaçado não me deixava falar. Minha garganta parecia obstruída por alguns pedaços dele.*

*Ele considerou minhas lágrimas como resposta.*

*— E, se você for parar para pensar, ainda estamos só na hora do almoço. — O estômago dele reclamou, e o barulho o fez bater a cabeça em um dos armários mais uma vez. — Lição aprendida: não namore uma garota que decide acabar com você com uma guerra de comida.*

*Ele teve sorte. Meu estômago doía tanto que achei que nunca comeria de novo. Vasculhei minha mochila em busca do pacote de papel pardo e o dei para ele.*

*Lucas abriu um sorriso débil e me olhou — me olhou de verdade — pela primeira vez.*

*— Seu nome é Elwood, né?*

Minha atenção retorna para o mundo além da janela. O vento arrancou alguns dos pôsteres. Eles flutuam no ar. Me encaram das grades dos bueiros, um deles espetado pelo galho de uma árvore, outro no alto de um telhado.

Penso imediatamente na mãe de Wil. Nos primeiros dias, quando meu pai imprimiu pôsteres para ela, era impossível dar um passo sem ver seu rosto. Ela entulhava a cidade com seu cenho franzido em preto e branco, nada parecido com a carranca de Wil, mas distante e sóbrio.

— Aquela mulher nunca esteve feliz, não é? — minha mãe perguntou durante o jantar depois que colocamos a primeira leva de pôsteres. — Sempre com a cabeça em outro lugar. Talvez planejando a próxima fuga.

As palavras me acompanharam enquanto afixava mais uma leva de pôsteres. Eu achava que o vento tinha levado consigo todo o meu trabalho, mas estava errado. Fora Wil. Todas as vezes que encontrava o rosto da própria mãe, ela arrancava o panfleto e o amassava em uma bola.

— Minha mãe odiava essa foto.

Na época, parecia uma razão boba, mas me lembro disso agora, ao ver meu próprio rosto. Cada imagem minha é exatamente igual. O cabelo penteado para trás com gel, o sorriso que não parece um sorriso, e sim um ranger de dentes. Há tinta vermelha sobre meu rosto, uma única palavra assombrosa obscurecendo meus traços: DESAPARECIDO.

Sempre odiei aquela foto.

A Biblioteca Pública de Pine Point é minúscula. Um estacionamento ermo contorna o perímetro, uma vaga vazia atrás da outra. O vidro da porta está coberto de cima a baixo por árvores e arco-íris desenhados em papel. Algo que se veria em uma creche. As cores ultrapassam os contornos em cada um deles. Outro cartaz à minha procura está enfiado no meio disso, preso com um pedaço grosso de fita cinzenta.

Estremeço, e é difícil dizer se o arrepio é provocado pela onda de calor ou pela ausência de frio. O mundo invernal aguarda, enjaulado atrás da porta. A tempestade uiva por nós. Ao nosso redor, a sala se aconchega em si mesma. As estantes estão cheias e cobrem as paredes de um canto ao outro, os livros parecendo surrados e cansados.

— Bom, aqui estamos. — Lucas enfia as mãos nos bolsos. — E agora?

— Agora pegamos o livro que viemos buscar — diz Wil, o cabelo ainda mais bagunçado pelo vento. — Vai na frente, Elwood.

Ela me olha como se eu fosse uma espécie de cão farejador. Seu cenho vai ficando cada vez mais franzido por eu ainda não ter abaixado o nariz para procurar o rastro no chão.

Aonde meu pai sempre ia? É difícil caçar essa memória específica. Ela se esconde atrás de outras impressões deste lugar, momentos decididos a tomar o holofote em minha mente. Meu pai arrancando um livro de fantasia de minha mão e colocando-o de volta na prateleira; observar outra criança pegá-lo emprestado minutos depois; espiar a fileira de computadores pré-históricos junto à parede me perguntando como seria usá-los sem o olhar vigilante de meu pai.

O dia em que quase, *quase* me inscrevi na faculdade no último computador à esquerda. Depois dessas, a memória que procurava enfim chega.

— Aqui — sussurro, e não estou mais andando nas beiradas, mas mergulhando a fundo no passado. Ele me leva pelas estantes, mais além do balcão de atendimento, por carrinhos utilitários, cartões de catalogação e pôsteres bregas decorando as paredes. O carpete sob nossos pés é verde como grama. — Meu pai sempre entrou por aqui.

Infelizmente, na porta está escrito ARMÁRIO DE SUPRIMEN-TOS em letras garrafais. As palavras me deixam extremamente enrubescido.

— Não é aí que guardam as coisas do zelador? Seu pai tinha um trabalho extra ou algo assim? — pergunta Lucas. — Bem, Kev, que livros mágicos ficam no armário?

Ele torce o nariz.

— Não tenho essa chave. — Ele faz as chaves na mão tinirem, quatro pares distintos presos ao mesmo aro enferrujado. Kevin revira os sulcos de cada uma delas, murmurando sozinho ao fazer isso. — Porta da frente, porta de trás, sala de conferência…

— Eu posso arrombá-la com um chute — Wil se oferece prontamente.

— É aqui que eu entro — grunhe Lucas. — Se estivesse no carro, você abriria um buraco nesta porta com um soco ou algo do tipo.

— E? — desafia ela.

— E pode arruinar o próprio futuro à vontade, mas não o de Elwood.

— Lucas, pela última vez, para de ser otário — Verônica se irrita. — Wil é minha amiga.

— Bom, o Elwood é meu amigo. Ele é inteligente e…

— Espera! — Kevin para de murmurar e precisa gritar para chamar a nossa atenção. Funciona, sem dúvida. Todo mundo cala a boca de uma vez só, e ele sacode a quarta chave na nossa frente, como se isso explicasse tudo. — Porta da frente, porta de trás, sala de conferência e esta. — Ele bate a unha contra os sulcos. — Gente, esse é o molho da sra. Beasley. Eu... não faço a mínima ideia de como peguei a errada, mas peguei. A minha só tem três pares. Mas essa deve funcionar.

— A escolha é sua, Elwood — Lucas me fala. Se ele está considerando que carreira escolher no futuro, acho que sabe fazer a expressão perfeita de "diretor preocupado". — Não sei se isso conta como invasão ou não.

Wil responde revirando os olhos.

— Não sei como seria invadir se temos a droga da chave.

Então essa é a sensação de ter um anjinho e um diabinho, cada um de um lado.

Contenho o nervosismo. Lá vamos nós. Com um aceno trêmulo de cabeça, dou meu consentimento, e Kevin coloca a chave roubada na fechadura.

Pode ser que Lucas tenha razão. Isto parece... ilegal. Jogo meu peso de um pé para o outro. O mundo que nos cerca parece bastante vazio, mas sei que não é verdade. Deve haver uma câmera escondida, pela qual alguém nos observa de algum lugar, um sensor que será ativado assim que entrarmos.

Já sei que Deus está olhando.

Fungo, afundando a unha no polegar. Arranho a pele e mudo o peso para a outra perna mais uma vez. Algo assim pode levar à prisão? Uma multa? Uma bronca? Bibliotecas são consideradas prédios governamentais, certo? Invadir uma delas é pior do que invadir outros lugares? É invasão se temos a chave?

O que minha família fará, agora que fugi de casa e invadi uma biblioteca? E, então, a mesma voz sombria: *E isso importa?*

A porta range ao se abrir como a câmara de um mausoléu ou um túmulo fechado há séculos. Duas coisas infestadas de maldições.

— Gente... isto não parece ser o armário do zelador.

# CAPÍTULO DOZE
## ELWOOD

TALVEZ ELES GUARDEM OS MATERIAIS NO PORÃO — SUGERE Lucas, acendendo o interruptor. Uma luz fraca e amarelada preenche a sala, mas sombras continuam agarradas às paredes. Os degraus de madeira que descem a partir da porta se movem, acomodando meu peso. São frágeis e apodrecidos, um lodo preto se espalhando por cada tábua como uma camada plástica. Teias de aranha abandonadas entulham as fendas que se escancaram na pedra.

— Claro — Wil bufa. — É onde eu escondo meus produtos de limpeza. Em um esconderijo secreto a sete chaves.

Lucas responde algo entre dentes, mas estou ocupado demais com os arrepios para escutá-lo.

Aos meus olhos de criança, sempre pareceu… normal que algo tão importante estivesse trancafiado e escondido. Agora, porém, é a mesma coisa que rastejar para dentro da boca de uma fera em busca de seu coração. Sinistro, mortal e muito tolo.

— Cara, talvez você devesse falar com a sua chefe sobre melhorarem o sistema de segurança — Lucas diz a Kevin.

— Tenho certeza de que isso daria certo. Ei, sra. Beasley, eu roubei suas chaves sem querer e invadi a biblioteca… Você deveria tomar mais cuidado da próxima vez. Em minha defesa, Lucas Vandenhyde me obrigou a fazer isso — rebate Kevin. — É um bom bode expiatório, já que ela não gosta de você.

— *O que foi que eu fiz para aquela mulher?*

— Você está devendo quinze dólares à biblioteca. Tenho quase certeza de que retirou um livro quando tinha dez anos e nunca devolveu.

Parei de ouvir. Eles continuam conversando atrás de mim, mas o mundo ficou silencioso na presença do livro. Ele está encerrado à distância, mantido atrás de um vidro para ser minimamente protegido da umidade gelada do ar. Ele me impele a continuar, como uma mariposa na direção da luz.

Ao ver a sala subterrânea e assustadora, Wil abre um sorriso de orelha a orelha.

— Desculpa, o que estava falando antes, Lucas? Eu esqueci.

Ele engole em seco.

— Tá, não é o armário do zelador, mas isso não significa nada. O que é esse livro, exatamente?

Passo o dedo com cuidado pelo título e ele o lê por cima de meu ombro: *Pine Point — passado e presente*. Nossa história tinge as páginas, e eu sempre sonhei com o dia em que finalmente seria a próxima pessoa a pegar a caneta. Mas aqui estou, forçando a capa antes do tempo, roçando a lombada gasta muitos anos antes do que deveria.

Levo o livro comigo para a outra mesa da sala. Ela é quase tão antiga quanto o próprio livro e escureceu com o uso e as manchas salpicadas de tinta. Reconheço a caneta-tinteiro de imediato; meu pai tem uma idêntica no escritório. É de ouro velho, entalhada com folhagens retorcidas e as mesmas palavras em latim que são recitadas na igreja. Meu pai foi a última pessoa a ocupar este lugar e aqui estou eu, desobedecendo-o além de todos os limites.

Tento não pensar nisso.

— Parece que o livro vai se desfazer se você o soprar — comenta Verônica. — Deve ter uns cem anos. Talvez mais.

Além do título, as primeiras páginas estão amareladas, as letras em cursiva fina, inclinada, apinhada e difícil de entender. Kevin paira sobre meu ombro e recita cada linha em voz baixa enquanto lê.

— A sra. Beasley agiu como se esse livro não existisse. Não acredito que ele estava aqui no porão esse tempo todo. Também não consigo acreditar que este lugar tenha um porão. — Ele engole em seco. — Você se importa se eu…? — A frase morre no ar, o resto da pergunta inaudível.

Faço que sim com a cabeça, mas não consigo me livrar da culpa quando ele ergue o livro. Parece algo íntimo demais para alguém que não compartilha do sobrenome Clarke.

Ele passa o dedo com cuidado pela página.

— Você tem razão. Não sou nenhum especialista, claro, mas esse livro é bem antigo, sem sombra de dúvida. Dá para ver só de olhar para o papel. — Ele observa as bordas irregulares e cantarola sozinho. — Há páginas faltando. É difícil dizer se elas foram arrancadas ou se o livro é delicado demais e a encadernação se desfez. De qualquer forma, deveríamos manejá-lo com cuidado.

— Tá, então é um livro de história? — pergunta Lucas. — Um livro de história bem velho. É isso, é?

Kevin assente, e sua resposta pode ser o bastante para Lucas, mas Wil não está satisfeita.

— O que quer dizer com a sra. Beasley agiu como se esse livro não existisse?

Ele o devolve para mim com gentileza e afunda as mãos nos bolsos.

— Sua mãe nunca te contou?

— Me contou o quê?

— Eu já suspeitava quando você mencionou a biblioteca, mas não tinha certeza até agora. Sua mãe sempre vinha aqui. Deixava a Beasley doida. Ficava perguntando a respeito de registros da cidade e coisas assim. Ela mostrou um arquivo de jornais antigos, mas sua mãe nunca se deu por satisfeita. Digamos que Beasley não era a maior fã dela. Mas o livro estava aqui durante esse tempo todo.

Volto a prestar atenção na página, e Verônica acende a luz do celular para ajudar.

O livro começa com um prognóstico macabro para a Península Superior. O governo federal considerou nossa parte do Michigan como "selvagem em definitivo". Apesar de ter sido o lar de populações indígenas por muito tempo, o país decidiu que o local era inabitável, não apto para ser transformado em colônia.

Mas o cobre mudou tudo. O livro fala sobre a avareza e o desespero que fez homens virem até aqui para arrancar o que conseguissem desta terra. Traço a imagem na página, uma ilustração em branco e preto dos primórdios de Pine Point. De alguma forma, conseguia ser ainda mais inóspita do que agora, uma variedade remota de casas de enxaimel escondidas entre as árvores.

O inverno roubou quase tudo. A comida tornou-se escassa até chegar a níveis críticos, vidas foram perdidas para doenças e para a fome. A estação foi anormalmente fria, sem dúvida chegando a muitos graus negativos. O inverno também era avarento. Esticou suas garras até maio, e a neve só derreteu depois de uma última tempestade brutal.

— Liderados pelo líder religioso James Alderwood, os aldeões fizeram o necessário para sobreviver.

— Uau, que forma normal e nada bizarra de terminar — Wil resmunga em voz baixa. — As páginas arrancadas dão um toque especial.

Ela tem razão. Além da última linha perturbadora, as passagens seguintes foram arrancadas do livro.

A atenção de Verônica se volta para outro lugar.

— Alderwood, é? — Ela mexe no piercing da língua enquanto fala. Lembro da época em que chegava na aula todos os dias com um crucifixo dourado pendurado no pescoço. — Parece bastante com seu nome, não parece?

Limpo a garganta.

— É meu nome de batismo, Alderwood. Mas eu uso Elwood. — Mordisco a bochecha. Sofri muito bullying por ter nome de velho. Só consigo imaginar o inferno que teria sido se nossos colegas soubessem que meu nome veio de um dos fundadores da cidade. — Meu tio tinha o mesmo nome.

Isso não torna a situação menos constrangedora.

— E o que aconteceu com ele? — pergunta Kevin. Pelo tom, sei que é mais do que uma pergunta inocente.

Respondo com delicadeza.

— Ele não está mais entre nós. Morreu ainda jovem. — A terra murmura e cantarola sob meus pés, o mundo aguardando que eu descubra a verdade que ele já conhece. Meu estômago arde conforme passo as páginas. O nome do meu tio está gravado ao lado do nome de meu pai nos registros de nascimento, mas só um dos irmãos continua respirando. — Pouco antes do meu nascimento.

*O parto de Prudence ocorrerá logo.*

— Isso não significa nada — insiste Lucas, mas sua voz carrega uma tensão que não existia antes. É difícil ser a voz da razão quando a dúvida se espalha por suas entranhas. — Ele pode ter morrido de qualquer coisa. Ele estava doente?

— Sinceramente, não sei.

Passo as páginas do livro-razão até chegar aos registros de óbito. Tantas vidas reduzidas a linhas em uma página. Há parentes meus e fiéis da igreja, vizinhos e pessoas que nunca tive a oportunidade de conhecer.

Tudo e todos, menos meu tio.

— Ele não está aqui. Não tem o número do túmulo ou registro de alguma coisa como atestado de óbito.

Lucas sacode a cabeça.

— Deve ter algo sobre o cara. — Ele pega o próprio celular. — Tá, vou procurar no Google. Você pode soletrar o nome pra mim?

Limpo a garganta.

— *A-L-D-E-R-W-O-O-D.*

Ele balbucia as letras, os dedos se demorando no teclado. Desce a página com o polegar.

— Você não sabe o ano ou outra coisa que eu possa acrescentar, sabe?

Digo e ouço os quatro cliques que ressoam da unha contra a tela.

Ele resmunga.

— Nada. Estou checando um site de cemitério. Tem fotos de túmulos, registros de óbitos e esse tipo de coisa. Não estou conseguindo encontrar. Não tem obituário nem nada.

Balanço a cabeça.

— Ele era o irmão mais velho do meu pai. Deve ter registro dele em algum lugar. Deve ter ao menos registros médicos ou hospitalares. Deve haver alguma coisa.

Fico bem consciente da presença de Wil quando ela se inclina por cima do meu ombro.

— Será que não podem ter arrancado mais páginas?

— Duvido — diz Kevin. — Só parecem ter arrancado dois trechos, e nenhum deles bate com os registros de óbito. Aqui, deixe-me mostrar.

Ele folheia o livro-razão mais uma vez e nos leva a outras passagens que foram arrancadas. Eu não as havia notado por conta própria, mas ele tem razão. Tem um punhado de rasgos no começo do livro, várias páginas perdidas.

As passagens que permaneceram não têm relação com os registros históricos rígidos e as anotações.

Compartilham a natureza do Antigo Testamento, uma única escritura inclemente.

— E aí, o que diz? — Wil exige saber.

Kevin limpa a garganta, os dedos ficando brancos de tanto apertar o livro.

— Quando Deus exigir sangue — as palavras falham, a confiança se esvaindo quanto mais avança na leitura —, ofereça seus filhos a Ele. O sangue regará a colheita e os ossos alimentarão a terra. Pois com a vida há a morte, e com o sacrifício há a eternidade.

Enrijeço até os ossos. Sou como uma lagarta indefesa diante da reza parasítica de meu pai. Suas palavras botam ovos sob minha pele e me devoram de dentro para fora. Ele leu minha sentença de morte em voz alta e eu sorri.

*Eu sorri.*

Lucas empalidece.

— O que diabos significa isso?

— Significa que Wil tinha razão. Não sou nada além de adubo. Eles sabiam disso desde o dia em que nasci. Minha mãe me marcou assim que saí de seu ventre. Eles vão me sacrificar. — Cambaleio para longe do livro e da verdade terrível ali contida. — E o filho de Prudence será o próximo.

Quantas pessoas já morreram? Como teriam me matado? Teriam me acordado cedo e me arrastado até as árvores enquanto eu me debatia e gritava? Ou teriam tido misericórdia e envenenado minha comida para que eu morresse enquanto dormia?

Não, misericórdia não é algo que esta cidade conheça.

— Opa, cara, a gente não tem certeza disso — Lucas tenta me convencer, mas ele não estava na igreja comigo. Meu pai não pousou a mão no ombro dele nem o xerife Vrees ameaçou trancafiá-lo em uma cela. — Que motivo eles teriam para te matar? Para matar qualquer pessoa?

Kevin dá uma tossidela.

— Quer dizer, não chegamos a ler o que foi "necessário" fazer para os aldeões sobreviverem. Tudo isso provavelmente vem de alguma loucura que fizeram no passado.

Caio de joelhos e enterro o rosto em meus dedos trêmulos. Os pensamentos sombrios estão de volta. Não tenho mais como afastá-los. As imagens se repetem sem parar em meu crânio. As diferentes situações em que meu pai pode me encontrar, minha mãe me segurando enquanto meu pai pega a faca.

O que seria outra cicatriz quando a alternativa se trata de punhos amarrados e uma lâmina me atravessando pelas costelas? A terra pulsa com meu coração. É tão alto que isso é tudo que consigo ouvir. Eles estão falando, todos eles, levantando dos assentos enquanto a terra treme. Mas eu não os ouço.

*Tum-tum. Tum-tum. Tum-tum.* O barulho ressoa em mim como uma segunda pulsação, uma criatura vivendo e respirando dentro de mim.

— Elwood! — grita Wil, e o som de meu nome é o bastante para me fazer perder ainda mais o controle. — Recomponha-se. Você não vai morrer se depender de mim. Se depender de qualquer um de nós.

Lucas está sacudindo a cabeça de modo frenético.

— Elwood... Isso não... Nada disso faz sentido. — Ele começa a andar de um lado para outro. — Wil sempre odiou sua família, e Kevin... bem, você sabe que eu te amo, cara, mas você acredita em qualquer teoria da conspiração. Seu pai cortou a grama de forma esquisita uma vez e você achou que era um daqueles círculos em plantações. Sei que quer acreditar nisso, mas a gente tá esquecendo que loucura é tudo isso, não? A Bíblia está cheia de coisas malucas assim. — Ele agarra o livro-razão e aponta para a foto ao lado.

É uma foto de jornal em branco e preto da Serraria de Pine Point. Há homens suficientes para preencher uma fábrica, parados obedientemente do lado de fora do prédio.

— É como dizem: sangue, suor, lágrimas e tudo mais. Aquela passagem pode significar um milhão de outras coisas, e nós estamos surtando em um porão sinistro. — Ele umedece os lábios. — Desculpa. Coisas assim não acontecem em Pine Point. É esquisito, mas...

— Isso é bem a sua cara — diz Verônica. — Você sempre se finge de cego para as coisas que tem medo de encarar.

— É isso que você pensa? — Ele cerra os dentes. — Tá. Admito que é esquisito. Tudo isso é esquisito, mas não quero incriminar uma igreja inteira com base em superstição e boatos. Sua própria mãe, Verônica! Caso tenha esquecido. — A última frase o faz apertar os olhos na direção dela. — Elwood, se está realmente preocupado, precisamos fazer a coisa mais razoável, que é falar com a polícia.

Wil zomba dele.

— Ah, o bom e velho Vrees. Desculpa, esqueceu que ele faz parte disso? Nós estamos sozinhos.

Lucas está pronto para alfinetá-la de volta, mas Kevin pigarreia e diz:

— Você tem alguma ideia de onde poderia estar uma das páginas rasgadas, Elwood?

Mal consigo formar frases coerentes, muito menos encontrar qualquer informação substancial em minha mente desorganizada. Ela está tão bagunçada quanto meu quarto, cheia de cacos de vidro e pensamentos estilhaçados. Examinar o passado me causa dor física.

Tudo está mais latente depois desta nova revelação, ainda mais aguçado que antes. Todas as vezes que meus pais deixaram de me colocar na cama quando criança, as histórias de ninar desperdiçadas, as expressões nefastas nas manhãs de Natal, o orgulho que eu tanto desejava causar em meu pai. Só queria ganhar algo de verdade uma única vez. Ser digno de amor.

Achei que tinha conseguido, mas estava errado. Parado ao lado do meu pai enquanto ele abria o tabernáculo para pegar o cálice ao lado da página amarelada dobrada…

— Sei onde ela está. — Preciso lutar contra a instabilidade da voz. — Meu pai a esconde junto ao sacramento. Vi uma página rasgada lá.

Verônica sacode o celular e a luz ilumina a mesa.

— A gente poderia ir lá à noite.

Lucas massageia o nariz.

— Ah, é, porque nada diz tanto "véspera de Natal" quanto invadir uma igreja — zomba ele.

Kevin é o primeiro a olhá-lo.

— Na verdade, não é uma má ideia dar uma olhada, sabe? Só vamos ter certeza se checarmos.

— Isso não foi uma sugestão. — Lucas está de queixo caído.

— Não se olhem assim. Não vamos invadir uma igreja.

# CAPÍTULO TREZE
## WIL

ESTE É O TIPO CERTO DE PÉ DE CABRA PRA ISSO? Kevin anda com o queixo apoiado no cabo curvo como se fosse um artista de sapateado. Bem, ele seria, se eu conseguisse pensar em uma peça da Broadway que fosse tão mórbida quanto esta situação. Nós cinco nos reunimos aqui ao anoitecer, prontos para invadir a igreja de uma seita possivelmente homicida. O único musical que me vem à mente é *Grease – nos tempos da brilhantina*, e estou certa de que Sandy e Danny não cantavam sobre rituais e sacrifícios.

Mas já faz um tempo que assisti ao filme.

— Criaram um novo pé de cabra sem eu saber? — pergunto, enfiando as mãos ainda mais fundo nos bolsos a cada palavra, batendo os dentes. É difícil se manter aquecida sendo que Lucas nos fez andar tanto, tendo deixado o carro em um local "seguro", escondido em Morguewood. — Não sabia que era que nem o iPhone. *Sim, tenho certeza de que vai funcionar.*

— Tem um monte de tipos, Wil — diz Lucas, porque ele não só adora nos matar de tanto andar como também ter resposta para tudo.

— Foi mal, não notei que estava falando com o Deus dos Pés de Cabra. Por favor, compartilhe sua sabedoria conosco, mortais ignorantes.

Estremeço, e as árvores mais próximas fazem o mesmo. Com troncos esqueléticos e os galhos descobertos, elas parecem mãos saindo de covas.

Ele rebate:

— Olha, eu nem queria estar aqui.

— Então faz um favor para todo mundo e vai embora. — Minha frustração fala por mim. Ataca antes mesmo que eu perceba.

— Estou aqui pelo Elwood, não por você. — Ele crispa os lábios e olha para Elwood, como se fosse um *golden retriever* diligente. Um mísero ano e não sou mais a pessoa mais importante da vida de Elwood. Perdeu-se tanto que se aproximou desse otário.

Ele mudou em todos os aspectos. As bochechas suaves desapareceram e ficaram ocas e angulosas demais. A pele logo abaixo dos olhos verdes parece arroxeada pelas noites insones. Não sou a única a ter virado uma sombra do que era antes. Tento fitá-lo, mas ele decidiu que encarar o chão de forma abjeta e cutucar a própria pele é uma forma melhor de passar o tempo.

— Elwood não precisa de você. — É uma resposta infantil. Mas é tarde demais; já escapou da minha boca.

Elwood congela ao ouvir o próprio nome e consigo sentir o calor de seus olhos em minha pele. Não consigo retribuir o olhar. Não consigo ficar de frente para ele com as bochechas quentes desse jeito.

— Wil.

A voz de Lucas é alta o bastante para abafar a de Elwood antes mesmo que ele pudesse começar.

— Ah, e ele precisa de você? Ele sobreviveu um ano sem você sem problema nenhum.

É, era isso que eu temia que ele fosse dizer. Agora preciso trincar os dentes e torcer para minha exaustão não cobrir meu coração com fluido de isqueiro.

— Será que audiências pela guarda dos filhos são assim? — Ronnie enfia as mãos enluvadas embaixo das axilas da jaqueta. Ela sempre teve dificuldade de lidar com o frio, o que transparece no jeito que ela mexe os pés gelados de um lado para outro, ou na vermelhidão do seu nariz. — Wil, você pode ficar com o Elwood nos fins de semana e...

— Gente, estamos aqui! — sibila Kevin. — Calem a boca antes que nos peguem.

Isso acaba com *o que quer que estivesse acontecendo* e nos ajuda a pensar com clareza. Estamos no meio de uma tempestade de neve e em território inimigo, ainda por cima, então é melhor fechar a matraca, como ele sugeriu. O resto do mundo também está em silêncio. O único barulho é o das revoadas de gelo surrando as laterais da igreja. Elas ladeiam as vigas de madeira, a tinta branca parecendo cinza em meio às sombras.

De repente, estamos conscientes de cada passo que damos, a sola dos sapatos esmagando o gelo e a terra congelada conforme cruzamos o cemitério na direção da porta de trás da igreja. Estou fazendo o máximo para não surtar — mas preferiria morrer a admitir isso para qualquer um deles. Com a lua alta no céu e o fato de que estamos literalmente cercados por túmulos, é difícil não se assustar. Olho por cima do ombro, preocupada.

Está escrito CEMITÉRIO DE PINE POINT na placa de ferro logo acima de nossa cabeça. As letras escuras como carvão ficam no alto, mostrando a mudança de atmosfera. A posse desta terra passou dos vivos para os mortos. A neve atormenta as lápides, enterrando-as até o topo. As árvores margeiam o portão, aproximando-se cada vez mais ao longo dos anos. Sendo o bosque cheio de coisas mortas, talvez ele também se sinta no direito à nossa morte.

— Isto parecia bem menos assustador na teoria — Verônica sussurra enquanto seguimos nosso caminho. Ela pode se vestir com base no medo, querendo assustar a própria mãe quando ela a vir sair de casa, assustar idosos na rua, mas, por dentro, é frágil. Ela é como um chihuahua minúsculo usando uma roupinha de rebites, e sinto o terror repentino e inexplicável de que a estou guiando para um ninho de águias.

Chegamos à porta mais antiga do mundo, e talvez tenhamos a sorte de não precisarmos nos esforçar tanto para passar por ela.

— Levante as mãos quem já fez isso antes. — Kevin direciona a questão a todos nós, mas seus olhos estão focados apenas em mim. A única pessoa impetuosa o bastante para ter experiência. Exceto que, infelizmente, não tenho.

Digo isso a ele.

— Talvez a porta esteja aberta — diz Lucas, mas mesmo ele não parece ter esperança. Descansa a mão na maçaneta e recita algo em voz baixa, praguejando ou rezando, e depois tenta abri-la.

Nada.

Depois de um momento de resignação teimosa, abandona a maçaneta e vai pegar o pé de cabra.

— Tudo bem, me dá essa coisa. Vocês provavelmente acabariam quebrando a porta ou algo do tipo. Acho que vamos ter que fazer isso da forma mais difícil.

Ele respira fundo, estilo exame-médico-com-estetoscópio, e se prepara para cometer seu primeiro crime. Respirando com nervosismo, começa a contar.

Um, dois, três…

No "Já!", ele faz o barulho mais alto que já ouvi na vida.

O impacto do pé de cabra atingindo o batente da porta faz todo mundo congelar. Uma coruja sai voando de um dos galhos, e o mundo reverbera o barulho, que ecoa como um grito em uma caverna.

— Com certeza ouviram isso do *outro* lado do Michigan — diz Kevin em voz baixa. É inútil sussurrar depois do barulho que acabamos de fazer, mas ninguém quer admitir isso. Porque seria admitir o fato de que esse alguém hipotético já nos ouviu e está vindo para cá. — Precisamos ser rápidos e dar o fora daqui.

— Acho que vou vomitar. — Elwood faz sua contribuição inútil.

Tentando ser útil *de verdade*, espio pela fresta escura que abrimos pela porta. Lá dentro há um aquecedor centenário e uma mesa maciça na qual não há nada além de uma cruz. Não sei dizer o que eu esperava, se era um cadáver enrolado em um tapete ou sabe-se lá o quê.

Satisfeita ao ver que não há nada imediatamente horripilante do outro lado, passo o punho pela fresta e destranco a porta. Tiro a mão assim que ouço o clique, e Lucas solta a barra a seu lado.

Estou prestes a dar um passo à frente, mas, em um feito chocante, Elwood faz isso antes. Não achava que ele teria coragem de ser o primeiro. Ele passou a vida inteira me seguindo: me deixando escolher onde almoçaríamos a cada semestre ou quem faria o trabalho em grupo conosco, ou ficando lá parado sem fazer nada no nosso primeiro e único beijo no segundo ano…

Jesus Cristo. Minhas bochechas vão ganhar do aquecedor. Este *não é um bom momento para desenterrar essa memória.*

Fico grata pela escuridão ao seguir Elwood. Dou tapas no rosto para fazer o rubor ir embora e me concentro na tarefa. Não tenho tempo para brincar de lembrar o passado; estou entrando em território de guerra santa.

Estar aqui é surreal. A igreja sempre foi algo ameaçador e constante na minha visão periférica enquanto pedalava pela cidade, tão familiar quanto o sol gelado no céu. Nunca estive no sol, e nunca achei que colocaria os pés aqui.

— Então, qual é o plano? — Lucas enfim pergunta. Os olhos dele pulam de canto em canto inóspito do escritório como se pronto para o aparecimento de uma entidade das sombras. Cada passo dado nas tábuas de madeira parece explosivo; nossa respiração pesada, um grito de batalha na escuridão.

— O plano é ninguém nos pegar — respondo, e fico aliviada de ter conseguido pronunciar as palavras.

Meu corpo parece em combustão, minha língua entrando em curto-circuito conforme meus dentes rangem. Assinto para Elwood e finjo que não estava imaginando a boca dele na minha cinco segundos atrás.

— Vai na frente.

Ele assente, os braços formando uma barreira impenetrável diante do peito. Ele transformou a si mesmo em uma caixa trancada, mas, pela primeira vez, sei exatamente o que está escondido ali dentro. As sobrancelhas dele formam uma única linha franzida e ele está rígido como uma corda esticada. Um puxão a mais e essa bela determinação dele vai arrebentar.

Ele encosta o ouvido na barreira entre esta sala e a próxima. Satisfeito com o silêncio, agarra a maçaneta e a empurra, abrindo uma fresta para espiar. Só voltamos a respirar quando ele termina de inspecionar a igreja. A porta se abre totalmente e ele experimenta dar o primeiro passo para a frente.

A esta hora, os bancos podem estar vazios, mas estão gastos pelos anos de uso. Descoloridos de tantas centenas de sábados passados naqueles assentos. Vire os genuflexórios, e tenho certeza de que verá as marcas deixadas pelos corpos agachados, reverenciando um deus que nunca parou para me ouvir.

Aperto os punhos. Juntei as mãos em oração uma vez, quando minha mãe desapareceu, mas nem todos os "améns" do mundo a trouxeram de volta para casa. Foi aí que minhas mãos viraram punhos. Deus e a lei podem ter desistido dela, mas eu nunca desisti.

E nunca, nunca desistirei.

— Deveria estar aqui — sussurra Elwood. No silêncio, a voz dele é ensurdecedora.

Não consigo evitar a onda nauseante em meu estômago quando passamos pelo púlpito. A ideia do pai de Elwood parado ali, tratando este pódio glorificado como um trono da realeza, um símbolo de sua prerrogativa divina — tudo isso me enoja.

— O tabernáculo fica aqui, atrás do altar — esclarece Elwood, e me parece que poderia estar falando em latim. Nunca me senti tão gentia e ímpia quanto agora. Ele nota minha confusão e esclarece com rapidez, oferecendo-me um resumo do cristianismo. — Para a Eucaristia… a comunhão, Wil. O corpo e o sangue.

— Ah, sim, *isso* — respondo. Na verdade, a resposta é vagamente aterrorizante por si só, mas não digo nada.

— É um fecho relativamente simples — ele me fala, apontando para a caixinha que deixam sob a cruz. Está elevada, é salpicada de dourado e espalhafatosa. Analisando-a com cuidado, noto gravuras florais na madeira. Alguém realmente dedicou seu tempo para criar uma floresta de trepadeiras e galhos afiados. — Vi meu pai abri-la milhares de vezes. Mas tem um truque.

Ele imita o gesto com a mão, o giro de noventa graus para um lado, seguido de outro no sentido contrário. Uma última sacudidela e a chave imaginária está livre.

— Assim.

— Entendido. — Tiro dois grampos do cabelo e minha franja oleosa se solta, esparramando-se pela testa. Abro o primeiro e o enfio no sulco, depois começo a fazer força. Mexo a chave de mentira na fechadura e ouço os cliques de cada peça que se move no mecanismo.

Uma por uma, até o fecho se abrir.

— É meio assustador como você é boa nisso — diz Lucas.

— Falou o cara que arrombou a porta facilmente com um pé de cabra.

Isso o faz calar a boca.

Elwood enfia a mão lá dentro. Além do cálice espalhafatoso, tem uma página escondida na escuridão. Ele a pega e fecha a porta atrás de si, focadíssimo no trecho roubado. O papel foi dobrado várias vezes e possui vincos por ter passado tanto tempo escondido.

Elwood trata a página com delicadeza, os dedos roçando o papel como se fosse o próprio sacramento. Um artefato sagrado concedido pelos céus.

Ele a alisa no púlpito, pressionando-o como se fosse ler a passagem para uma congregação. Nós nos apinhamos atrás dele para ver melhor.

*Em meio à inanição sofrida pela cidade, o líder James Alwood diz ter conversado com um anjo.* É assim que começa, a letra tão fina e fraca quanto a que vimos na biblioteca. Preciso me esforçar para ler na escuridão. *Um mensageiro sagrado de Deus lhe mostrou o caminho para a salvação. Como na Antiguidade, era necessário um sacrifício para nutrir a terra e alimentar a cidade. Então derramaram o sangue do único filho de Alwood na neve, e o Senhor ficou satisfeito com a oferenda. O bosque ganhou nova vida com a Dádiva e um novo Éden nasceu.*

*Abençoados são aqueles que seguem o caminho do Senhor e oferecem seus filhos à terra. Alimentem o solo com sangue e este há de nutrir a terra por muitos anos, e o Éden continuará sagrado. Proteja seus filhos e enfrente a ira de Deus.*

— Eles estão matando pessoas desde o começo. Não tem como negar. — Minha voz se esvai na metade da frase. Elwood não fala nada, ele mal se mexe. Quando meu coração enfim se dá conta do que está acontecendo, faz isso em um *instante*. Golpeia minhas costelas com brutalidade, batidas duras em uma porta frágil. Um arrepio percorre minha coluna.

Ninguém diz mais nada. Ninguém sabe o *que* dizer, e parece que não precisaremos fazer isso, já que o mundo não preserva o silêncio doloroso de alguns minutos atrás. O som de passos interrompe a quietude.

Tem alguém vindo, e está acompanhado.

A vida desaparece do rosto de Elwood, e o papel não está mais liso em sua mão, mas amassado dentro do punho trêmulo. Ele pronuncia três palavrinhas, e é o suficiente para gelar o sangue que corre em minhas veias:

— *A cerimônia noturna.*

## CAPÍTULO CATORZE
### ELWOOD

Espiar uma igreja deve ser pecado. Um pecado perigoso, ainda por cima.

Depois de tudo que descobrimos, a coisa mais sensata a se fazer seria correr para bem, bem longe daqui. Todos nós deveríamos nos enfiar no carro de Lucas e fugir. Desta cidade, deste estado.

Mas espiar é exatamente o que estamos fazendo. Wil está ocupada mexendo nas configurações do celular no escritório dos fundos e ignorando com diligência os sussurros de todos, que imploram para que a gente se apresse em partir. Assim que ela tem certeza de que desligou o flash, agarra o celular com força nas mãos trêmulas e começa a gravar. Kevin murmura algo a respeito de filmes de terror que parecem ser filmagens perdidas, mas ela também ignora esse comentário.

Engulo o caroço que se formou em minha garganta. Nunca participei da cerimônia noturna. Sempre achei que, assim que voltasse para casa, no futuro, teria idade para participar... mas, é evidente, isso nunca teria acontecido. Por mais horrível que seja essa ideia, minha curiosidade mórbida está de volta. Ela tem aparecido bastante nos últimos tempos, e aqui estou eu, me rendendo a ela outra vez. A esta altura, posso considerá-la uma amiga. Uma amiga impulsiva e inconsequente me conduzindo de uma péssima ideia para outra.

Como Wil.

Então assistimos à cena do escritório, a sala parecendo uma caverna ressonante, prestes a nos trair. Um movimento em falso, um ruído leve, e tudo estaria acabado.

Meu pai está entre monstros.

Com o rosto coberto por caveiras de cervos, os chifres protuberantes como galhos dos dois lados da cabeça. As mandíbulas dos cervos foram abertas e separadas, deixando apenas os dentes de cima em um sorriso falso e macabro. Sob as máscaras fantasmagóricas, cada corpo está obscurecido por uma batina longa e verde. Nas laterais, trepadeiras bordadas sobem pelo tecido, que parece vivo com uma floresta de folhagem.

— Vocês sabem por que os chamei aqui hoje. — A voz de meu pai parece uma barata subindo pelo ralo. Por anos, fui a Chapeuzinho Vermelho morando com o Lobo, maravilhado com aquelas presas afiadas, como se não fosse ser devorado por elas. — Precisamos encontrar Elwood a qualquer custo.

— Eu não me surpreenderia se *você* o tivesse escondido. — Reconheço Vrees pela barba cinzenta por fazer e pelo timbre da voz. Ele pronuncia as palavras entre dentes na cara do meu pai ao se aproximar do pódio. Pode ter tirado o uniforme policial, mas não é possível remover a postura rígida no fim do dia. — Quer dizer que, depois de anos de olho nele, de repente ele está livre por aí? Você vai nos fazer pagar por isso, Ezekiel. Se me perguntar, digo que a linhagem Clarke apodreceu. Seu pai…

— Não diga o nome dele se quiser permanecer com a língua — meu pai ameaça, irado. Eu acredito nele. Neste momento, sei que ele pegaria o canivete do cinto e a arrancaria se tivesse chance.

— Ninguém aqui o teme, não depois de tudo. — Vrees se vira para ficar ao lado da mulher, visivelmente tensa conforme abraça a barriga inchada. — Você está agarrado a um poder que se acha no direito de manter. Prudence dará à luz a qualquer momento. Não podemos continuar postergando o inevitável. Ela dará à luz a nova Semente, e você deixará o seu lugar, querendo ou não.

— Continuo sendo a Mão Direita.

— Você é *nossa danação.* — O xerife se dirige ao grupo. O branco de seus olhos brilha como a lua cheia sob a máscara. — Todos vocês lembram o que aconteceu da última vez, com o irmão de Ezekiel. Como chegamos perto de nossa destruição ao postergar a cerimônia. O último Alderwood começou a mudar. Ficou instável. Difícil de controlar. E, se não tivéssemos conseguido contê-lo, o que nos teria acontecido?

— O Éden tornou-se terrível — exclama uma mulher. Também a conheço. Sem a pele falsa e monstruosa, lembro dela sentada e sorrindo na diretoria da escola. Ela me ajudou com o cronograma escolar, anos atrás. — Metade do revestimento externo de minha casa ficou enroscado em raízes. Os espinhos perfuraram as tábuas do chão.

— *As árvores estavam famintas.*

— *O bosque deve ser alimentado.*

— *Onde ele está?*

Meu pai se esquiva da enxurrada vinda de todas as direções da igreja. Seus punhos se mantêm firmes junto ao corpo, mas pela rigidez de sua coluna consigo perceber que a frustração o consome.

— Não estou com ele.

Volto a prestar atenção nos membros da congregação. Todo o movimento conjura uma brisa parecida com a que atravessa as árvores do lado de fora.

Os galhos riem com o vento. As árvores viram e ouviram tudo, mas nunca revelarão os segredos de meu pai.

— Seu irmão foi pego antes que fosse tarde demais. Se não se livrar logo de Elwood, o bosque crescerá *dentro dele*, e todos nós morreremos. Vimos o que aconteceu antes. Aquele garoto é perigoso.

*Perigoso?*

Viro e reviro as mãos, maravilhado com a suavidade de minhas palmas. Não há garras nem tremores monstruosos sob a pele. São as mesmas mãos que salvam insetos dos parapeitos das janelas e os levam ao jardim. Perigoso é uma palavra que nunca nem de longe pareceu relacionada a mim. *Covarde, mole, fracote.*

Meu pai luta para controlar a igreja mais uma vez.

— Acreditem, eu sei. É por isso que estamos aqui. Ele precisa ser levado em consideração. Mark, onde estão seus homens?

— Tenho todos os homens a postos em cada saída da cidade. — Todos olham para Vrees, parado no meio da igreja com as mãos nos quadris. — Ninguém entra ou sai sem nosso conhecimento. Ele não saiu de Pine Point. Tenho certeza disso.

Verônica abafa um arquejo, mas ela não está encarando meu pai. Sua mãe está no grupo. Eu a reconheço pelos cachos loiros que escapam das laterais da máscara. Já a vi alegre e radiante no serviço matutino, e confiante na venda de bolos da escola, mas nunca a vi assim.

— Ele deve estar com aquela víbora. A mesma que infectou minha filha. Ela é um flagelo nesta cidade. Vai nos apodrecer de dentro para fora, como a mãe dela.

Eles acham que Wil é uma caricatura demoníaca, não a garota que fica com covinhas nas bochechas quando ri.

Ela continua:

— Talvez ele nos faça um favor e nos livre dela.

Troco um olhar desconfortável com Wil, e a máscara elaborada que ela sempre usa sofre a primeira rachadura. Seu cenho se franze, e os lábios são tomados por uma curva profunda.

— De fato, seria um grande favor — murmura meu pai.

Considerei meu pai Deus por toda minha vida. O maior exemplo de sabedoria e santidade, um lembrete desolador de que o amor de Deus vem em quantidades limitadas, que só alguns de nós se regozijam dEle, e que o resto das pessoas, em danação, terá de lidar com o peso de Sua ira.

Não vejo Deus nele agora.

Na verdade, não vejo Deus em lugar nenhum.

— Gente — sussurra Lucas, e sua voz agora está trêmula e assustada. Não há mais espaço para risadas, sejam elas forçadas ou não. — Precisamos dar o fora daqui. — Ninguém apoia a ideia de imediato, então ele coloca a mão em meu ombro, cheio de cautela. — Elwood, nós não podemos continuar aqui. Precisamos dar o fora.

Ele não está errado, mas não consigo me mover.

Ouço Wil dizer:

— Quero ver se eles vão mencionar minha mãe.

Não sei se estou preparado para outra revelação condenatória, mas me sinto como uma lebre presa ao olhar de um predador, perfeitamente paralisada.

— Nós forjaremos algo na propriedade dos Greene amanhã — continua Vrees. Ele começa a andar pela sala, e meu coração bate com força conforme se aproxima. — Vamos entrar lá, pode apostar.

O grupo responde com zombaria. Quem fala é a mãe de Verônica.

— E a garota, o que vai fazer com ela? Ela é incontrolável como a mãe dela. Acha que vai deixar que o leve sem mais nem menos?

Minhas palmas estão pegajosas, tamanho o nervosismo. A verdade me encara. Não é uma imagem completa, mas assombrosa mesmo assim. Se minha família me pegar, será o fim. Todos os Alderwood que vieram antes de mim foram mortos, e talvez o mesmo acontecerá com todos os Alderwood que ainda estão por vir. Eu nunca fui um filho. Só fui uma semente. E agora meu pai deseja me colher.

Eu costumava acreditar que, se fosse o filho perfeito, meu pai passaria a se importar mais comigo. Mas agora sei a verdade. Ele sempre destruiu tudo aquilo que lhe era precioso. Amava as árvores, e nunca hesitou em derrubá-las com seu machado.

Ele pode não me amar, mas talvez louve meus ossos depois de queimá-los, como faz com as árvores.

— Não há por que se preocupar com ela — meu pai intervém. — Nós sempre eliminamos qualquer tipo de ameaça.

Estas palavras ecoam em minha mente, irreais. Não é possível. Tudo se passa diante de mim como um sonho lúcido e terrível, me forçando a ver tudo até o fatídico fim.

Ele continua com uma clareza assustadora.

— Nós descartamos aquela mulherzinha irritante, a Greene. Podemos descartar a filha também. Uma garota problemática e teimosa daquele jeito? Quem, nesta cidade, estranharia se ela desaparecesse? Tal mãe, tal filha.

Wil arfa quando o horror da verdade finalmente vem à tona. Eles mataram a mãe dela. Minha família a matou. Meu pai descartou seu corpo, sorriu ao pregar seu rosto por toda a cidade, mentiu para mim. *Como uma mãe pode abandonar a própria filha dessa maneira?* Meu pai mostrou seu desagrado com sangue fresco nas mãos. Com facilidade, se ela estiver a sete palmos do chão.

Por todo esse tempo que fiz pouco de Wil, ela estava certa. Wil se aproximou demais de mim e se queimou por isso, e agora não há um corpo para enterrar e…

E a culpa é minha.

Pelo amor de Deus. A culpa é minha.

A expressão dela é um cinzel entalhando meu próprio rosto. O verdadeiro horror é algo que nunca experimentei. Passei tantos dias me curvando aos meus pais, sem saber o que deveria temer.

Aprendo o que é o medo verdadeiro nos segundos seguintes.

O assassinato continua fresco em minha mente quando o silêncio é interrompido. O celular de Wil ganha vida, e o som é como o berro de uma criatura no meio da noite.

# CAPÍTULO QUINZE

## WIL

ERDA.
*Merda.*

O rosto do meu próprio pai aparece no celular. Quase não reconheço o sorriso na tela. Sua configuração de contato é como uma relíquia de outra era, pois só o vejo sorrir em fotos antigas. Neste exato momento, o sorriso abobado dele está prestes a acabar com a minha vida. Ele não deveria estar bêbado a esta hora? Por que está me ligando?

— Desliga! — Os quatro sussurram às minhas costas, e Deus sabe que estou tentando, mas não é tão fácil quanto parece, por isso digo com gentileza para eles *me deixarem em paz*. Tento desligá-lo de forma frenética, mas o barulho é tão alto que a igreja inteira parece um cemitério e, meu Deus, estou em apuros.

A ligação se encerra naturalmente quando enfim consigo deixar o celular no silencioso. A igreja inteira encara as sombras e, se eu não estiver alucinando, a mão de Vrees se abaixa em direção ao cinto.

Lucas tinha razão. Deveríamos ter ido embora quando ainda era tempo.

— Tem alguém aqui — sussurra Ezekiel, e a emoção que se derrama de sua voz é tão aterrorizante quanto um estreitar de olhos ou ranger de dentes. É uma maldade vazia. Ele não virou um demônio por raiva; foi pelo *vazio* que o preenche. Há quanto tempo ele se desfez da própria alma? Foi antes ou depois de matar minha mãe?

Meu Deus. Meu estômago se contrai ao pensar nisso.

*Ela está morta*, minha mente me apresenta, cruel. *Ela está morta e você não pode levá-la de volta para casa.*

O pior de tudo é que isso não me surpreende. Deveria ser uma revelação inacreditável, devastadora, mas…

De alguma forma… eu já sabia. O palpite que nunca quis considerar. A voz sombria que mantive nos recônditos da mente. Ela passou esse tempo todo sussurrando, dizendo a verdade. E agora ela grita, implorando para que eu a encare.

*Eles a mataram e agora também vão te matar.*

Só tomo consciência de que estou esmagando a mão de Elwood quando o ouço arfar por conta da pressão. Reduzo um pouco a força do aperto, mas só um pouco. Eu me viro para a pior turma do Scooby-Doo de todos os tempos e espero que eles estejam prestando atenção quando mexo a boca para dizer uma única palavra:

— *Corram.*

Lucas não precisa que eu repita. A porta de trás se abre para a tempestade e ele arranca Ronnie de lá pela mão, desesperado para mantê-la a seu lado. Ela voa atrás dele como uma boneca de pano, com Kevin logo atrás. Nós dois, eu e Elwood, ficamos para trás. Elwood está paralisado e de olhos arregalados.

Agarro o braço dele com uma mão e pego o pé de cabra com a outra — porque me nego a não ter comigo uma arma de impacto. E agradeço a Deus pelo impulso violento, porque não estamos mais sozinhos. Ezekiel entra, e é como estar vendo um carrasco.

Mas tenho minha lança, e me nego a ser devorada viva.

— Elwood! — Ezekiel o agarra pelo punho, o rosto coberto por puro desespero. — Onde você estava, pelo amor de Deus? Você não tem ideia do que fez!

Elwood pode estar distraído e horrorizado pelas palavras do pai, mas eu não estou. Giro o pé de cabra e Ezekiel uiva com o

# JUNTOS EM RUÍNA

golpe, os dedos se abrindo e me dando um segundo de vantagem. Eu o uso como se fosse uma questão de vida ou morte, e provavelmente é.

Meu cérebro reptiliano, guiado pelo instinto, assume quando agarro Elwood e saio pela porta dos fundos, que leva ao cemitério. Cada respiração impele meus pés para a frente.

— *Você vai matá-los!* — Ezekiel grita à distância. — *Você vai matar todos nós!*

Me pergunto se foi assim que mamãe se sentiu em seus últimos momentos. Atacada pelo vento por todos os lados, a carne congelada, o coração açoitando as costelas.

A neve esconde a estrada sob nós. Ela é substituída à distância por um trecho denso de névoa. Costumava achar que era um clichê quando as pessoas diziam sentir os olhos de alguém nas costas. Não acho mais. Sinto olhos me queimando a pele enquanto corro.

O carro continua onde Lucas o deixou, e nunca senti tanto alívio ao entrar em um Honda Civic.

— Graças a Deus — grita Ronnie do banco de passageiro. Ela se vira para agarrar os meus braços, um tremor nervoso passando por seu corpo. — Eu disse para ele esperar. Que nós não podíamos deixar vocês aqui. Que…

Não a deixo terminar. Não temos tempo para isso.

— *Acelera.*

Assim que abro a boca, Lucas já pisou no acelerador. O gelo debaixo das rodas estala e me preocupa pensar que, neste tempo, basta uma curva errada para cairmos em uma vala.

Dirigir no inverno vira uma brincadeira letal. Seguimos no carro como se fosse uma questão de sobrevivência — e, desta vez, é mesmo. Passamos cinco minutos atravessando a cidade em disparada, em silêncio mortal. Outros cinco minutos antes que voltemos a respirar. Quando Lucas derrapa pelo estacionamento do hotel, o nervosismo se alojou em meu estômago e duas outras letras se apagaram de nossa placa.

Meu pai nunca vai arrumá-las, então continuarão mortas até que a última luz queime e se junte a elas.

E, quando esse momento chegar, o hotel estará acabado de vez. Encaro as árvores, mas, por enquanto, elas estão quietas.

Lucas tem sorte de que os hóspedes sejam raros. O estacionamento ermo lhe permite perder o controle dos pneus. Ele aperta o freio de mão e o carro para em um solavanco violento diante das portas de entrada.

Estou enjoada, e não tem nada a ver com a direção de Lucas, e sim com o sorriso em branco e preto do cartaz que anunciava minha mãe como desaparecida, o rosto dela grampeado em todos os cantos de minha mente. É doentio, mas eu deveria estar grata por ter tido uma resposta. Suspeitava do envolvimento dos Clarke há muito tempo. Passei cada minuto dos meus dias acusando-os do desaparecimento dela.

Deveria estar aliviada. Não estou.

Na verdade, queria que ela continuasse desaparecida. Sinto falta da dúvida além das minhas suspeitas. Aquele sentimento seguro de e se?. *Minha mãe foi embora porque quis, mas não é para sempre. Ela pode voltar a qualquer momento, bronzeada, sorridente e pedindo desculpas. Vai doer, mas tudo vai voltar a ficar bem.*

Não tem como voltar do reino dos mortos.

— Eu não consigo — Lucas solta, ofegante. Não tem nenhum envolvimento em tudo isto e já está enlouquecendo. — Não consigo fazer isso, porra.

Tamborila furioso os dedos dele no volante. As últimas vinte e quatro horas afetaram sua sanidade, o que fica evidente a cada respiração sibilada.

— Eu sabia que seus pais eram estranhos. Sabia que a mãe da Vê era estranha. Mas não estranhos a ponto de serem assassinos. Não estranhos tipo sacrifique-seu-filho-como-se-ele-fosse-a--segunda-vinda-de-Cristo. Não, não, tô fora. Não consigo lidar com isso não, porra. — Ele consulta o relógio. — É Natal. Eu deveria estar em casa com meus pais, dormindo. *Não*. Não. Não.

Não. Eles também devem ser da seita, porque eu sou sortudo assim, não sou? Devem ter feito os últimos rituais dignos de uma seita com meu avô.

Ronnie solta o ar. Ela passou o trajeto inteiro em silêncio, mas claramente não foi por falta do que dizer.

— Eu tinha esquecido como tudo gira em torno de você, mesmo quando não é o caso. Você acha que é o único que tem que lidar com isso?

Lucas bufa, mas não se digna a responder.

— Típico — ela se irrita, engasgando-se com a palavra. — De alguma forma, quem tá sofrendo é você. Mas fui eu que descobri que a *minha mãe* e a família do Elwood...

— Não continua. — Devo ter mordido minha própria língua em algum momento. Meu sangue se espalha a cada palavra que pronuncio. — Por favor, não continua.

Meu pedido a faz resmungar de raiva, e o evidente coração partido que aparece logo depois diz tudo.

Enquanto isso, Elwood permanece sem dizer nada ao meu lado. Ele não consegue me olhar nos olhos.

Kevin é o primeiro a voltar a falar.

— O que o xerife quis dizer com você ser perigoso, Elwood? — interrompe. — Eles ficaram repetindo isso.

— Perigoso é ficar perto dele, só se for — Lucas murmura, retratando-se um segundo depois. Seria impossível não fazer isso diante da angústia que surge no rosto de Elwood pelo retrovisor. — Não foi o que eu quis dizer. Sinto muito; a culpa não é sua, cara. Você deveria chamar a polícia estadual, ou sei lá. Deve ter alguém em algum lugar. — Ele descansa a cabeça no volante. — Mas o que quero dizer é: acho que não consigo fazer isso. Não consigo mais.

— Ah, saquei. Você cansou de se importar. — Canalizo todas as minhas emoções na raiva. A mágoa é uma companheira mais fácil do que a dor. — Você fez o bastante para pregar a medalha de Bom Samaritano no seu colete de escoteiro e agora não precisa mais dar a mínima para nós. Que legal da sua parte.

Ao meu lado, Kevin umedece os lábios várias vezes e retorce as mãos no próprio colo.

— Não acho que seja uma boa ideia nos separarmos. Sempre que um grupo faz isso num filme, eles…

— Isso não é como a merda de um filme de terror, Kevin — rebate Lucas. — Pela última vez, não importa o que fazem em Hollywood. — Ele gesticula para a enorme quantidade de neve do lado de fora. — Parece que estamos na Califórnia? Não. Tudo isso é real e tem consequências reais. Tem gente morta, Kevin. Morta.

Estou a um triz de dar um murro no queixo dele.

— Morta como a minha mãe?

Ele arregala os olhos.

— Não quis dizer isso. Você sabe que eu não quis dizer isso, Wil.

É tarde demais. Ofereço meu sorriso mais horrível.

— Suponho que os boatos a seu respeito eram reais, afinal.

— Do que você tá falando?

— Que você é tão superficial quanto parece. Sempre promovendo causas com as quais não se importa. Fazendo amigos por caridade. Se não fosse pelas bolsas de estudo e pelos holofotes, você não daria a mínima pra ninguém. Nem pro Elwood ou pra Ronnie, ou pro Kevin. Você só se importa consigo mesmo. — Abro a porta do carro e seguro Elwood pelo punho. — Você tem razão, Lucas, nós não estamos em Hollywood. O único atuando aqui é você. — Elwood se apressa para sair do carro comigo e, sem o drama de Lucas, o silêncio é nossa única resposta.

# CAPÍTULO DEZESSEIS

## WIL

MEU PAI É A ÚNICA ALMA VIVA NO PRÉDIO.

O vazio dói mais do que antes. A ausência de mamãe é uma mancha profunda nas fibras, impossível de remover sem queimar este lugar até ele virar pó. Ezekiel tinha razão em querer demoli-lo. Do jeito que está, não somos um cemitério, e sim um altar negligenciado para uma única mulher esquecida.

Mas eu me lembro dela.

Ela existe em todo canto deste lugar podre. Traço figuras nostálgicas na parede, todas as marcas que ela deixou para trás. O ano que enfeitamos estas paredes brancas e entediantes foi anormalmente quente; passamos o tempo todo com respingos de tinta e jarras de limonada. Mamãe e suas espirais, eu e minhas marcas de mão desajeitadas. A maior parte das que fiz acabaram cobertas, mas ela deixou algumas pelos corredores. Tem uma ao meu lado agora — ergo a mão, mas meus dedos crescidos eclipsam a marca.

Afasto a mão bruscamente e enterro meu coração no bolso. Carrego-o a cada passo até chegar ao quarto de meu pai e antecipo o momento em que ficará pesado demais segurá-lo. Assim que eu contar a verdade, ele arrebentará, e a barragem que construí se despedaçará de vez.

Minhas mãos descansam na maçaneta, mas não permanecem ali. Arranco o curativo de uma vez só e abro a porta.

Só que meu pai não está sentado ao pé da cama esperando que eu chore em seus braços. Não. Ele está dormindo, o chão entulhado como o da festa de Lucas, rodeado por uma runa de proteção feita de latas amassadas. Roncando.

Não consigo evitar. Dou risada. É um barulho estranho, que irrompe até virar um soluço. Minha visão é borrada pelas lágrimas, que mancham todas as palavras.

— Claro que ele desmaiou.

É engraçado como uma ponta solta pode acabar desatando tudo. Eu me controlei por tanto tempo, ignorei o buraco dentro de mim da melhor forma que pude, mas nada disso importa mais. Ele foi cutucado, remexido e refeito, minha resolução se esvaiu, minha fortaleza foi ao chão.

Minha mãe está morta.

Não é mais um sussurro cruel nos recônditos da mente. Está em tudo que é lugar. Não há mais como sufocá-lo. Minha mãe está enterrada a sete palmos, *morta* e coberta de vermes-e-besouros-e-insetos. Ela enfiou o nariz no lugar errado e foi abocanhada. Exatamente o que sua filha está fazendo agora mesmo. A mesma curiosidade letal, a alma teimosa que nos leva ao túmulo de forma precoce.

Minha dor se transformou — não há mais lágrimas perdidas correndo pelas minhas bochechas, mas um rosto contorcido, franco e aos gritos, e um corredor que parece uma garganta fechando. Minha garganta é um punho cerrado, apertado demais para deixar o ar passar, só o que sai é um uivo silencioso, de rasgar a alma. Meu pai sequer se mexe.

*Morta. Morta. Morta, morta, morta, morta, morta.*

—Wil? — As mãos de Elwood pairam acima do meu ombro. Um dia atrás, eu o teria empurrado para longe, mas hoje não. Apoio-me na única calidez que encontro. Eu deveria odiá-lo, deveria gritar, ficar furiosa e amaldiçoá-lo pelos pais que tem, pelo que eles *fizeram*... mas não consigo.

Eu preciso dele.

Sempre precisei.

Ele diminui a distância entre nós e eu enterro meu rosto choroso em seus braços.

É um abraço fúnebre. Nele não há nada suave. Seguro Elwood como se ele pudesse desaparecer. O luto o prende em meus braços, e cada soluço me sacode com ainda mais força do que o anterior. Meses de emoções enterradas lutam para vir à tona, e minha respiração balbucia coisas a cada onda delas. Ele aguenta tudo, deslizando a mão à vontade pelo meu cabelo.

Só depois de as lágrimas secarem é que me afasto para olhá-lo de verdade. A luz da lâmpada tremula sobre os traços dele e suaviza as profundezas de seu cabelo. As árvores do inverno podem ter encharcado suas raízes, mas a luz afasta a escuridão para longe. Vejo sussurros dourados e avermelhados misturados ao castanho.

Levo muito tempo para notar que o estou encarando. Muito tempo até notar que ele também me encara.

Corto essa emoção delirante pela raiz. Meus olhos se voltam para meu pai e, em meio ao desespero, noto algo que não tinha visto antes.

— O que é aquilo? — Já sei a resposta antes mesmo de falar. Não é o presente mais bonito, mas mostra mais esforço do que imaginei que meu pai seria capaz. Pego o presente, ainda em suas mãos, e enfio o dedo no papel de presente. Ele nem se mexe quando eu o abro.

*Feliz Natal, Minnie*, diz o cartão no topo. *Achei que você deveria ficar com isso, depois de todo esse tempo.* Então foi por isso que ele ligou.

— Achei que ele tivesse jogado isso fora. — Já senti isso uma vez, essa falta de peso, esta pedra em meu peito que impede que as palavras saiam. No dia em que mamãe desapareceu e meu pai chorou e sua alma se rasgou ao meio, desaparecendo para sempre. Me sinto assim agora. — É a chave do escritório de mamãe.

A porta range como a de uma cripta ao abrir, enferrujada e quase encerrada pelo pó. O cheiro também parece o de uma cripta.

— Nós deveríamos fechar aquela sala maldita — meu pai disse da última vez que entrou aqui. — Está infestada de memórias. Não dá para limpar isso.

Ele não estava errado. É possível chamar alguém para exterminar os percevejos de cama, mas não dá para fazer nada a respeito do passado. Dá para consertar o teto e limpar o carpete, mas não dá para remendar o coração.

O interruptor não funciona de imediato; a luz pisca como se não lembrasse como acender. A sala é uma bagunça como o coração de minha mãe: prateleiras incrustadas de cera de vela, livros surrados e uma cama feita pela metade, cortinas para bloquear a claridade do sol.

Minha mãe passava mais tempo aqui do que em qualquer outro lugar. Seus dias como jornalista nunca lhe pareceram muito distantes. Ela pode ter mudado de carreira quando eu nasci, mas aquele "por quê?" intrínseco permaneceu com ela. Todo mundo era um mistério, a história de vida de cada pessoa era um novelo a ser desenrolado. E, como boa jornalista, ela não descansava até resolver o caso.

— Você não teve orientação com minha mãe?

— Sim. — Consigo ouvi-lo engolir em seco do outro lado da sala. — Por um tempo. Ela me chamou quando minhas notas pioraram.

— Fiquei tão chocada com isso — confesso. — Você só tirava dez.

Ele senta no chão ao meu lado, hesitante, e traz o joelho para perto do peito.

Comporta-se como se fosse uma bagunça de membros, peças de um quebra-cabeça que não se encaixam.

— Eu sempre soube que nunca faria faculdade. Era fácil ignorar isso até entrar no ensino médio. Daí tudo mudou. As pessoas estavam recebendo correspondências, falando sobre planos para o futuro e para onde gostariam de ir. Pela primeira vez, não consegui fingir que não sentia nada.

Um instante de silêncio paira entre nós até os olhos dele se focarem em mim. Eles permanecem onde estão até me sentar a seu lado.

— E aí você me disse que também queria ir embora. Você tinha tantos sonhos sobre o mundo, e queria que eu fosse com você... e, pela primeira vez, eu não tinha como escapar. Comecei a me perguntar o que estava fazendo ali. Por que me dar ao trabalho?

Jogo a cabeça para trás e encaro o teto enquanto absorvo suas palavras. Ao contrário do meu quarto, não há estrelas aqui. Nada para apontar e deixar a imaginação livre para sonhar. Nunca imaginei como seria olhar para cima e ver um abismo vazio. Nada além da própria vida.

— Começou por culpa das notas, mas nossas conversas não acabaram por aí — continua Elwood. — Não tinha muitas pessoas com quem eu pudesse desabafar. Não com meus pais, nem com Deus, nem com a congregação. Havia tanta coisa presa dentro de mim, tanta que eu não conseguia contar nem para você, e sua mãe... Ela entendeu sem insistir.

Mordo o lábio.

— Mamãe foi sempre boa com isso.

— *Você não está bem, Minnie.* — Ainda consigo ouvir sua voz, doce como o mel. O jeito suave de falar, sem farpas. Sussurrante e delicado. Eu não estava de cara feia. Estava rindo, e ela me interrompeu no meio da piada.

Sentado do outro lado da mesa, papai não entendeu nada. Lembro que ele me encarou boquiaberto, tentando, sem sucesso, ver o que ela via.

— *Ela não parece estar mal.*

— *Ela está fingindo* — mamãe rebateu. — *Você já deveria saber disso, querido. A Minnie sempre ri. Mesmo quando dói.*

Minha mãe sempre via o cerne das coisas. Minha alma poderia ser fechada como um cadeado, e ela ainda me leria como um livro aberto. Não me surpreende que tenha feito o mesmo com Elwood.

— Ela realmente me ajudou. — O sorriso desaparece de seu rosto. — Mas daí ela ligou para os meus pais.

— Imagino que as coisas não tenham caminhado bem.

Não deixo passar como ele estremece ao lembrar.

— Isso é um eufemismo. Ela falou pro meu pai que ele estava ditando minha vida e arruinando minhas chances de escolher meu próprio futuro. Ela chegou com todo esse papo de as minhas notas terem piorado e como eu poderia me dedicar muito mais se ele me deixasse fazer isso. Como eu me curvava às regras deles à custa dos meus próprios sonhos.

— Mamãe era assim mesmo.

Os olhos dele param em um canto da sala cheio de teias de aranha.

— Acho que ninguém o tinha enfrentado desse jeito. Ele… não lidou bem com isso. Ele só consegue fingir até certo ponto, antes que sua paciência acabe. — Ele deixa a voz mais grave, imitando-o. — *Vou criar meu filho como bem entender. Ele está sendo criado de acordo com as regras de Deus. Cuide daquela sua filha rebelde, sra. Greene.*

Vejo minha mãe encarando Ezekiel, as mãos pontudas dele criando uma barreira entre seu mundo e o dela. Elwood volta a olhar para os próprios pés.

— Acabou com ela dizendo: *Não são as regras do Senhor que ditam a vida dele. É você que está ditando*, e foi isso que o fez finalmente explodir. Ele me proibiu de falar com vocês duas. Eu não podia desistir de você, mas a sua mãe? Ela nunca desistiu de mim. Sabia que havia algo errado. No fundo, ela sabia. E nunca parou de tentar me ajudar.

Encaro o chão. Foi por isso que ela ficou obcecada com ele? Sua necessidade de salvar a tudo e a todos. Não que os veios da madeira fossem soletrar uma resposta como num passe de mágica. E, então, eu vejo algo.

Pode não haver uma resposta ali, mas tem uma lasca. Uma leve fenda no chão, quase imperceptível olhando rapidamente. Eu me curvo para enfiar os dedos na abertura. A tábua se ergue, abrindo-se como um cofre escondido. Estremeço com a nuvem de poeira, soltando a tábua no chão ao meu lado. Dentro tem um buraco pequeno e sombrio.

No centro há uma caixa amassada, com apenas uma fita vhs e um punhado de páginas amareladas presas por um barbante. Tiro a caixa do esconderijo.

Voltar para Pine Point deveria ter sido um recomeço.
A decisão que tomei depois de engravidar de Wilhelmina.
Eu não poderia criá-la me envolvendo tanto com cada caso,
me perdendo em cada investigação. Pelo menos esse era o plano.
Mas, como a maior parte dos planos de minha vida,
as coisas tendem a dar errado. Minha vida cuidadosa
se desfez quando falei com os pais de Elwood.
Conheço homens como Ezekiel Clarke. Não é o primeiro
homem a ter um segredo, e não será o último. Senti isso
assim que ele entrou em meu escritório.
Eu não deveria ter ido atrás dele. Achei que tivesse aprendido
a ficar na minha. Parece que não aprendi nada.
Fui até a igreja de Ezekiel. Sei que sou uma pessoa de fora, mas eles
me olharam como se fosse um monstro secular. O sermão de Ezekiel foi
curto e breve, com uma lição direto ao ponto: não interfira nos
assuntos dos outros. "Você é responsável pela própria salvação."
Ele falou de forma rígida e entrecortada, os olhos
fixos em mim o tempo todo. Uma ameaça bíblica.
Tem gente que sabe se afastar depois de brincar com
o fogo. Eu só sei como andar sobre brasas.

Abaixo as páginas e volto minha atenção para a antiga televisão analógica além da cama de mamãe.

Enfio a fita no aparelho e a tela se enche de estática. Demora um momento até o vídeo finalmente começar, um dia ensolarado perdido no tempo.

Mamãe me chama enquanto corro pelo quintal. Não devo ter mais do que oito ou nove anos. Na época em que passava a maior parte do tempo fora de casa e tinha um bronzeado como prova, meu cabelo clareado pelo sol e as bochechas tomadas pelas sardas de verão.

— Por que ela esconderia isso? — Um vídeo tão inofensivo, escondido. A grama ladeia meus tornozelos e ouço risadinhas vindas do alto-falante. "*Mãe*, mãe! Olha! *Olha o que eu consigo fazer*!", seguido de uma tentativa fracassada de fazer estrelinha.

— Você vai ser uma atleta olímpica no futuro, Minnie! — É a voz de meu pai, e a câmera passa por seu rosto de relance. Jovem e despreocupado. O sorriso livre de linhas de preocupação, os olhos brilhantes e esperançosos. Dói. A felicidade dele é a parte mais antiquada do vídeo. Outra onda de estática rouba a memória de mim. Outro vídeo começa; a presença do verão se foi, levando o sol consigo. A cena é granulada e iluminada apenas pela lua. Minha mãe não está sorrindo. Seu rosto está endurecido, a voz um sussurro no gravador:

— Estou prestes a fazer algo muito perigoso.

*Tal mãe, tal filha.*

A câmera vasculha a escuridão. Um círculo de rostos familiares agracia a tela: casais da igreja cercando aquela mesma árvore da qual fugi mais cedo — a maior de todo o bosque Morguewood. Os galhos sangram à nova morte, o vermelho trilhando um caminho serpenteante que sai da lorga e vai até as raízes enterradas nas profundezas. A respiração de mamãe é dura e entrecortada.

Há murmúrios, palavras ditas que a câmera não consegue decifrar. Crescem até virar um cântico entoado por todos os cantos. Em resposta às vozes que se erguem, a árvore toma vida própria.

Gavinhas se esticam na escuridão e se enroscam nos tornozelos de Prudence Vrees. Elas afundam na carne e nela deixam queimaduras em forma de grilhões. É um movimento tão rápido e chocante que, mesmo o vendo pelo vídeo, minha mente precisa de um segundo para processá-lo.

Tudo fica em silêncio. O vídeo resvala por um trajeto pegajoso da mão de minha mãe, escorregando dos dedos suados até cair em um monte de neve. Ela se apressa para arrumar a lente, mas a cena se torna molhada e desfocada.

O pai de Elwood é um borrão lívido na imagem, sua raiva reconhecível mesmo quando suas feições não o são.

— Isto é um erro! — ele grita no meio da noite para quem quiser ouvir, o xerife Vrees, a congregação, Deus. — Impossível. Não é possível que o Senhor faria uma escolha *dessas*.

Vrees se coloca à frente da esposa. Conheço bem sua figura — larga, grande, ocupando espaço demais.

— E quem é você para questionar a palavra de Deus?

— Eu sou a Mão Direita! Ele fala através de mim! Eu sou...

— Um homem — termina Vrees. — Você é um homem, afinal, e Deus escolheu outro. O Senhor está falando o que todos nós já sabemos: sou mais correto, mais devoto, mais equilibrado. Já estava na hora, Ezekiel. Aquele seu garoto está prestes a virar adulto. O Senhor lhe concedeu dezoito anos. E agora Ele decidiu que é hora de entregar e recomeçar do zero.

Mas suas palavras não têm impacto no sr. Clarke. Passam por ele como se não fossem nada.

— Não vou abaixar a cabeça para alguém como você. Precisamos refazer a cerimônia. Houve um erro, tenho certeza.

— Você está *louco* — vocifera Vrees. — Sabe da verdade tão bem quanto eu. Assim que arrancarmos a semente de Elwood, você não poderá dizer mais nada. Ela será plantada em *meu* filho, não no seu. O Senhor me escolheu para esta honraria, e você terá de aceitar. Talvez devesse usar este tempo para pensar na própria fé, não acha?

Uma cortada religiosa.

— Vamos embora! — Ezekiel puxa a mãe de Elwood bruscamente pelo braço, ignorando seu gemido de dor. — Isto ainda não terminou.

O sorriso de Vrees é fino como uma fita e guarda uma semelhança perturbadora com um pescoço cortado.

— É só o começo.

A cena corta e a imagem volta a ser estática.

Penso em todas as vezes em que, quando criança, temia de verdade engolir uma semente e acabar com uma melancia crescendo dentro de mim.

Um canto sombrio de minha mente oferece uma representação diferente. Visualizo Elwood abrindo os lábios e um emaranhado lamacento de raízes serpenteando para fora de sua goela escancarada. Folhagem saindo de todos os orifícios, as orelhas e os olhos e o nariz e a boca, até ele ser tomado por ervas daninhas. Sem pensar, coloco minha mão no peito dele, onde deveria estar o coração, apalpando para tentar sentir o movimento das raízes. Não tem como ele ter uma semente no peito. Não tem como, e ainda assim…

Sinto um barulho pesado em vez disso. O *tum-tum-tum* turbulento nas costelas. Não uma semente, mas um coração enlouquecido debaixo de meus dedos.

Elwood se arrasta para trás pelo chão. Os pulmões estão desesperados por ar.

— Merda. — Eu nunca o ouvi dizer um palavrão. — Não consigo lidar com isso, Wil. Puta merda. Não, não, não. Do que eles estavam falando? *Arrancar algo de dentro de mim? Colocar isso em outra pessoa?*

Estou acostumada a fingir ser mais forte do que de fato sou. A máscara que uso está lascada e gasta, mas espero que venha a servir agora.

— Eles estão loucos, Elwood. Deve ser só seu coração, não? Faria mais sentido do que haver uma semente demoníaca dentro de você.

Ele congela ao ouvir minha voz, os olhos esbugalhando com as últimas palavras.

Quando volta a falar, há uma compreensão estranha tomando conta de seu rosto.

— Eles disseram que sou perigoso. Às vezes, eu tenho uns pensamentos… Tento ignorá-los, ou rezar para que passem, mas eles continuam voltando. Coisas que eu nunca faria. Sussurros terríveis e violentos em minha mente. Eu… eu vi o Brian uns dias atrás e, por um instante horrível, pensei no corpo dele mutilado.

Limpo a garganta.

— Tenho certeza de que todo mundo já fantasiou a respeito de matar o Brian Schmidt.

Ele não ri.

— Wil. Eu também tive visões. Lembra do incidente do inseto no seu banheiro?

A mudança vibrando em sua voz é o bastante para me afetar. À luz, ele é o Elwood que conheço, mas aqui, na escuridão, não sei bem quem estou encarando. Tem algo indubitavelmente selvagem crepitando nele como uma chama instável.

— Acho que eles colocaram algo maligno em mim.

— Não. — Eu fico em pé, atenta a qualquer mudança nele. Fito seus olhos e noto a expansão explosiva de suas pupilas. As íris foram tomadas pelo preto. Sob a pele, as veias estão manchadas de verde e parecem trepadeiras emaranhadas. A noite projeta nele uma escuridão.

Ele parece monstruoso.

— Você já pensou em me matar? — pergunto de modo insuportavelmente débil.

Ele arregala os olhos e sai do próprio estupor.

— Nunca! Eu nunca… — Ele nota o que há por trás de meus olhos e algo se parte em seu âmago. Já vi o mesmo luto em meu próprio rosto. Ele treme por conta da mudança, atingido por uma subcorrente violenta que termina arrancando um grito de seus dentes cerrados.

É aí que acontece.

As tábuas do chão berram. Elwood enfia as unhas na madeira, os lábios balbuciando palavras que não saem. A mesma energia perigosa de antes emerge dele. Logo abaixo da epiderme, tão potente que quase consigo senti-la sem nem ao menos poder vê-la. Parecendo uma carcaça no bosque. Semelhante a vermes e besouros debaixo da pele inchada de um veado morto; não é preciso ver para saber que é de verdade. Só sabe que é.

A sala vira uma explosão de cores ao toque de seus dedos. Ervas daninhas crescem das frestas no assoalho e, em um impacto violento, irrompem ao nosso redor. A parede de gesso desmorona sob o peso de uma infestação de trepadeiras. Folhagem acarpeta o teto, criando um gramado de ponta-cabeça impossível de conceber. Parte dele desmorona, caindo em tufos. O canto onde a escrivaninha de mamãe costumava ficar cedeu e começou a rachar. Chovem pedaços do teto sobre nós, e um estilhaço abre caminho em minha bochecha.

Ele volta a si ao me ver sangrar.

— Wil! — grita Elwood, encontrando de novo a própria voz. Corre até mim, e sinto como seus dedos estão frios em contraste com o rubor de meu pescoço. — Você está bem?

Não pretendia me afastar dele, mas não consigo evitar. Aqui está o garoto que conheço, mas, segundos atrás, não era ele que estava ali. Nem sequer sei o que era.

Os dedos dele caem para junto do corpo, e as lágrimas marejando seus olhos me atingem.

Ele tenta se afastar, mas o agarro pelo punho.

Ainda não sei o que vou dizer, mas não importa. Minha voz é abafada por outra chacoalhada feroz das paredes que tombam e dos alicerces que vacilam. O teto vai colapsar a qualquer momento. Esta ala inteira do hotel será demolida em apenas um ato bizarro da natureza. As pupilas de Elwood, pretas como a noite, começam a diminuir, mas ainda eclipsam a verdadeira cor de seus olhos. De alguma forma, de algum jeito, foi ele que fez tudo isso. O medo e a raiva que ardem dentro dele são o bastante para causar estragos.

— Precisamos dar o fora daqui.

Voo para fora da sala e corro escada abaixo seguida de perto por ele.

Só consigo olhar para a porta. Agarro a maçaneta, que abre soltando um berro de ferrugem. A nevasca me envolve com braços abertos e famintos.

Só damos alguns passos na neve, e a parte do hotel que pertencia a mamãe está destruída. Ouço o barulho ensurdecedor do teto entrando em colapso; os pisos esmagados como dominós, reduzidos a uma mancha na noite. A folhagem é carnívora. Ela engole a sala inteira. Não sobra nem os ossos.

Em questão de minutos, tudo foi reduzido a destroços e grama oscilante. E depois, simples assim, a grama murcha e morre pelo frio. Nada aparece em seu lugar.

Elwood fez isso.

Ele destruiu metade do hotel.

O escritório de minha mãe voltou para a terra, com o que sobrou dela.

Eu o arrasto para longe da ala que sobrou do prédio, que continua intacta. Duvido que meu pai tenha ao menos se mexido, mesmo com todo esse barulho. Ele pode não se importar com mais ninguém, mas vou mantê-lo a salvo. Preciso fazer isso.

Os dedos trêmulos de Elwood encontram o meu ombro. Ele me vira e, por um momento breve e gratificante, ele é tudo que vejo.

— Sinto muito — sussurra, oco. — Eu sinto muito. Eu sinto tanto, tanto. Não foi minha intenção. Eu…

O calor começa bem no fundo e depois aumenta, incendiando todo o meu corpo. O luto me consome. Não pode ser extinto, mas eu faria qualquer coisa para que fosse. Qualquer coisa para bloquear os pensamentos cruéis e o retorcer angustiante do meu coração.

Então faço a única coisa em que consigo pensar.

— Cala a boca — imploro, sem tempo para explicar meus pensamentos para Elwood, muito menos para mim. Ele também está gelado, encarando as próprias mãos com tanto cuidado que nem sei se está me ouvindo. — Eu não quero pensar em nada agora. Me distrai ou vou enlouquecer.

Meu pai tem os seus vícios. Eu tenho os meus. Penso em todas as formas com que evitei o luto. As garrafas que virei, a fumaça que mantive nos pulmões, os beijos embriagados e desleixados que troquei com garotos para quem não dava a mínima. Todas as coisas que faria para sentir algo além disso.

Quero que desapareça. Quero que tudo desapareça.

— Quê? — ele sussurra, mas me recuso a olhá-lo nos olhos. Dou um passo à frente e ele recua até encostar as costas no tronco de uma árvore. No escritório de minha mãe, ele era um monstro, mas estou determinada a transformá-lo em humano. Agora, ele é só um garoto.

Um canto de sereia me impele a diminuir o espaço entre nós, a abandonar tudo, e não há nada que eu possa fazer.

Isso não vai me curar. Nada neste mundo vai me curar. Mas, se for capaz de afastar o luto por alguns minutos, então que seja.

Os lábios de Elwood estão próximos. Seu fôlego escapa como o vento do outono.

— Isto não significa nada.

E, em seguida, aperto minha boca na dele.

# CAPÍTULO DEZESSETE
## ELWOOD

Wilhelmina Greene está me beijando.

Eu a inspiro e meu estômago é inundado de calor. Os últimos dez minutos não fizeram sentido algum. Tudo se apressa, se apressa e se apressa, e é impossível me concentrar. Não consigo ver nada além de linhas de movimento e o borrão do vento conforme as coisas passam por mim. Estou consciente de tudo que acontece: do beijo, da sensação de ter uma brasa acesa em minhas entranhas enquanto as folhas engolem as tábuas do chão, o barulho nauseante do prédio se reduzindo a nada, Wil me olhando como se eu lhe causasse pânico.

Não significa nada, foi o que disse antes de seus lábios esmagarem os meus. Mas significa tudo. Ao menos para mim.

Ela está perto. Tão perto que tenho vontade de gritar. Eu me deleito com as batidas turbulentas do coração dela, com o calor do seu peito contra o meu.

Os lábios dela são tão suaves quanto eu lembrava. A memória de nosso primeiro beijo é uma marca que nunca desaparecerá. Nós dois no primeiro ano, debaixo das arquibancadas do campo, observando o balanço amargo dos pinheiros. Os olhos dela passando pelos meus, profundos e resolutos.

— Você já beijou alguém?

Engoli um pedaço de maçã com tanta força que quase morri engasgado.

— C-claro que não... E você? — Não me lembro de já ter ficado tão corado quanto daquela vez.

— Não. Só queria ver o que tem de mais. Você não quer?

Foi simples assim. Então ela me beijou, só para ver. Só pressionamos os lábios de forma constrangedora. Questão de cinco segundos, de olhos bem abertos e boca fechada. Depois, ela só limpou o rastro dos meus lábios com a manga.

— Não sei o que tem de mais nisso.

Mas eu sabia. Passei todas as noites, todas as manhãs, todos os momentos pensando nisso desde então.

Minhas mãos devem estar mesmo possuídas, já que pegam um punhado do cabelo de Wil para puxá-la mais para perto. Talvez seja o sono que esteja afetando minha mente, talvez seja a fome que soterrei voltando à tona de modo explosivo. Não tem como ir contra isso. Não tem como negar.

Ela toma a iniciativa e nos fundimos em um borrão estonteante de luz, cor e som. A terra ressoa nos meus punhos, flores brotando a cada beijo. Plantadas e erguidas ao meu bel-prazer. Pétalas que são como feridas, trepadeiras que imitam as curvas de seu corpo. Um beijo que dura para sempre, mas acaba cedo demais.

Eu me afasto um pouco, enfeitiçado pela visão dela. Os lábios vermelhos, o rosto que cabe perfeitamente em minhas mãos. Estico o polegar para tocar sua bochecha. Os olhos dela eram castanhos, mas escureceram. Parecem ser infinitos.

O vento balança seu cabelo, fazendo-o rodopiar a seu redor. Sonho em desenhá-la uma última vez, outro retrato para minha coleção. Ela sempre foi um enigma de linhas agudas, sem nenhum osso suave no corpo inteiro. Tantos papéis rasgados, tocados pelo carvão. Nenhum quadro é forte o suficiente para contê-la.

Wil se afasta, horrorizada.

Dá um passo para trás, mas só consigo me concentrar nos lábios vermelhos. Inchados pela mordiscada dos meus dentes.

— Puta merda. Eu não deveria ter feito isso.

Empalideço.

— Nós estamos cansados — prossegue, devagar e delibera-
damente.

Conforme meus pensamentos se tornam menos enevoados,
olho para a lua. O olho atento de Deus nos observando dos céus.
Ouço mais uma vez o som do alicerce ruindo, mas as paredes são
as minhas costelas, e meu coração não tem como resistir à destruição. Sinto cada perfuração e ferimento do colapso.

*Ela tem medo de você*, sussurra a voz dentro de mim.

— Isso não significou nada — Wil reforça. As flores ao meu
redor murcham e morrem ao ouvir essas palavras. — Foi um erro.

— Um erro? — sussurro, e consigo sentir o gosto de cinzas
na língua.

*Ela te odeia.*

Ela me olha, mas os olhos não param nos meus.

— Você queria que significasse algo?

Ela não consegue nem olhar para mim, não é?

*Não seja egoísta. Só vai machucá-la. Só vai arruiná-la.*

— Não — murmuro, e dói por ser tão distante da verdade.
— Você tem razão. Foi um erro.

Ela assente, as mãos enfiadas nos bolsos.

— Então vamos esquecer isso, Elwood. Conheço alguém
que pode nos ajudar. Vrees e seu pai devem estar nos procurando
neste exato momento. Se continuarmos aqui, podemos terminar
destruindo o resto do hotel e machucar meu pai no processo. Não
quero que ele se envolva nisso.

*Não quero que ele se envolva com você.*

Eu deveria mandá-la fugir. Deveria mandá-la se esquecer de
mim e me deixar lidar com meu destino sozinho. Mas, no fim,
sou muito egoísta. Egoísta o bastante para segurá-la com força
enquanto pedalamos para longe dali.

Com o fogo entre nós apaziguado, o frio volta com tudo.

A bicicleta protesta quando montamos. Levando em conta
os pneus meio murchos e as ruas cobertas de gelo, o desastre nos
aguarda com o fôlego retido.

— Deveríamos estar de capacete — digo, em parte por preocupação genuína, em parte para quebrar o silêncio.

— Se segura firme e você vai sobreviver.

Os postes de luz oferecem um pequeno trajeto pelas ruas vazias, o brilho suave das lâmpadas fragmentando o prateado ofuscante. Na bicicleta, tudo fica ainda mais frio. O vento sopra contra nós, procurando a melhor forma de penetrar nas roupas.

A rua começa a subir, o princípio de um morro. Cambaleamos até parar, e abaixo a perna para nos equilibrarmos.

— Precisamos subir caminhando. Ou vamos ganhar velocidade demais ao descer e acabar nos matando — diz ela.

— Não sabia que a segurança era prioridade para você — comento.

Ela revira os olhos, mas um leve sorriso repuxa os cantos de seus lábios. É o mais próximo da normalidade que conseguimos chegar.

Cada um segura um lado do guidom, arrastando a bicicleta dos dois lados. Descer o morro é tão difícil quanto subir, se não mais. Wil tropeça quase no fim, o pé deslizando adiante. Consigo pegá-la a tempo e, com as costas dela pressionadas ao meu peito desse jeito, mal consigo respirar.

— Cuidado — digo.

— Eu teria evitado a queda sozinha. — Ela se remexe um pouco, apoiando a mão no quadril. — Vai, sua vez de cair, daí estamos quites.

— Vou passar desta vez, nada de me empurrar para você me pegar. Acho que eu acabaria quebrando alguma coisa.

Ela está prestes a subir na bicicleta de novo, mas sou mais rápido.

— Deixa que eu vou. É justo, não é?

Ela grunhe uma resposta, mas sua energia está quase no fim. Posso ver. Ela não cede. Faço o que posso para não dar muita atenção aos braços enroscados ao meu peito e a sua cabeça descansando no vão entre minhas omoplatas. Um encaixe perfeito.

Não conseguimos escapar do bosque enquanto pedalamos. Estamos nos arriscando perto das árvores. Elas cercam Pine Point de uma ponta à outra. Esta cidade pode ter estabelecido a civilização, mas as árvores nunca foram embora.

Em meio aos galhos mortos, vejo um movimento à distância. O rosto do meu pai aparece entre os galhos, a expressão indignada e as narinas dilatadas na escuridão.

Não tenho como escapar dele, tenho? Ele me seguiu até aqui, e tenho a impressão distinta de que ainda o veria logo atrás de mim mesmo se corresse até o fim do mundo.

— Elwood — ele diz, e meu nome parece uma ordem. A bicicleta para quando minha mente e meu corpo congelam. Ele dá um passo à frente, e sei que Wil está batendo em minhas costas, implorando para eu *continuar*, mas não sou capaz. — Venha por vontade própria, e não tornarei tudo ainda mais difícil.

Nada a respeito disto é fácil. Nem de longe. Mas sua voz parece o canto de uma sereia, criando o desejo de ceder o controle e parar de lutar. Fazer o que sempre fiz diante de meu pai: desistir.

— *Elwood! Não lhe dê ouvidos!*

A voz de Wil me liberta do transe, seu horror me catapulta à ação. Meus reflexos são mais rápidos do que qualquer um dos dois esperava. A bicicleta derrapa rua abaixo. Consigo sentir o cheiro sutil de borracha queimada conforme disparo o mais rápido que posso.

— Esquerda — Wil ladra em minha orelha, e sinto o calor de sua respiração em minha pele. — *Agora!*

Acelero na direção oposta à que estávamos, seguindo os comandos dela em disparada. Meu pai grita atrás de nós, mas sou mais rápido do que ele. Pedalo mais rápido do que corri no bosque. Meus músculos estão mais do que exaustos, mas me forço a continuar.

A neve soprada pelo vento aumenta, atingindo-nos como ondas geladas que quebram na praia.

Não sei quanto tempo passamos pedalando, mas parece metade de uma vida. Ela me guia pelas ruas sinuosas, berrando orientações por cima do vento uivante. Segue reto no semáforo ("Você realmente ia parar? Tá vendo algum carro, Elwood?"), à direita na árvore com um rosto de mulher esculpido, e assim por diante. Continuamos até eu achar que vou desmaiar no meio da neve.

— Acho que conseguimos — ela diz depois de passarmos pelo semáforo.

— Por enquanto — rebato, mas meus ombros despencam de leve. Cada palavra é difícil. — Agora, onde fica essa casa?

— Hum… É só encontrar o presidente Abe Lincoln. Você vira nele. — Ela limpa a garganta, explicando: — Estamos indo para a casa de uma amiga da minha família. Uma das vizinhas dela tem um quintal cheio de tralha. E tem um Lincoln gigante. É Natal, então ele deve estar vestido de Papai Noel. Ela só sai para mudar a roupa dele conforme a época do ano.

De fato, cruzamos a rua e Abe Lincoln aponta o caminho com um doce. Ele está encharcado de neve, quase irreconhecível. O resto do gramado é tão horrível quanto a estátua. A maior parte está escondida pela neve, mas uma porção considerável ainda desponta.

— A casa da Cherry é a que tem o telhado escuro.

— Todos os telhados estão brancos agora — digo com delicadeza. Ela solta um resmungo.

— Siga o meu dedo — ela diz, apontando com a mão vacilante para a terceira casa da rua: travessa Phoenix Wood, 817.

Chegamos à entrada de carros e deixamos a bicicleta cair no chão. Tento deixá-la de lado com cuidado, mas ela afunda em um mar branco mesmo assim.

Nos esforçamos para passar pela neve. Minha calça jeans está encharcada. O frio adentra meus sapatos e sobe pelas meias até deixá-las ensopadas.

— Continua — insiste Wil. — Quero entrar antes de o meu nariz cair ou de seus pais nos matarem, obrigada.

Finalmente chegamos à porta. Meus tênis empurram parte da neve, o suficiente para revelar o capacho debaixo de nós. É de um roxo-escuro, com duas palavrinhas estampadas: VÁ EMBORA.

# CAPÍTULO DEZOITO

## WIL

A PORTA DE CHERRY É ROBUSTA.

Se não fosse, ela já teria se partido ao meio. Bato nela como se estivesse morrendo. Está mais do que frio aqui fora. Não dá para aguentar. O vento açoitou minhas bochechas até deixá-las em uma vermelhidão constante e ardente. Mexo no cabelo, mas ele continua uma bagunça pelos ares. Até respirar é um desafio.

— Vamos, Cherry!

Meu celular começou a tocar sem parar desde que chegamos à porta dela. *Uma chamada perdida... Duas chamadas perdidas... Três chamadas perdidas...*

Pai: Onde você está? Wil!

Pai: [IMAGEM_0164]

Pai: Me liga agora mesmo, Wilhelmina!

Sei que estou concorrendo ao prêmio de Pior Filha de Todos os Tempos, mas não vou suportar ouvir sua voz desvairada agora. Todas as chamadas perdidas no celular de mamãe, a mesma energia nervosa escapando dele como uma corrente elétrica.

*Mais tarde*, prometo a mim mesma.

Do outro lado da porta, ouço o som de pés batendo no chão, o *miiiaaau* de Estrelinha, o gato de Cherry, arranhando a madeira. Há um segundo de hesitação — Cherry nos espia, provavelmente checando se o dono da lojinha da esquina veio enfim atrás dela — antes que a porta se abra. Ela está sem maquiagem, mas restos da sombra azul permanecem como uma mancha permanente.

Estrelinha está preso debaixo do braço dela. Ele estreita os olhos esbugalhados ao ver Elwood, tentando decidir se o odeia ou não.

— Wil! — A voz de Cherry vai de perturbada e confusa a confusa e preocupada. Ela limpa a garganta, os olhos pousando em Elwood, vacilando e endurecendo por um instante. Seu sorriso esmorece um pouco, fragmentando-se até virar uma linha severa em seu rosto. Quando me olha de forma cortante, lembro-me do aviso dela. A esta altura, porém, ela já deveria saber que meu forte não é seguir ordens ou conselhos. — Você tem sorte que meu remédio pra insônia é uma merda.

— Vai, deixa a gente entrar, por favor. Não temos muito tempo — digo, olhando por cima do ombro rapidamente mais uma vez.

Ela segue meu olhar para além do perímetro de seu gramado, em direção à rua vazia e gelada. Demora-se um pouco mais nas árvores. Os olhos azuis de Cherry param em Elwood, e algo parecido com pavor surge em seu rosto. Ela o encara com a intensidade de um cientista estudando um espécime no microscópio.

— O que você é?

— Humano. — Há algo de afiado na voz dele.

Ela contrai o rosto ao ouvir isso, pouco convencida, mas disposta a ceder.

— Se é o que diz. Entrem. Você poderia ser o Pé Grande: se Wil confia em você, eu também confio. — Gesticula para a gente entrar com o punho ossudo. A porta é uma barreira bem-vinda contra o frio avassalador.

— Prometo que o Estrelinha não morde muito… bem… ele morde ao menos uma vez, mas é uma forma de mostrar afeto. — A voz dela ainda tem algo de estranho, mas o medo desapareceu de seu tom.

Ergo o braço, apontando para a marca que continua na minha pele para quebrar a tensão.

— Se for mordido vai entrar para o clube. — É a minha tentativa fraca de fazer piada.

O lar de Cherry é uma caricatura exata dela mesma: bolsas com flores e ervas secas pendendo do teto, tapetes berrantes reunidos como se fossem peças avulsas de vários quebra-cabeças. A parede está cheia de coisas estranhas: um espelho que parece o olho de um gato, que ela encontrou na garagem de um vizinho que morreu; um recipiente de vidro com pedras do rio e plantas bonitas; e um altar com o retrato de Mortícia Addams.

— Ah, meu Deus — murmura Elwood. Dou uma cotovelada nas costelas dele, mas não consigo culpá-lo pela reação.

A casa dela é como um soco no estômago.

— Pronto, sentem. Vocês dois estão parecendo picolés. — Ela nos leva até as almofadas roxa-escuras. Sofás são pra pessoas comuns; Cherry preferiria a morte. Em vez disso, sentamos em um divã com moldura sinuosa em madeira. O móvel é revestido de veludo com enfeites dourados. Só sei de tudo isso porque já falamos sobre o assunto. "Encontrei esta mocinha prestes a ir pro lixo. As pessoas têm um péssimo gosto."

Cherry não tem televisão; ela jura que consegue ouvir a pulsação baixa da estática a um quilômetro de distância. Sua sala de estar consiste no divã, uma mesinha de centro escura feita de imbuia, uma cadeira de salão de beleza e um par de mesinhas de centro que só estão lá para exibir a enorme quantidade de velas que ela tem.

— Lembra de trancar a porta — resmungo.

— Relaxa, garota. Tenho um feitiço de proteção — ela cantarola da cozinha.

— Tá, eu mesma fecho. — Giro o trinco de volta no lugar.

As luzes piscam acima de nós quando me reaproximo de Elwood. Elas estalam e crepitam dentro das lâmpadas, uma bobina minúscula explodindo em uma chama enclausurada. E, depois, fica tudo preto. Passaram de reluzente a nada em uma questão de segundos.

Estrelinha salta dos braços de Cherry, e a ouvimos praguejar na cozinha. A luz acabou na casa inteira. Se esta fosse qualquer outra casa — especialmente com as persianas fechadas como estão —, seríamos forçados a ficar na escuridão. Mas somos salvos pelas velas votivas encapsuladas por vidros esfumaçados e por outras longas e afiladas em diferentes tons de vermelho e preto. Uma coleção tão grande que faria qualquer bombeiro ter um treco. Entretanto, elas me confortam. Me fazem lembrar da minha mãe.

— Tudo bem aí? — Cherry grita da outra sala, a voz esganiçada de preocupação. Murmuramos algo do tipo: "Sim, zilhões de velas fazem a diferença". Ela cantarola ao ouvir isso, contente de saber que ninguém se feriu gravemente na escuridão.

Estrelinha funga ao se aproximar. Eu me preparo para a possibilidade de ele ficar arisco e sibilar — talvez até mesmo dar o bote e me atacar só porque pode —, mas ele não faz nada.

— Ignora e ele vai te deixar em paz — resmungo.

Agora que a adrenalina passou, a dúvida aparece. Elwood não é humano, ao menos não totalmente. Tem algo dentro dele. Eu estava com muita vontade de deixar para lá o que aconteceu na casa.

Engolfado por trepadeiras e ervas daninhas, infestado de folhagem. Vi seus olhos ficarem negros e sua boca se contorcendo. Ele não parecia um garoto; parecia uma fera.

Deixo isso para lá e uma nova memória substitui o pensamento. Eu o beijei. Elwood Clarke. Eu o prendi contra uma árvore e o beijei.

Fico da mesma cor do cabelo escarlate de Cherry.

— Aqui, gatinho — chama Elwood, sem prestar atenção em mim. O bichano se aproxima, estirando-se para pular de uma vez só. Penso estar prestes a ver Estrelinha ir direto na cara dele, mas não. Em vez disso, o gato anda em círculos no colo de Elwood, cutucando e amassando a perna dele com a pata até deitar. Se não estiver ficando louca, ele também está ressonando. Um ronronar grave e contente.

Elwood faz carinho atrás das orelhas peludas de Estrelinha, esfregando a barriga dele com a mão livre. Tento recuperar a voz. Ela aparece em um guincho patético:

— Esqueci como você gostava de gatos.

— Passei metade da vida implorando pra ter um. — Os afagos aumentam quando ele diz isso, como se estivesse desafiando uma ordem. Ele imita a mãe dele, a voz ficando mais aguda: — "Animais são sujos, Elwood." — Ele tosse para mudar o tom. — Mas olha pra ele, ele não é sujo. Está vestindo uma roupa.

De fato, Estrelinha está com uma roupa festiva que pinica e diz FELIZ NATAL, ANIMAL IMUNDO. Não é mais Natal, e Estrelinha mordisca o tecido como se, com empenho, pudesse rasgá-lo.

— Né? — Elwood volta a fazer carinho nele, mas, quando enfim ergue os olhos, eu engulo em seco, meus dedos tremendo perto dos dele. Ele também fica ruborizado, e vejo seus olhos descerem até meus lábios.

— Não sei se estão com fome. — Cherry interrompe a tensão com sua presença, fazendo a gente pular de susto. Ela deixa uma tigela com raiz de dente-de-leão assada e umas frutinhas vermelhas de aparência questionável à nossa frente. Não sei por que esperava amendoins ou uma pizza congelada.

— Tem certeza de que isso não é venenoso? — pergunto, pegando mais ou menos um punhado das frutinhas. São tão vermelhas quanto o resto dos pertences dela.

Cherry dá de ombros, coloca uma na boca, engole.

— Não me mataram ainda.

Suponho que não me importo de correr o risco. Dou uma mordida e deixo os dentes-de-leão carbonizados para Elwood.

— Mas você acredita nisso? — Cherry arfa, encarando Elwood. — É raro o Estrelinha gostar de estranhos. Você o subornou?

— Ele é o encantador de gatos — respondo, indiferente.

Ela pestaneja.

— Hum. — Move as mãos enquanto fala e coloca um dente-de-leão na boca. E, aí, há um *crec* barulhento. — Então você é o Elwood. O famoso filho dos Clarke. Meu nome é Cherry Delacroix, sou a cuidadora pessoal de Wil e avó de estimação.

Ele pula ao ouvir o próprio nome. Estrelinha mia, frustrado, ajeitando-se outra vez no colo de Elwood, que faz mais carinho no gato como pedido de desculpas.

Em meio às sombras da casa de Cherry, um relógio cuco canta a hora.

— Você combina com as histórias de Wil. E também com as da mãe dela. Soube quem você era assim que abri a porta. Você tinha razão, Wil. Ele é bem bonitão, não é?

Todo meu sangue se concentra no rosto. Quase derrubo a xícara no chão.

— Para de mentir, Cherry!

Ao meu lado, Elwood enrubesce, bufando ao ouvir minha rápida negativa.

Os cantos dos lábios de Cherry se contraem.

— Não se preocupe, querido. Essa garota pode ser teimosa, mas não é cega. — Antes que eu possa soltar qualquer outra coisa em resposta, ela deixa a própria bebida em um pires, provocando um estalo alto. — Tá, tudo bem, me contem.

Isso nos faz ficar quietos. Engulo em seco. Duas vezes.

As mãos de Cherry são enrugadas e ossudas, e o esmalte de cada um dos dedos está gasto e descascado.

— Você não vai acreditar — prometo.

— Por que não me contam?

Encho os pulmões de ar e depois ponho tudo para fora: me concentro nisso, no ritmo de meu peito descendo e subindo. E, então, conto. É uma longa história, interrompida apenas pelas interjeições desvairadas de Elwood. Cherry escuta com atenção, sem nunca me interromper para dizer que parecemos lunáticos.

Ela assente como se estivéssemos contando uma história perfeitamente normal.

Quando termino, ou ao menos quando enfim paro para respirar, ela espera um momento antes de dizer:

— A intuição de sua mãe era sem igual. Achava que isso era perigoso e disse para ela não se meter, mas nisso vocês duas são tão parecidas. Teimosas que só. Ela sabia que eu a impediria se soubesse sobre a pesquisa. — A boca dela treme de emoção. Ela roça os dedos na caligrafia de mamãe quando pego a folha, e algo se parte em seu rosto. — Olha que fim ela teve.

As estrelas brilham além da janela da sala de estar, e a lua se derrama pelas frestas das cortinas.

— Minha mãe começou tudo isso, e a gente precisa terminar o trabalho dela, Cherry. Você nos ajudaria a salvá-lo?

Cherry massageia a enxaqueca se formando em suas têmporas.

— Se não se importar, gostaria de falar a sós com Elwood. Sabe como é. Fico com enxaqueca numa sala com auras demais. São só vocês dois, mas, pelo amor de Deus, vocês têm uma energia intensa.

— Mas eu… — começo a dizer.

— Quer minha ajuda, não quer? — pergunta ela, me desafiando a contradizê-la.

— Sim — resmungo, me encolhendo como se tivesse voltado a ter cinco anos. E agora Cherry está me mandando ir para o quarto.

— Por que você não fica lá embaixo? — ela sugere com um gesto desdenhoso. — Tenta pregar um pouco os olhos. Suas olheiras estão piores que as minhas, e eu tenho mais do que o dobro da sua idade.

— Que gentil, muito obrigada. Suponho que vá ficar sentada sozinha no porão enquanto você conversa com o demônio do Elwood.

Ela me manda um beijo e eu reviro os olhos enquanto saio de lá. O horror só volta à tona quando estou na metade dos degraus.

*O demônio do Elwood.*

# CAPÍTULO DEZENOVE
## ELWOOD

A dona Delacroix é como um fantasma vitoriano assombrando a própria casa. Seu cabelo vermelho e vibrante foi escovado em excesso até criar volume. Ela não parece real, por mais que eu a encare.

— Você consegue ver a coisa dentro de mim?

— Sim. — Ela não desperdiça um único segundo. — Ela se ilumina quando você olha para o bosque. Como um cachorro arranhando a porta, querendo que o deixem sair.

Sem perceber, levo a mão ao peito, tocando nele como se pudesse sentir as garras do espírito.

— Como posso tirá-lo de mim? — sussurro. Não sei se ele é capaz de me ouvir, mas me convenci de que a ameaça é real. A dona Delacroix não diz nada, indicando com a cabeça para irmos à cozinha. Eu a sigo e sento na cadeira que ela me oferece.

A cozinha não é tão entulhada quanto a sala de estar. O espaço é muito menor, todo dedicado a um jardim de ervas culinárias. Há algumas plantas penduradas, as trepadeiras serpenteando em direção ao parapeito à procura da luz. Outras plantas estão organizadas em filas junto às paredes. Ela tem um exército de potinhos no balcão, todos cheios até a boca de temperos recém-colhidos.

— Não sei se tenho resposta para essa pergunta — diz ela, com uma expressão melancólica.

A resposta dói mais do que eu antecipara. Tento não demonstrar, mas deve ser óbvio. Ela abranda as próprias emoções, oferecendo um sorriso forçado.

— Acho que esta situação pede um chá. O que acha de um chá preto da Bolívia?

Ela se vira antes que eu possa responder e começa a mexer em uma chaleira de cobre. Ouço o som da torneira e o clique do fogão acendendo.

— Wil costumava falar sobre mim? — Isso me escapa antes que eu possa pensar em me conter.

A dona Delacroix não se vira, mas as costas dela tremem quando ri. A luz cálida lava seu cabelo, fazendo-o parecer quase laranja. Não tinha notado antes, mas nele ela esconde pequeninos amuletos. Eles refletem a luz, brilhando entre as mechas.

— Não parava de falar a seu respeito — conta. É o suficiente para me deixar queimando por dentro. — Ela se importava profundamente com você; isso eu posso garantir. Mas ficaria brava se soubesse que falei isso.

*Se importava.*

— Eu queria que as coisas entre nós voltassem ao normal — confesso, traçando distraidamente os veios da mesa de madeira com o dedo. — Costumávamos ser tão próximos antes do que aconteceu. Nós nunca brigamos antes, mas… Quer dizer, ela acusou minha família de sequestro. Eu lhe disse que, se ela não parasse com as acusações, não poderia continuar sendo seu amigo. E… bem, imagino que possa imaginar o que aconteceu. Ela sempre esteve com a razão e agora tudo está arruinado.

— Vocês dois tomaram a decisão que pensaram ser a correta. — A dona Delacroix cantarola baixinho. A chaleira assobia junto. Antes que possa apagar minha expressão, ela continua: — Vou te contar um segredo, garoto. Ainda não sou nenhum dinossauro, mas sou velha o bastante para saber algumas coisas, ao menos. — Ela desliga o fogão, preparando duas xícaras que não formam par, e espera o tempo da infusão antes de trazê-las.

Assinto, agradecendo e traçando a asa da xícara. Tem o desenho de cogumelos, vermelhos como o cabelo da dona, sobre os quais repousam sapos verde-escuros.

— Todo mundo acaba cometendo um milhão de erros quando é jovem, mas sempre vai ter aquele que continua incomodando. Há coisas das quais nos arrependemos profundamente, mas nunca poderemos consertar ou mudar. Vocês só estavam pensando em si mesmos. Não tem nada de errado nisso, mas também não tem nada certo. — Ela pausa para uma golada. — Todos nós já vimos árvores crescendo em lugares estranhos. Deformadas, retorcidas pelo entorno. Nossos erros nos fazem crescer. Vocês dois não são os mesmos que eram um ano atrás. Também não serão os mesmos daqui a um ano. Eu mesma não chego a ser a mesma pessoa quando acordo a cada dia. — Ela dá uma piscadela. — Presumindo que minha insônia me deixe dormir, é claro.

— Então dá para ter esperança? — sussurro.

— Sempre dá para ter esperança — ela responde, mexendo os ombros com despreocupação. — Por mais cafona que isso seja.

Meu dedo circula a borda da xícara. O chá tremula como a perturbação de uma pedra quicando na superfície de um lago.

— Obrigado, senhora. Eu precisava ouvir isso.

— Chega dessa bobagem de "senhora" ou "dona Delacroix". Meu nome é Cherry.

Assinto, e ela abre um grande e genuíno sorriso.

— É engraçado — comenta do nada, encarando o reflexo em sua xícara. — Quando você está triste, as plantas ao redor murcham e empalidecem, mas, assim que se acalma, elas voltam à vida. Olhe a seu redor.

Viro o pescoço, me preparando para o que verei. As trepadeiras se afastaram das paredes, crescendo em minha direção. Elas se esticam, terminando a centímetros de minha pele. Todas tentam me abraçar, se enroscar em minha carne e me levar para o bosque.

Elas se contraem quando me assusto, voltando para seus lugares nas paredes.

— Você seria um ótimo jardineiro, garoto. — Cherry solta uma risada fungada.

Rio; não posso evitar. As plantas se juntam a mim. Pétalas se abrem e fecham como boquinhas. A visão me cala de súbito. Volto a minha atenção para a xícara. O chá é de um âmbar profundo, quente o suficiente para afastar o gelo dos meus ossos. Me aconchego nele, arrepios me subindo pelos braços. O primeiro gole desce com facilidade, e o sabor é amendoado e encorpado, como as árvores densas que nos cercam.

— Então, acho que posso começar a ler as cartas de tarô agora, não? — As unhas compridas de Cherry batem na xícara de cerâmica, uma série de tinidos secos. — Primeiro me diga o que está pensando.

Suspeito que ela já consiga ler os meus pensamentos.

— É muita coisa para resumir — confesso, tentando encontrar algum sentido em minha mente confusa. Acima de tudo, porém, está o rosto sorridente da sra. Greene. O caderno dela, com a espiral roxa, e as fitas brilhantes que ela usava no cabelo todos os dias. Não me dera conta do sorriso cada vez mais distante nem do medo crescente em seus olhos. Ela sabia o que eu era. Soube durante muito tempo. — Eu me sinto... culpado. A sra. Greene morreu por minha causa.

Os olhos de Cherry descem até a mesa.

— Sophie sabia no que estava se metendo. Tomou essa decisão por conta própria.

— Fico pensando que, se eu quiser muito, tudo isso vai passar — digo, e noto as flores suspirando e morrendo ao meu redor. Pétalas murcham e caem no chão. Mortas. Por minha culpa. A antiga casa de Wil, reduzida a ruínas ao meu toque. O medo em seus olhos.

— Você consegue falar com ele? — pergunta Cherry, desviando minha atenção de toda a destruição que causei.

— Falar com ele? — digo, ganindo. — Não quero falar com ele. Quero que vá embora.

Apareceu em uma centelha na biblioteca, a batida sutil de um coração sincronizado com o meu. *Tum-tum, tum-tum, tum-tum.* Não parecia algo que sairia do meu controle. E na festa, quando se revirou em minha mente e acabei cuspindo uma mariposa. De novo, no banheiro de Wil, insetos vazando das paredes e meu rosto se transformando em algo irreconhecível. Na época era apenas uma semente que ainda não tinha brotado. Que ainda não era poderosa.

Foi diferente na casa. Ele cresceu e se tornou insaciável; dois corpos sob a mesma pele. Eu o senti se expandir e florescer. Uma sensação de vazio conforme tomava conta de mim. Em apenas um segundo, ele me fez enfiar os dedos nas tábuas e destruiu tudo à frente.

Um segundo miserável e impotente. Só precisou disso.

Cherry toma um longo gole de sua bebida.

— Quer goste ou não — diz —, isso está dentro de você, Elwood. Você ao menos deveria conhecer com quem compartilha esse corpo.

Compartilhar um corpo. O pensamento invoca uma imagem perturbadora, outra cabeça nascendo do meu pescoço, metade do meu corpo sendo minha e a outra metade fora do meu controle.

— Não — grunho, e me amaldiçoo por sentir raiva. Meu pavio costumava não ter fim. Podiam me chutar, bater, assediar. Brian Schmidt passou anos me atormentando, e tolerei cada segundo. Abaixei a cabeça e torci para que acabasse logo. Agora a raiva escapa da caixa de Pandora dentro de mim e não mostra sinais de ir embora.

Se Brian me golpeasse nas costelas mais uma vez, tenho medo do que eu faria. Talvez acabasse perdendo a cabeça. A escuridão tomaria conta de mim, e só precisaria de um único segundo. Um segundo de escuridão, e as trepadeiras o pegariam.

— Eu acho de extrema importância fazer isso. — Cherry dá de ombros, jogando-os para trás de forma relaxada. Parece imune à minha fúria, e suponho que devo isso a Wil. — Descobrir o que há dentro de você é algo que posso ajudá-lo a fazer, mas não será fácil. Por que não tenta?

Eu me forço a ser gentil. Me forço a ser a pessoa que achei que era.

— Você não entende. É perigoso.

— É mais perigoso se não aprender a controlá-lo — diz ela.

Me afasto de Cherry e sinto o sangue nos meus lábios pelo contato com os dentes.

— Nem sei como fazer isso.

Cherry indica que eu feche os olhos com um gesto rápido.

— Finja que está do lado de fora, como fez comigo antes. Peça para entrar.

Na parte de trás de minhas pálpebras, não vejo nada além de escuridão.

Imagino a fera escondida atrás de uma porta de madeira pesada, presa nas profundezas de minha mente. A escuridão se esforça para passar pelas frestas e se enreda em meus pés. Além da barreira, ouço o farfalhar de asas monstruosamente grandes.

Permanece assim, a voz um berro incompreensível de inseto. O som continua apenas por alguns segundos, mas que se arrastam até parecerem minutos ou horas de sufoco. Espero que algo mais aconteça, que o passado inunde tudo e seu peso me soterre. Espero que a escuridão tome conta de mim e destrua tudo.

Por algum milagre, porém, isso não acontece. A escuridão retrocede e a porta permanece intacta.

Puxo ar, ofegante, e abro os olhos, enfim livre. Leva mais tempo do que deveria até que recupere minha própria voz, mas, quando isso acontece, falo:

— Nunca mais vou fazer isso.

Cherry não está mais olhando para mim. Está espalhando uma fileira de cartas na mesa. Chega a parecer um baralho comum, mas sei que não é. O verso das cartas foi pintado à mão com um cinza-tempestade, levemente mais claro do que preto.

— Por que não consulta as cartas nesse meio-tempo, então? — ela cantarola baixinho. — Vamos lá, faça uma pergunta.

Mordisco a bochecha, pressionando as costelas com os dedos para acalmar o coração instável.

— Que tipo de pergunta? — Há tantas competindo em meus pensamentos.

Ela descansa o rosto na mão.

— Qualquer coisa, de verdade; apesar de que, pelo seu próprio bem, é melhor ir direto ao ponto.

Engulo em seco.

— O que vai acontecer comigo? — Fico olhando-a, esperando que me guie, mas tudo que ela me dá é um aceno leve de cabeça. Nada que indique se estraguei tudo ou não.

Ela aponta para o baralho.

— E, agora, a parte mais importante: escolha as cartas que o chamarem e passe-as para mim.

Que me chamarem? Encaro as cartas. Elas são todas idênticas. Não há vincos nem tinta descascada nem nada. Me contraio na direção da que está à minha esquerda, mas meus dedos congelam, hesitantes. E se estiver pensando demais? E se pegar uma carta incrivelmente horrível por acidente?

Fecho os olhos, esticando as mãos e entregando cartas aleatórias para ela.

Cherry me diz para abrir os olhos, e volto a prestar atenção no baralho.

— Pronto? — pergunta, pensativa.

— Pronto.

Uma por uma, ela vira as cartas. Em vez delas, observo o aumento gradual dos olhos de Cherry a cada vez que vê algo definitivamente ruim.

— Pelos Arcanos Maiores, garoto.

— Isso… isso é ruim? — pergunto o que quis saber esse tempo todo. — Preciso tirá-las de novo?

— Não, você tirou essas cartas por um motivo. Quer dizer, um monte de Arcanos Maiores não é um problema por si só... Hoje as cartas têm muita coisa a dizer. Suponho que um grande problema requer grandes cartas. — Suas unhas descansam na primeira carta que virou. Parece agradável. Um céu azul e claro, grama verde, dois cachorros latindo para as nuvens.

— A Lua — esclarece ela, tocando no título da carta. — Esta é a carta que escolheu para seu presente.

— O que significa? — Se for minha situação atual, não pode ser nada bom. Espero que ela diga isso.

— Significa que está em crise. Perdido.

Minha mãe queimaria este baralho se soubesse que o estou consultando. Engulo em seco.

— O tarô nunca mente. — Cherry dá uma risadinha, apesar de haver algo meio defensivo nela. — Agora vamos à carta que representa seu problema. — Ela vira outra. — Esta representa o desafio que está tentando vencer.

Ela nem precisa explicar. Posso decifrar esta carta miserável encarando-a sozinho. Um esqueleto pisoteando os cadáveres em um campo de batalha, com *A Morte* escrito embaixo.

— Esquece... odeio isso. — Já estou trêmulo, e ela ainda nem disse nada. Não tem como a Morte ser uma maravilha.

— A Morte nunca é algo divertido — explica, mas consigo vê-la revirando os olhos pelo meu melodrama. — Mas ela nem sempre significa *morte*, morte. É, hum, um tipo de metamorfose. Além do mais, junto com a Lua, costuma simbolizar algo como a luz no fim do túnel. Mas, sim, resumindo: você está lidando com uma transformação iminente.

Uma transformação parece ainda pior do que a morte. Imagino a pele descolando dos meus ossos e minha boca virando uma pinça afiada. Os olhos se esbugalhando além das órbitas. A escuridão reivindicando cada parte de mim.

Ela continua como se não fosse nada.

— Seu passado é um Dez de Copas invertido. Blá-blá-blá, vida familiar infeliz. É engraçado você ter invertido esta carta, porque originalmente significa um "lar feliz". Claramente não é o seu caso. Então, chegamos ao futuro: o Louco.

— Por que o baralho me odeia?

Isso a faz sorrir com o canto dos lábios.

— Novos começos — ela me corrige. — Significa que precisa se arriscar em alguma direção. Você está paralisado, mas precisa fazer uma escolha. Escolher é essencial. A próxima carta é o seu conselho, se quiser ouvir um. Oito de Espadas invertido. Precisa revisitar... algo, agora que consegue ver seus problemas com clareza.

— E o resultado? — pergunto, encarando a última carta. A Torre parece a pior de todas até agora. É exatamente o que parece ser, uma torre, mas um raio a atinge no topo, e tem gente literalmente caindo pelas janelas, ao encontro da morte.

— Desastre. No final, tudo mudará. Sua vida não será mais a mesma.

As palavras de Cherry permanecem comigo enquanto desço as escadas. As velas iluminam o caminho, um rastro de chamas dançarinas laranja me guiando ao quarto de hóspedes.

Tudo terminará logo. Foi o que as cartas disseram. Tudo terminará em caos e chamas, meu corpo deixará de ser meu. A morte de minha vida e o começo de outra. O demônio me substituirá.

Estico o pescoço para o porão. O quarto é pintado de vermelho do chão ao teto. Cortinas de renda escorrem até o chão como se fossem sangue; há uma penteadeira que se dobra sobre si mesma como se tivesse um par de chifres, pinturas de pétalas manchadas de vermelho e vestidos da era vitoriana. É quase claustrofóbico.

E, é claro, Wil não está dormindo. Está sentada no pé da cama, os olhos endurecidos e ansiosos.

— E aí? O que ela falou?

— Eu sou perigoso. — Minha voz sai entalada; me estiquei além do meu alcance e agora estou me desfazendo. — Mas já sabíamos disso. Fugir foi um erro, Wil. Logo mais vai acontecer algo ruim. Algo muito, muito ruim, e sabe do que mais? Não há como impedir que aconteça. — Obrigo minha garganta dolorosamente seca a produzir as próximas palavras: — E se eu voltasse?

Ela levanta de um pulo e vem até mim, enfiando o dedo entre minhas costelas.

— Sua família quer te matar, El. Ou se esqueceu disso?

*El.* Faz tanto tempo que não ouço esse nome.

Minha voz sai junto de uma espécie de soluço, um barulho de algo se rachando que se mistura à frustração.

— Talvez eles tenham um bom motivo pra isso. Eu sou perigoso. Você sabe disso. — Garras pretas acariciam meus pensamentos, traçando padrões para me provocar. O hálito fétido do demônio sussurra em minha orelha, me lembrando de que somos um único ser.

— O que diabos Cherry disse?

Meus dedos não estão mais se contraindo, e sim tremendo.

— Ela leu as cartas para mim. Elas são ruins, Wil, muito ruins. Provavelmente as piores que o baralho poderia mostrar. Mas isso não importa de verdade. Você viu o que fiz com o seu hotel. Você estava com medo de mim. Isso é inegável.

Ela empalidece até ficar branca.

— Sua vida vale mais do que umas cartas podem dizer. E sobre o hotel… não foi você. Ao menos, não foi você de verdade. Isso ainda não acabou.

— Acabou antes mesmo de começar. Como já disse para o Kevin e para o Lucas, minha vida nunca foi questão de escolha. Está decidida por meus pais desde que nasci. Faz sentido que o destino também esteja envolvido. — Minha cabeça parece mais pesada, então a enterro nas palmas das mãos. Sinto o sal do suor escorrendo pelo rosto. — Deveria já estar acostumado a essa altura, mas não estou. Nunca parei de sonhar com uma vida melhor. Nunca fui em partidas de futebol americano, em bailes da escola, em nada. Vou para casa e estudo por horas, para quê? Não posso nem fazer faculdade! Não posso sair para fazer alguma coisa. Sou a criatura que meus pais querem que eu seja.

— Nenhuma dessas coisas te tornariam normal — rebate Wil, fechando a cara. — O normal não exis...

— E como você sabe? — As palavras me escapam antes que eu possa engoli-las. Escapam por entre meus dentes. Tampo a boca com a mão, mas não consigo calar a boca. A raiva está voltando. Não estou acostumado a ver as palavras fugirem assim de mim. Sempre analisei e ponderei cada frase, mas agora meus pensamentos mais profundos saem pelos ares, livres. — Não quis dizer... eu sinto muito...

Quando ela volta a falar, sua voz é tão venenosa que cambaleio para trás.

— É normal que sua mãe seja assassinada? É normal ser abandonada pelo melhor amigo quando você mais precisa dele? É normal se importar com ele mesmo quando deveria odiá-lo?

Minha voz retorna depois de um minuto.

— Você disse que me odiava. Disse que o que acabou de acontecer entre nós não significa nada.

— Eu menti — ela sibila. — Acredite, não quero me importar. Tudo seria muito mais fácil. Eu só... não consigo.

Ela dá um passo à frente; eu dou outro para trás. *Não chegue mais perto.*

Não posso ser sugado por isto. Não tenho como ficar aqui quando há um monstro dentro de mim. Não enquanto ficar significa o desastre.

— Por favor, Wil. — Passo os olhos por ela. Membros que quebrariam como gravetos, a carne delicada do pescoço, que seria rasgada com tanta facilidade pelo focinho de uma fera. — Não quero que você se machuque. Eu... eu acho que... — *Eu te amo.*

Meu mundo muda diante da verdade. Ela viveu dentro de mim por tanto tempo, mas eu a sufoquei, empurrando-a para o fundo. Agora que está solta no ar, me tornei vulnerável. Sinto que meu coração não está mais no meio das costelas, e sim crescendo fora do corpo. Ele é de Wil, se ela o quiser. Se quisesse, poderia arrancá-lo de mim e afundar os dentes nele. Me tornei tão vulnerável.

Sinto uma pontada no peito por aquela proximidade. Dói respirar o mesmo ar que ela. Não confio em mim mesmo. Uma tempestade se forma em minhas veias, e ela poderia facilmente ficar presa nela. Eu poderia arruiná-la.

Mas como seria fácil me perder. Acabar com a distância e deixá-la fazer o que quisesse. Deixar de ser bom, me tornar o que ela quiser que eu seja.

— Nós não deveríamos — sussurro, mas é menos para ela e mais para a sensação de tremor dentro de mim. A sensação demorada do pecado. Não deveria fazer isso. Passei anos tentando sufocar este sentimento, sem sucesso. Nunca consegui enterrá-lo. — É peri…

— Vou enlouquecer se você disser "perigoso" mais uma vez — esbraveja Wil. Ela pressiona o corpo no meu, com força, ferocidade e exagero. Exagero demais. Preciso dela mais perto de mim. Preciso que fique bem longe. — Eu fiquei com medo lá em casa, é verdade, mas eu… não estou mais com medo, El. Eu te conheço. Eu te conheço desde sempre.

Eu a beijo, e é uma coisa terrível e brutal.

Eu a beijo e sinto gosto de sangue. O amargor ferroso dos dentes dela fincando meu lábio, da língua dela deslizando pela minha. Desesperada, faminta e tão perfeita que me dá arrepios.

Eu a beijo e quero mais. Muito mais do que ela pode oferecer. Vou tomar tudo que ela puder me dar.

# CAPÍTULO VINTE

## WIL

Ele está mudando a cada segundo. Seu corpo é uma jaula prestes a se partir. Estou a centímetros de um monstro; um passo em falso e posso libertá-lo.

Ele me olha, e tudo que sou capaz de ver são as feridas florescendo sob seus olhos e as veias injetadas se reunindo ao redor das pupilas. Debaixo da carne tenra do peito, sinto quase como o arranhão de um espinho. Meus lábios se movem até seu pescoço. Mordo a pele macia, cobrindo-a com anos de emoções reprimidas. Sentimentos que me consumiram e me esmagaram, que escondi sob as aparências.

Quentes contra mim, sinto seus braços tremerem, a camada de suor grudada em seu pescoço. Me pergunto o que Cherry pensaria da aura dele agora. Espirais pretas, vislumbres turvos de um azul vívido, as pulsações ondulantes de vermelho.

É fácil beijá-lo.

— Você gosta de alguém? — perguntei anos atrás, alheia à verdade, deitando minha cabeça no colo dele e encarando as nuvens. Estavam grandes e fofas, e uma delas parecia o estado do Texas. — Alguma crush sobre a qual eu deveria saber?

Minhas mãos eram calejadas, as dele eram suaves. Gostava de segurá-las. De senti-las roçando meu cabelo. Ele ergueu algumas mechas e se ocupou em fazer uma trancinha. Estava trêmulo, os nervos descarregando a tensão dos dedos no meu couro cabeludo.

As emoções dele me atingiam mais profundamente do que as minhas.

— Você gosta?

— Eu perguntei primeiro — acusei.

— Talvez... — Ele engoliu em seco, eu podia sentir. — Sim, acho que sim.

Não falamos agora. Ele cai para trás e eu me inclino para a frente, explorando mais, tomando mais para mim. Meu. A mesma palavra de antes. Suspeito que esteja aqui desde que o conheci. *Meu.*

Ergo o canto da camisa de Elwood e sou encarada pela marca de nascença dele, uma lua crescente perfeita talhada em seu peito. Eu a traço sem pensar, passando o dedo de uma ponta à outra.

O restante dele tem outros tipos de cicatrizes. Tantos rasgos no peito, nos ombros, nas costas. Ele foge do meu olhar enquanto analiso todos os cortes. Os pais dele fizeram isso. Esperavam arruiná-lo, mas não conseguiram. Beijo cada uma delas e ele estremece, um ruído suave lhe escapando dos lábios. Ele parece se conter, apoiando-se no colchão com as mãos espalmadas.

Isto parece um sonho febril. Vou acordar, cavar um buraco e nele enterrar a memória. Ou talvez seja um pesadelo. De qualquer forma, vou continuar até o fim, custe o que custar.

Eu o encaro: todas as coisas que mudaram e as que não mudaram nele. Tem algo afiado e feroz enterrado no fundo de seu coração.

— Espera. — Ele respira, a voz ficando mais grave. Faz a palavra parecer bem mais tentadora do que de fato é. O sibilar do *S*, parecido com uma cobra dependurada em um galho baixo, implorando que eu prove do fruto. Ele é o fruto em que eu não deveria tocar, e, ainda assim, me pego procurando-o da mesma maneira, querendo tomá-lo, prová-lo.

— Espera? — repito.

— Preciso que saiba de uma coisa. — Ele solta um suspiro. Cada palavra pulsa em minha pele. Me afasto, e seus olhos estão dilatados, completamente negros.

— Eu te disse, não me importo se é peri...

Ele não me deixa terminar. Me cala roçando os dedos nos meus lábios.

— Quando eu te conheci — começa, segurando minha coxa com a outra mão, salpicando beijos no meu maxilar —, pensei que você era a garota mais linda que já tinha visto.

— Nós estávamos no terceiro ano — bufo, tentando mascarar como estou ofegante. A confissão dele me deixa com um nó na garganta.

— Eu sei — ele sussurra, o riso mexendo com sua pulsação —, mas lembra do Dia dos Namorados? Em que eu só levei presente para você e mais ninguém?

— Como poderia esquecer? — Evito olhá-lo nos olhos. — Você deixou um besouro vivo na minha mesa e me pediu em casamento.

— Você disse "sim", se me lembro bem.

— Para você calar a boca.

— No sétimo ano — ele continua, e em algum momento em meio a tudo isso tiramos a camisa dele por completo. Seus dedos percorrem um caminho invisível ao redor da minha orelha. O toque dele é leve como uma pluma. — Quando Riley Moorson quis namorar com você, eu quis morrer. Eu o odiei sem nem saber o porquê. O alívio que senti quando você disse não... Senti que podia voltar a respirar.

O mesmo acontece com minha própria camisa. As palavras estão entaladas na garganta.

— E daí começaram os sonhos.

— S-sonhos?

— Todas as noites — diz, e há uma hesitação em sua voz, o desejo pungente em cada palavra. Seus lábios descem do meu maxilar para a clavícula antes de chegarem ao peito. — Sem falta.

— Que tipo de sonhos? — Mas acho que já sei.

— Sonhos que me faziam rezar depois — confessa, com o tom mais sombrio que já ouvi dele.

A mentira que contei a mim mesma por tantos anos enfim acaba. *Só amigos, só amigos, só amigos.*

— E, quando você me perguntou se eu gostava de alguém — ele solta um suspiro, e seus dedos vão ao meu cabelo como naquele dia. Mas, dessa vez, ele está agarrando um punhado com força —, eu não te disse, mas era você. Sempre foi você. E, se me perguntasse agora, diria que eu te amo.

Ele segura meu rosto com as mãos e me dá um beijo mais faminto que todos os outros. Mal consigo acompanhá-lo; minha mente segue chocada com as últimas três palavras.

— Você não precisa retribuir — ele me assegura, falando suavemente contra minha pele —, eu só queria que soubesse. — E aí me mostra aquele seu sorriso abobado de menino. Uma confirmação de que, por mais que ele mude, algumas partes foram gravadas a ferro e fogo.

A noite segue e o vento fica cada vez mais feroz. Ele se torna meu em todos os sentidos. Bocas e mãos e corpos entrelaçados. Eu o amo. Meu coração está disposto a soltar as palavras, mas minha língua, não. Ainda não.

Demonstro isso a ele no roçar de meus cílios contra seu ombro, no beijo que deixo em sua têmpora, nos momentos a seguir, os corações disparados, meu rosto enterrado em suas costas.

*Eu te amo. Eu te amo muito, mesmo.*

# CAPÍTULO VINTE E UM
## ELWOOD

Assim que adormeço, o bosque me chama de volta. A vegetação — que um dia foi bela — se tornou brutal. Gritos saem da casca das árvores, banhadas em um tom de azul sobrenatural. O corpo de Wil está encolhido em meio à folhagem, comprimido por uma massa verde e emaranhada. As trepadeiras a mordem, enterrando-se na carne delicada sob a pele.

Procuro a fera que fez isso com ela, mas tudo que encontro é meu próprio reflexo. Como no hotel, só levou um segundo. Um único momento de descontrole, e agora ela está mutilada e irreconhecível. O bosque está preparado para reivindicá-la. Seu corpo está mais verde do que pálido, banhado em ervas daninhas.

O sonho muda, meu subconsciente pairando sobre a cena e me forçando a encarar o que me tornei. Meu reflexo é pior do que imaginava — minha cabeça humana pende do pescoço, sem vida; minha pele é de um azul de asfixia, a boca escancarada, os olhos virados para dentro do crânio. A fera me expulsou, reivindicando o corpo como se fosse seu. Não é mais o parasita, e sim o hospedeiro. Este sempre foi meu futuro, não foi? Morrer na mão do meu pai ou viver o bastante para deixar de ser quem sou.

Wil e eu estamos ligados das piores maneiras possíveis — trepadeiras saem de mim e se enterram, posicionadas e prontas para matar. Basta mais um único aperto para ela deixar de existir. Com o que resta de sua energia, Wil reúne forças para me encarar, hostil.

— Me mata, então. A-acaba… com… isto.

É o que faço. Eu a mato.

A lua paira sobre nós no céu, e a transformação está completa.

Acordo de um salto. Wil continua aninhada na cama, a aparência suavizada pelo sono. Ela tenta parecer mais forte do que é, mais durona e feroz. Ao observá-la agora, não vejo nada disso. Vejo uma boneca de porcelana com o cenho franzido e um singelo sorriso torto pintado. E eu sonhei com… Meu Deus. *Você já pensou em me matar?*

Uma trepadeira serpenteia na direção de seu pescoço — a mesma do meu pesadelo, mas está aqui e é real, pronta para estrangulá-la até a morte.

— Não! — Jogo os braços na direção dela, mas não vou muito longe. A trepadeira muda de alvo ao ouvir minha voz e se estica até mim, em um tom vívido de verde viscoso. Um galho se instala ao redor do meu punho, outro serpenteia até minha bochecha como uma carícia amorosa.

Jogo o membro para longe. Meu horror o arremessa de volta ao chão. Em um piscar de olhos, ele morre. Dobrando-se sobre si mesmo como uma aranha morta. Fica ali no chão como algo que veio se arrastando do inferno com as próprias garras.

A vermelhidão contorna meu punho. Poderia ter sido o pescoço dela.

Se eu tivesse dormido um pouco mais, ele a teria matado, e tudo seria minha culpa. A morte da mãe dela? Minha culpa. Metade do hotel destruído? Minha culpa. Sou um monstro que não consegue mais se controlar, já tão perigoso quanto a congregação avisou que eu seria. Horas antes, me perdi no desejo, mas não posso mais deixar meus sentimentos vencerem, pelo bem dela.

Acho que estou nauseado. Levanto a mão trêmula aos lábios, resistindo à vontade de vomitar no tapete.

Não. Eu não a machucarei. Meu amor por ela é egoísta. Perigoso. Bastou um toque meu no hotel, e ela ficou branca como um fantasma. Ela se afastou de mim, aterrorizada. Não importa quantas vezes jure que está bem. Não importa, porque eu vi. No fundo, ela sente medo.

E tem todo o direito de sentir.

Meu corpo é uma bomba-relógio.

Quando ele explodir, preciso estar o mais longe possível de Wil. *Eu a amo.*

E, unicamente por esse motivo, farei o impensável. Vou me entregar, minha vida pela dela. Porque, no fim das contas, o que me importa continuar respirando se a vida dela corre perigo? Permanecer aqui é como matá-la. Um leão não pode ser tratado como um gato. Há criaturas que podem atacar em um piscar de olhos, e eu sou uma delas.

Nada disso é engraçado e, ainda assim, quase sou capaz de dar risada. Minha família tinha razão. Quebrar o ciclo, me salvar, nada disso jamais foi uma opção, foi? A semente foi plantada, criou raízes e cresceu. Minha família vai enfiar a lâmina no meu peito, e meu sangue e ossos serão derramados no musgo e na terra. Não quero morrer. Quero correr rápido o bastante para escapar de mim mesmo. Fugir da minha vida, do meu corpo e deste destino horrível.

Mas não há como deter o demônio em mim. Assim que ocorrer, minha transformação será pior do que a morte. É impossível escapar disso. Me preparo para o que está por vir, mas não é suficiente para impedir que a náusea me suba até a garganta. Eu escolhi morrer.

Procuro no quarto alguma coisa que possa usar para escrever. Vou até a penteadeira, procurando a esmo uma caneta e um papel.

Tudo que encontro são sombras de olho em todos os tons possíveis de azul; lápis de olho tão sem ponta que não podem mais ser usados; potes manchados e pela metade de base; blush rosa-chiclete; e milhares de tubos de batom vermelho. Pego um deles, abro a tampa e examino o conteúdo. O que seguro parece ter sido comprado recentemente, ainda por usar e com a ponta preservada.

Me aproximo do espelho, brandindo o batom como se fosse uma caneta. Parece um clichê terrível, a um passo de escrever BJS e pressionar a boca no vidro.

O batom quebra no fim da frase. Há muito mais que gostaria de dizer, mas o que escrevi terá de ser suficiente. A última vez que a vir terá de durar para sempre.

Meus dedos descansam cuidadosamente na maçaneta e eu a giro, sempre com cautela. Ela se abre sem ranger, quase por milagre. Nas paredes há fileiras de retratos, olhos pintados que observam todos os meus movimentos. Questionando se de fato estou fazendo a coisa certa.

Estou.

A mudança se aproxima. O desastre é iminente. Se ambos os caminhos do destino levam a finais amargos, deixem-me escolher meu próprio fim.

Subo a escada até a entrada. Cinco passos e alcançarei a porta.

— Está indo embora? — Cherry me chama do sofá, me fazendo parar de súbito. Prendo o fôlego. Me viro para encará-la. Ela fala como se estivesse discutindo a chuva, chamando a atenção para uma tempestade que já se prepara à distância.

Meus dedos congelam na maçaneta.

— Você vai tentar me impedir?

Ela funga.

— É por causa das cartas?

— Eu e você sabemos o que está por vir. — Cherry me encara com olhos penetrantes. — Não deixe Wil vir atrás de mim — eu lhe imploro. — Você disse que todos nós cometemos um grande erro na vida. Por favor, não me deixe cometer outro. Não sei mais quem vou ser em breve. — As palavras voam de mim, finalmente livres depois de passarem tanto tempo aprisionadas em minha mente.

Ela bufa, saindo do assento e destrancando a porta por mim.

— Você não está sendo mantido em cativeiro aqui. — As palavras dela são um grande alívio. — O que está fazendo é imprudente, mas a decisão é sua. Não posso prometer nada, mas vou falar com Wil. Só que nós dois sabemos que ouvir não é o ponto forte dela.

— Obrigado — sussurro, me preparando para cruzar a porta. Para sair da segurança da casa rumo à noite. Abandonar o que resta de minha humanidade.

— Eu não agradeceria ainda — diz ela, a culpa se espalhando por seu rosto. — Temo que deixá-lo partir possa ser o *meu* grande erro.

Tento responder, mas o bosque me chama e eu respondo ao chamado, correndo em direção à noite feroz.

# CAPÍTULO VINTE E DOIS
## WIL

— Dormiu be...? — Minha voz morre. Espero ver o cabelo escuro de Elwood, os olhos sonolentos se erguendo em minha direção, mas não vejo nada. Ele se foi.

Não. Ele deve estar lá em cima com Cherry, bebendo uma xícara fumegante de chá de sabugueiro, me esperando à mesa da cozinha.

*Ou foi embora.* O pensamento amargo volta, lembrando-me da noite. Do momento em que senti que o amava com uma honestidade verdadeira.

Sinto a pele gelar, minha garganta se fecha como se envolta por uma mão fantasma. Do lado de fora, os uivos do vento cessaram, e, conforme cai, a neve não parece mais um véu monstruoso de branco. Tudo está acabando.

... E meus olhos se detêm em uma mensagem no espelho:

*Desculpa, Wil. Por favor, não me procura.*
*E.*

Assim como a da minha mãe, a caligrafia de Elwood é distinta. A letra de mamãe era aberta, de curvas largas como bolhas ou redes balançando ao sol de verão. A de Elwood é espremida e pouco convidativa; os espaços vazios se parecem menos com círculos e mais como buracos de agulhas de costura.

— Seu escroto — praguejo baixinho enquanto a verdade me atinge. Abro a porta com um empurrão e subo dois degraus por vez. Quase fico com uma farpa na mão conforme a deslizo pelo corrimão.

— Wil — Cherry me cumprimenta, apesar de não haver nenhuma energia em sua voz. Seus olhos estão exaustos e injetados; ela passou a noite inteira em claro. Ao menos tempo suficiente para vê-lo partir. A verdade está estampada em seu rosto.

— Você sabia — acuso-a, com um caroço na garganta. — E não o impediu. Sabe como ele está correndo perigo?

— Acha que não sei de tudo isso? — A boca dela cai sob o peso de minha acusação. Vejo a resposta em seus olhos antes mesmo que ela fale. — Ele estava determinado a partir.

Passo correndo por ela, pegando minha jaqueta e meu cachecol do cabideiro. A jaqueta segue úmida, mas vai ter que servir. Enrolo-me no cachecol com um giro extra. Não me importa o frio que está lá fora; não me importa quanto tempo levarei para encontrá-lo. Sou impulsionada pela necessidade de salvá-lo, mais forte do que tudo. Amor. É um sentimento pegajoso: se gruda a todos os meus pensamentos e ações, forçando passagem aos recônditos mais profundos de minha mente.

Não tive chance de falar para ele.

Uma mão captura a minha. Cherry me agarra com desespero, puxando-me para longe da porta.

— Quê? — explodo, congelando no lugar. Sou uma estátua sendo detida por ela; meu coração é igualmente gélido. — Não tenho a liberdade de ir embora? Não vai me deixar morrer congelada como fez com Elwood?

Ela se retrai como se tivesse levado um tapa. A mão dela cai.

— Você me deve uma conversa. Assim como Elwood.

— E o que você teria a dizer? — pergunto, me sentindo incrivelmente tola por ter confiado nesses dois.

— Tenho muito a dizer se puder se dar ao trabalho de me ouvir.

Cada segundo de espera é perigoso. Ele pode muito bem já ter sido capturado. Merda, nunca vi Cherry tão determinada. Sinto seus olhos, de um tom intenso de azul, me queimando.

— Tudo bem — contemporizo. Ao ouvir essas palavras, os ombros de Cherry caem, um pouco de sua tensão se esvai. — Você tem um minuto.

— Ótimo. Senta.

Eu a sigo até a cozinha, desabando na cadeira mais próxima. As paredes ao redor foram cobertas de folhagem. Há mais trepadeiras do que me lembrava subindo pelas paredes, pendurando-se em tudo quanto é direção.

— Elwood fez isso — Cherry informa, pegando cacos de louça do lixo. Ela brande o pedaço do que costumava ser um prato. É triangular e pontudo. O desenho ainda é bastante visível nos lados, a gravura de uma espiral azul entrelaçada. Mas não estou olhando para isso. Uma planta brotou da porcelana. No verso, as raízes se espiralam no ar. De uma forma bizarra, parece que a flor está vestida com o caco. Ela simplesmente o atravessa. — Aquilo também. — Ela aponta para a cadeira puxada diante de mim, a que foi engolida por inteiro. Não tem um centímetro descoberto, nenhuma parte se salvou de ser devorada pelas folhas.

— Como no hotel — digo, arfante.

— Aquele garoto pertence ao bosque. Acho que ele sabia disso melhor do que nós duas. — Ela nem faz questão de sentar. Em vez disso, apoia-se na parede, a cabeça caindo para trás, contra todo o verde. Por um milésimo de segundo, fico preocupada, achando que ela vai afundar, que as folhas vão envolvê-la e prendê-la ali. — Ele se importa profundamente com você, caso não tenha notado.

*Eu te amo, Wil.*

Cherry abre a boca para dizer algo, mas viro o rosto e encaro a mesa da cozinha.

Tem um copo de chá vazio. Espio dentro e vejo folhas no fundo da caneca, formando um grande círculo. No centro há um buraco inconfundível. Uma forma enorme e entalhada no centro, dividida em três manchas distintas.

Duas órbitas vazias e um nariz que é uma cratera aberta.

— É uma caveira — sussurro. Um punhado aleatório de folhas não deveria me perturbar tanto. Devolvo a caneca à mesa rapidamente. — Tem uma caveira aqui.

— Quê? — Cherry empalidece. Não está mais olhando para mim. Seus dedos enrugados se esticam para segurar a xícara. Ela a ergue para ver melhor. — As folhas não deveriam ter se movido assim... Quando li a caneca dele pela primeira vez, depois que ele foi embora, vi sapos. Significa que ele teria obstáculos, com certeza, mas que poderia enfrentá-los. Ele precisava descobrir quem ele era.

— E agora? — pergunto, apesar de estar confiante de que não quero saber a resposta.

— E agora... a morte está vindo.

Minha cadeira berra ao ser arrastada pelo cômodo. Eu a deslizo para trás, ficando de pé e firmando as mãos na mesa.

— Se este for o caso, então estamos perdendo tempo. Ele já pode estar morto agora mesmo. — Um milhão de imagens terríveis aparecem em minha mente: todas protagonizadas por Elwood. Imagino cenários infinitos, cada um dez vezes pior que o outro. Só não consigo imaginar uma maneira de salvá-lo. Quando tento, minha mente teima em ficar vazia.

Não importa. Preciso sair daqui. O plano vem depois. Cherry não me dá essa chance.

— Wil!

Eu me viro uma última vez.

— O que foi agora? Mais agouros de morte?

Meus olhos se concentram na maçaneta, e imagino os dedos de Elwood se fechando ao redor dela, abrindo-a e saindo em disparada em meio aos pinheiros congelados. É tão fácil me convencer de que ainda vejo traços dele encharcando as sombras do quarto, pairando no ar e tornando-o pesado.

— Acha que vai salvá-lo se sair correndo por aí sozinha? Você é uma só, eles formam uma cidade inteira. Você não fará nenhum bem a Elwood se tentar carregar esse peso sozinha. Não faça isso! — Ela avança para agarrar meu braço, mas me livro de suas mãos.

Cherry tem razão, mas não quero ouvir. Nada de bom vem dos outros.

— O caso de mamãe sendo arrastado para sempre é a prova. Se quiser que algo seja feito, é preciso fazê-lo por conta própria.

Ela grita algo para mim, mas já não a ouço. A porta que bate atrás de mim é resposta suficiente.

Vou fazer tudo do meu jeito.

# CAPÍTULO VINTE E TRÊS
## ELWOOD

Eu rezaria, mas acho que o laço que existia entre mim e o céu já se partiu. Agora estou enraizado no inferno. E o inferno fica a passos do meu pai.

As costas dele se enrijecem ao me ouvir chegar. As portas da igreja cantam um hino esquecido, cada tábua solta em dissonância. Dias atrás, eu poderia ter cantado com ela, venerado a terra, mas não mais. Seria tão podre e vil quanto o homem à minha frente. Seus olhos são claros como os de uma raposa, mas neles passam uma centelha de surpresa sombria quando ele se vira. Passou todo esse tempo tentando entrar no galinheiro, mas foi a presa que o encontrou primeiro.

Com a exceção de que não me sinto uma presa. Seja lá o que for que cresce dentro de mim, tem o poder de deixar um bosque de joelhos, de erguer as raízes da terra e reviver as plantas do mundo dos mortos. Eu poderia invocar abetos por todo o bosque, fazê-los se curvarem diante de mim como os servos de um rei, os devotos de um Deus. Mas é precisamente por esse poder que preciso fazer isto.

— Estou pronto para me entregar — digo, firmando a voz com esforço.

Meu pai caminha para a frente com os dois braços atrás das costas. A surpresa se esvaiu; em vez disso, ele se aproxima de forma fria e calculista. O mundo parece mais escuro junto dele, e o fedor que vem do bosque torna o ar pútrido.

Ele analisa todas as formas terríveis do meu amadurecimento. Possui um jeito de olhar para os outros sem de fato vê-los, um olhar que se atém apenas à pele.

— Sabia que você voltaria.

Claro que ele pensou que eu voltaria. O filho fraco enfim retornando com o rabo entre as pernas, pronto para outra surra. Um dia, admirava-o por sua confiança. Queria provar dela, vesti-la como um casaco grande demais para mim. Agora quero pisoteá-la com a sola de meu sapato.

Minha raiva convoca espinhos a atravessarem as tábuas do chão.

— Você não sabe nada sobre mim.

— Não? — Seus olhos capturam os espinhos. — Sei que é mais curioso do que seria benéfico. Que é facilmente persuadido pelas belas palavras de uma víbora… Diga, onde está sua cobrinha?

Meu rosto deve revelar tudo: o fogo da resolução em meus olhos, minha boca se abrindo de leve à menção dela. *Mantenha-a a salvo. Mantenha-a a salvo a todo custo.*

— Você tem a mim agora. Não precisa dela.

O sorriso dele é mais escorregadio que um vazamento de óleo.

— Não foi fácil abater a mãe dela. Ela foi mostrando os dentes, feroz como uma fera fora de controle. Aposto que a filha é igual. São lutadoras. Preciso admitir isso.

Cada palavra é um tremor no solo, uma rachadura nos alicerces.

— *Não ouse chegar perto dela!*

Isso tira o sorriso de seu rosto. Saboreio a visão do maxilar trincado e dos olhos arregalados. Absorvo cada pitada de medo.

Ele controla o sentimento depois de um instante cuidadoso, a voz tensa ao ir direto ao ponto.

— Nós só precisamos de você. Venha de bom grado e a pouparemos, bem como o pai patético dela. Assim que o hotel for demolido, eles não terão para onde ir. Irão embora, e não machucaremos nenhum fio de cabelo daquela linda cabecinha. Você, por outro lado... você a mataria, se ficasse aqui.

Não sei se posso confiar nele, mas também não sei se tenho escolha. Todos os *e se?* me atormentam, e sou assombrado pela visão da trepadeira envolvendo a garganta de Wil. No fim, esta foi a decisão certa. A única possibilidade.

É o motivo pelo qual entrego os punhos em rendição e curvo a cabeça.

— Me mate, então. Acabe com isso. — Não sei que morte estão preparando para mim. Uma corda no pescoço, a lâmina de uma guilhotina cortando minha pele, um milhão de pesos me pressionando o peito. Digo a mim mesmo que não importa se esta igreja prosperar com minha morte. Eu faria qualquer coisa para manter Wil a salvo.

Mas meu pai não me ataca.

— Ainda não. Siga-me.

Gesticula com a cabeça para que eu o siga. Nós dois sabemos que irei de bom grado, um prisioneiro andando até a cadeira do carrasco por vontade própria. O caminho até o altar não é longo. O lugar mal tem espaço para os membros da cidade e sua prole, e tem menos lugar ainda para Deus. Meu pai tira o pódio do lugar. Ele sempre pareceu tão sagrado, tão divino para ser chutado para o lado com a marca lamacenta de um sapato. Todo esse tempo, em cada sermão que ouvi, meu pai pairava sobre uma câmara secreta.

Ele abre o alçapão e, passo a passo, sou guiado até as entranhas da terra.

O chão aos meus pés é gelado, feito de terra batida; um contraste chocante em relação ao medo incandescente em minha barriga. Há pouca coisa visível, e a fraca iluminação vem de algumas velas bruxuleando ao alto. Cera quente escorre delas de forma precária; uma gota quase atinge meu joelho. Salto para trás e cometo o erro de olhar ao redor.

A meus pés há um esqueleto deitado em um monte inútil. Há uma fissura no crânio, fraturado ao meio como se tivesse sido golpeado por um objeto pesado. Me afasto o máximo que posso, mas acabo esbarrando em outro cadáver. O túnel está cheio deles.

— O que é isso?

Meu pai abre um grande e desagradável sorriso, chegando tão perto que posso sentir seu hálito. Ele me agarra pelo queixo, me forçando a encará-lo. Vejo mais do que gostaria. Os olhos injetados e desvairados, as rugas que rasgam a pele, as curvas encardidas de sua gengiva.

— Você é mais esperto do que isso. — As palavras percorrem minha pele, deslizando até entrar em meus ouvidos. O teto de barro goteja, a condensação escorrendo pelas paredes. As gotas formam uma poça debaixo de mim. — Estes túneis passam por baixo do bosque inteiro. Somos donos destas árvores, sempre fomos.

A ideia me faz estremecer, como se eu estivesse em uma banheira de gelo, o tremor se espalhando da ponta dos dedos do pé ao couro cabeludo. De repente, o cheiro faz sentido. O fedor podre e nauseante carregado pelo ar misturado à terra molhada. Ele vai me enterrar nas profundezas da terra, mais além das raízes e das árvores, em um lugar que o sol não pode alcançar.

Ele me trouxe ao meu túmulo.

— Por quê? — imploro, e meu medo invoca um sorriso enorme em seu rosto, cortante como uma faca. Na igreja, a balança de poder foi momentaneamente invertida, e ele está empolgado por acertá-la. — Eu sou seu filho. Como você pôde…? Como pôde me olhar nos olhos, sabendo que tudo terminaria assim?

Ele fica em silêncio, absorvendo minhas palavras antes de cair na gargalhada. Dobra o corpo para a frente, lágrimas escorrendo do canto de seus olhos. Ele se livra delas, secando-as e lutando para acalmar a respiração.

— Você sempre se perguntou qual era o seu propósito na vida. Eu disse que todas as pessoas têm um. Agora, garoto, ele chegou. Seu propósito final, Alderwood. Seu e de todos os outros. — O riso cessa abruptamente, a ira se espalhando de seus traços. — Se você ao menos tivesse sido mais merecedor. Um filho melhor.

Um crente melhor. Talvez sua mãe teria sido escolhida para ter um segundo filho, mas não, agora é a vez de Vrees. A nova Mão Direita de Deus. Dezoito anos no poder, desaparecendo como se não fosse *nada*.

Ele me empurra contra a parede e me deixa sem ar. Sempre estive convencido de que tínhamos feições idênticas, mas as diferenças entre nós parecem mais gritantes do que nunca. Temos os mesmos olhos verdes, mas os dele são nebulosos, sem frestas por onde a luz possa entrar. Fiz tudo o que pude para afastar a escuridão; ele a acolheu.

— Você sabe como me esforcei para fazer com que me amasse?

Seu rosto fica distorcido pelas sombras enquanto me acorrenta, me prendendo aqui em grades de ferro. Não é dor, e sim uma imitação dela. Um tipo de fúria abrandada.

— Você se lembra da história de Jó: sou um servo de Deus acima de tudo. — Fala isso como se explicasse tudo. Como se eu fosse entender, de alguma maneira. — Ao contrário de Jó, porém, eu sabia do seu propósito desde o dia em que sua mãe o teve. O amor nunca foi uma opção.

Eu poderia até rir.

— Mesmo que a você fosse permitido amar — digo, me preparando para o fogo —, não acho que saberia como fazer isso.

Ele não me responde, mas seu rosto, sim. Ele se retesa em uma explosão de indignação, os lábios se curvando para mostrar os dentes.

— Eu não te alimentei? Não te vesti? Não deixei que tivesse seus passatempos ridículos? — Meu pai anda de um lado para outro na escuridão, sua raiva crescendo. — Não podia amá-lo, mas cuidei de você, e isso deveria ser o bastante.

Pela primeira vez em minha vida, eu o enfrento. Quero que veja a luz que não conseguiu apagar.

— O que configura a misericórdia não são os momentos ociosos intercalados pela fúria. Não é só a ausência de dor.

— Ah, você deve se achar muito importante — rebate ele, esbravejando. Afasta o olhar, concentrando-se em meus grilhões. Talvez os tenha enxergado em mim durante toda a minha vida.

— Seria esta sua própria demonstração de misericórdia, então? Morrer para manter aquela garota a salvo?

— Eu a amo.

Ele cospe as próximas palavras como se fossem azedas.

— Que gentil da sua parte.

— E o seu irmão? — pergunto, encorajando-o. — O que veio antes de mim. Você o amava?

A expressão petrificada se rompe, e vejo passar por ela uma dor antiga. Ele demora muito para controlá-la.

— Não fale sobre ele. Você não sabe de nada, Elwood. Nada.

— Você não se importa com ninguém neste mundo, não é mesmo?

Ele esbraveja, e eu ouço o movimento de suas vestes enquanto ele puxa o tecido, revelando as linhas cruzadas e desfiguradas dos cortes em sua pele. Uma é mais medonha do que a outra. Pápulas permanentes que só empalideceram com o tempo, mas nunca sararam.

— Este é o preço do amor, Elwood — diz em um tom estridente e ressentido. — Eu amava meu irmão, tentei adiar o destino dele, e foi isso que recebi em troca. Ele morreu mesmo assim e quem foi punido fui eu. O Senhor me ofereceu você como uma segunda chance. Uma última bênção e maldição juntas, em só uma criança decepcionante.

Cerro os dentes.

— Não fale comigo sobre cicatrizes.

Ele deixa as vestes voltarem ao lugar.

— Ensinei as mesmas lições que me ensinaram.

— Não, não ensinou. — Minha exasperação é suficiente para arrancar uma risadinha de mim. É seca e grave. — Você estava descontando em mim. Não sou seu filho; sou uma punição, lembra? É o que sempre fui.

Minha acusação o deixa sem palavras. Aguardo o golpe. Espero o golpe brusco em meu maxilar e o sangue sendo cuspido no chão. Mas nada acontece. Ele estremece pela raiva reprimida, as mãos trêmulas junto do corpo.

— Aquela garota o transformou — diz assim que recupera a própria voz.

Fui criado com a faca na garganta, o tipo de vida em que lascas são tiradas até não sobrar mais nada.

Meu coração deveria ser tão feio e emaciado quanto o dele, mas é a única coisa que se manteve constante.

Meu medo o transformou em algo que ele não é. Deu a ele garras e dentes, e o poder de me destruir. Mas ele não é o monstro que o tornei. É malévolo, vingativo e, acima de tudo, fraco.

Eu lhe dei esse poder.

E agora o tomo de volta.

— Não, pai — respondo. — Você me mudou, mas não da maneira que pretendia.

Ele esbraveja como uma besta ferida.

— Não haverá misericórdia quando eu voltar.

Assopra as velas, uma por uma, me jogando na escuridão. Não consigo ver nem um palmo à frente. Sem a luz, parece mais e mais como se eu estivesse preso em um caixão.

O chão range sob seus pés, e ouço as mãos dele deslizando pelo corrimão. E, por fim, o som abafado da porta se abrindo. As fechaduras sendo trancadas. Os passos se afastando.

E, depois, nada.

Nada mesmo.

# CAPÍTULO VINTE E QUATRO

## WIL

MINHA MENTE É UMA FOSSA RODOPIANTE.
Sempre que meu mundo cai, dou risada. Os olhos úmidos de lágrimas e, ainda assim, faço piada, e ninguém mais ri além de mim.

Desta vez, o luto e o amor formam uma nova emoção horrorosa dentro de mim. A dor me atingiu um segundo depois de notar que o amo. Pressionando o ouvido ao peito de Elwood, fiquei assustada ao ouvir as batidas de seu coração. Corações são frágeis. Param tão facilmente. *Vou perdê-lo um dia*, pensei. *Este mundo o arrancará dos meus braços.*

Caminho com esforço na neve. O gelo se agarra aos meus cílios molhados. Não consigo ver o mundo à minha frente; é tudo uma névoa branca. Não sei o que me aguarda adiante.

Um coração aberto é um convite ao luto. Minhas emoções ganharam corpo ontem à noite, e hoje falam ainda mais alto. Não posso perder Elwood. Ainda não superei a perda de mamãe. Sou um amontoado de farpas preso por um frágil fio de esperança. Mais uma morte e serei levada pelo vento.

Me estapeio. Uma delas vai ter que ceder. A dor é chocante, mas preciso dela. Não tenho tempo para ruminar. Se me permitir, vou ser consumida por meus piores pensamentos e nunca vou conseguir me desvencilhar. Minha mãe dizia que pensamentos ruins eram navios navegando pela noite. Existe a possibilidade de só observá-los passar. Não é necessário embarcar em cada um deles.

Nunca fui boa em seguir seus conselhos.

A fileira de árvores se abre conforme entro em Morguewood. Pela primeira vez, o bosque parece vazio. Não há figuras encapotadas e caveiras pálidas com galhadas, nem Elwood. Quanto mais adentro o bosque, mais frio o mundo se torna. Queria que meu desespero me anestesiasse, mas tudo parece dez vezes mais forte. O vento costumava arranhar minhas bochechas. Ele se tornou uma lâmina muito mais afiada desde então.

Corri até aqui sem um plano.

Dou risada. Elwood pode estar em qualquer lugar deste bosque. Eu poderia procurá-lo por horas e nunca o encontrar. O que pensei que poderia fazer?

Ao olhar para meus dedos vermelhos e rachados, noto minha pequenez.

Minha risada vira um gemido. O gemido vira um soluço alto. Meu luto atravessa as árvores. Cada arquejo de choro faz os pássaros saírem voando na direção do céu pálido como um osso.

Estou sozinha.

*Estou bem sozinha. Estou mais do que bem. Não posso contar com a ajuda de mais ninguém além de mim mesma.* Noto agora como cada uma dessas mentiras é amarga. A verdade sempre esteve lá, esperando que eu a reconhecesse. Sou inútil sozinha.

Cherry tinha razão.

Droga, ela tinha razão. Não consigo fazer isso sozinha.

— Wil!

Minha alma quase sai do corpo. Vejo a dianteira de um carro ao me virar. O Civic de Lucas cospe vapor no ar gelado, e eu estava errada quando disse que nunca havia ficado tão feliz em vê-lo antes.

Vê-lo agora parece um milagre. Ele destranca as portas e gesticula para o banco do passageiro. Entro correndo no carro, derretendo no calor que sai do sistema de ventilação.

Esfrego os dedos furiosamente uns nos outros, me perguntando se vou voltar a senti-los de novo algum dia.

— Lucas — arquejo, parecendo muito entusiasmada para alguém que, algumas horas antes, o chamou de superficial e inútil. Ele faz cara feia por conta do frio. O cabelo dele está bagunçado pelo vento e há olheiras escuras em seu rosto.

— Passei todo esse tempo dirigindo a esmo por aí, tentando encontrar vocês. — Engole em seco. — Vocês não estavam no hotel, daí eu vi o rastro da bicicleta, e eu... Dei bola fora. — A voz dele sai entrecortada e as unhas afundam no couro do volante.

Em vez de sentir qualquer tipo de alívio, vejo somente a expressão agoniada de Elwood. Lucas plantou nele a semente da dúvida, e ela brotou rápido demais. E agora ele se foi de vez. Minha paciência já é curta, mas hoje ela foi reduzida a cinzas. A raiva é melhor do que o luto. A raiva é um monstro que se cria por conta própria.

— Você acha, é?

*Pode ir parando.* Escuto a voz de mamãe junto aos ouvidos. Ela nem está viva e, na minha cabeça, continua me dando bronca. Aperto os olhos com força e tento fingir que ela paira sobre mim, a mão descansando em meu ombro. *Quando ficamos com raiva*, diz, *é como se estivéssemos pegando fogo. É preciso apagar o incêndio, ou vai queimar a si mesma com todo mundo que você ama.*

— Você tem razão — ele admite, derrotado, mas não consegue olhar para mim ao falar. Concentra-se na rua e segue dirigindo. — Você tem razão; eu estraguei tudo. De verdade dessa vez. A Vê tá na casa do Kevin e nenhum dos dois quer falar comigo. E você e Elwood... espera. — Ele se vira, exasperado. — *Onde ele tá?*

Uma resposta desagradável se forma nos meus lábios, mas a memória de minha mãe é vigilante. Esfriar a cabeça é mais fácil na teoria do que na prática. É ainda mais difícil com alguém que odeio. *Se não gosta de alguém, tente ver com os olhos de outra pessoa. Todo mundo tem algo de bom, se prestar a devida atenção.*

Lembro a mim mesma quem Lucas é. Para mim, ele é um cretino com complexo de Deus, mas ele também é o namorado de Ronnie e o amigo de Elwood. Vi o jeito com que Ronnie o olha quando acha que eu não estou vendo. Reparei no jeito que Elwood ri quando ele faz piadas no corredor.

— Ele se foi — confesso baixinho, de coração partido. Quando as palavras saem de meus lábios, já estacionamos diante de uma casa familiar.

Alguns dias atrás, o chão ressoava com as batidas de seu aparelho de som e os carros ocupavam a rua inteira. Havia gente perambulando para dentro e para fora da sala de estar, e a transformação de Elwood só estava começando. Agora a casa me lembra um ninho de vespas abandonado, murcho e morto, sem o zumbido de um enxame. Em vez de vida, há um silêncio assombroso que permeia tudo.

— O que quer dizer com *se foi*? — insiste Lucas, tirando a chave da ignição bruscamente.

Lá vai meu coração molenga. Passei a vida inteira escondendo-o, mas aqui estou eu, derramando lágrimas diante de ninguém mais, ninguém menos que Lucas.

— Quero dizer que ele se foi — balbucio. — Ele fugiu… — Soluço, me surpreendendo. — Por favor, não vá embora de novo. Preciso da sua ajuda. Não posso deixar que nada de ruim aconteça com ele.

Lucas solta um palavrão na palma da mão fechada. Desta vez, sua raiva está direcionada somente a si mesmo. Não vamos chegar a lugar algum se ele continuar se ferindo com ela. Ele se acalma ao ver minhas lágrimas, e sua mão faz uma dança estranha, como se não tivesse certeza de como me consolar.

Eu a afasto e enxugo minhas lágrimas. Só chorar na frente dele já é ruim demais. Não preciso que ele afague minha cabeça e diga que tudo está bem.

A mão permanece mais um segundo no ar antes de cair para o colo.

— Não vou embora desta vez — ele promete, e meus ombros relaxam um pouco. — Você tinha razão. Fui um filho da puta egoísta e por isso peço desculpas. Preciso pedir desculpas para Elwood, acima de tudo, mas eu também fui horrível com você, Wil.

Ele está pedindo desculpas para mim? Passei o ano inteiro desejando que ele morresse.

*Viu?*, a voz de minha mãe cantarola em minha mente. *Ele não é apenas ruim, é?*

Interrompemos o contato visual e nos concentramos em diferentes pontos no chão.

— Eu te odiava — confesso. Ele me olha, perturbado. Mantenho os olhos nos meus joelhos. — Você roubou Elwood de mim. Era capaz de fazê-lo rir de formas que só eu sabia fazer. E Ronnie continuava olhando para você mesmo quando ela estava comigo. Eu te odiava não por você ser quem era, mas pelo que tinha.

Esta não é, nem de longe, a conversa que esperava ter com ele. Odeio admitir, mas talvez minha mãe tivesse razão, afinal. Admitir isso para ele é como tirar um peso de meus ombros.

Ele passa a mão no cabelo e dá uma risada sem graça.

— E, nesse tempo todo, eu tinha ciúmes de *você.*

— Quê? — deixo escapar, porque sou a pessoa menos invejável do planeta. Minha vidinha em um hotel falido não parece exatamente desejável. Não consigo pensar em uma única coisa a meu respeito que eu não gostaria de trocar.

— Você achou que eu tinha toda a atenção de Elwood? Metade de nossas conversas eram a seu respeito. E ele passava o resto do tempo te encarando do outro lado do refeitório como um desesperado. E Vê? A Verônica sempre me dá um gelo quando você está por perto. É diferente quando estamos sozinhos, mas assim que ela fica com você é como se voltasse a me odiar. Foi por isso que eu gritei com você lá na lanchonete... Eu estava frustrado, com raiva e com ciúme. Não deveria ter mencionado sua mãe ou Elwood. Isso foi golpe baixo da minha parte.

Engulo em seco as primeiras palavras que me vêm à mente. *Não se trata do seu primeiro pensamento*, mamãe sempre dizia. *O segundo é que importa.*

— Você não disse nada que não fosse verdade. Eu tenho um temperamento horrível e queria que todo mundo se sentisse tão miserável quanto eu. Não era mentira… eu entendo.

Os olhos dele estão marejados como os meus, e, diferente de todas as outras vezes, o silêncio que se segue não está carregado com o veneno das palavras não ditas. É uma compreensão contemplativa.

— Trégua? — ele pergunta com um sorrisinho torto. Estica uma mão para mim, e eu hesito. Ela oscila no ar e ele quase a abaixa, mas eu a pego no último segundo. Ela é cálida.

— Trégua. — Damos as mãos, e o sorriso de Lucas me injeta a esperança que eu precisava. — Vamos trazê-lo de volta para casa.

# CAPÍTULO VINTE E CINCO

## ELWOOD

JÁ SE PASSARAM HORAS.

Talvez mais do que horas. É impossível saber. Há tantos corpos amontoados a meu redor, mantendo seus segredos mesmo depois da morte. A imagem das ossadas se erguendo me persegue, as pernas esqueléticas levantando e me cercando. Acho que seria uma mudança bem-vinda. Uma morte rápida seria melhor, mais limpa.

A fome arranha minhas costelas e me pergunto quanto tempo levará até minha morte. Humanos podem sobreviver sem comida por mais de trinta dias. Dez sem água. Mas não posso esperar tanto. Não quero que meu peito colapse e minha pele apodreça. Não quero estar consciente quando a Morte vier me pegar. Eu me encolho, os joelhos tão próximos quanto as correntes me permitem. É melhor aqui embaixo, longe do vento cortante, mas isso não significa que seja agradável. Partes do meu corpo estão anestesiadas, e duvido que voltarei a senti-las algum dia.

Se tudo correr como planejado, Wil está o mais longe possível de poder me ajudar. Espero que Cherry tire Wil deste lugar maldito e a leve para bem longe.

Arranho o solo endurecido para sentir algo. A terra se aloja debaixo de cada uma das unhas, até chegar à pele. Meus punhos e meus tornozelos estão em carne viva. As correntes de metal fazem cortes profundos, assim como o vazio queima até a boca do estômago. Meu ressentimento escorre pelas bochechas, pingando do meu queixo e chamuscando o chão.

*Eu sou Elwood. Eu sou Elwood. Eu sou Elwood.*

As palavras perdem o sentido a cada repetição. Que Elwood sou eu? O demônio dentro de mim, a escuridão que se agita em minhas entranhas? Ou o garoto que perde horas de sono com pinças, alfinetes e asas de inseto?

Minha miséria sofre metamorfose e toma forma. O luto e a raiva andam de mãos dadas, e oscilo desesperado entre os dois. Quero me sacudir, gritar e praguejar.

— Revele-se — imploro. Aquela porta volta a minha mente. Só que dessa vez não estou batendo. Estou pronto para arrombá-la. Quero ver a madeira rachar e desabar. Estou pronto para o que me espera do outro lado. Não aguento mais aguardar o inevitável. Que seja da forma que eu escolher.

Nada acontece.

— *Mostre-se!* — uivo, rangendo os dentes para invocar o que resta de minhas forças.

Então ouço a primeira batida. Um baque pesado contra uma porta frágil. Pego na maçaneta, e ela não está mais trancada. Ela se abre em meio a uma rajada violenta, escancarando-se e no processo revelando não um monstro, mas sim uma clareira no bosque. Uma mariposa voa pelas árvores, como se fosse um dedo me chamando.

Eu a sigo. Meus pés expostos esmagam o matagal, folhas, gravetos e insetos passam correndo. Minhas pernas me conduzem sem esforço pelo bosque cansado, como se ele me pertencesse.

Como se eu já tivesse perambulado por aqui. Mas este bosque está longe de ser meu.

A neve se move ao redor dos meus tornozelos. O branco recobre tudo, penetrando a casca das árvores, encharcada pela noite, e envolvendo os galhos mais altos. A lua pende alta no céu, cheia e pesada.

Vou mais e mais longe. O mundo fica mais quieto. Não há nada além do barulho dos meus passos e o vapor da minha respiração. Congelo ao ver a cena diante de mim.

Vejo as marcas de asas na casca da árvore. A criatura é bíblica em tamanho, mas profana por natureza.

*Foi aqui que tudo começou*, sussurra. A voz é o chacoalhar das árvores, o vento correndo por entre os galhos, o pio de uma coruja distante. Todas as coisas entre o tudo e o nada.

Um grito se descola da árvore, indo e vindo enquanto zumbe pelo bosque. É um meio-termo terrível: não está morto, mas certamente não está vivo. Cada milímetro de mim emudece.

Eu ouço.

Barulhos gorgolejantes, como pneus atropelando costelas, esguichos de sangue sendo jorrados de uma artéria. Barulhos secos também: o som cruel de unhas raspando na terra, membros se desmembrando com tanta facilidade quanto uma faca cortando o pescoço de uma lebre. Os sons espiralam e ricocheteiam, ressoando sem parar a meu redor. Uma melodia que não termina, só se repete.

Vejo tudo. Quatro homens seguram um garoto. Ele sangra profusamente, o vermelho do sangue manchando o verde do entorno. Sujando-o. Os gritos lhe cortam a alma.

— Não chore — o homem mais próximo lhe sussurra. Tem o mesmo cabelo cor de mel que o menino, os mesmos olhos sem vida, a mesma expressão emaciada e vazia. A fome se aninhou em suas bochechas, na fina camada de pele das costelas. Um pai fazendo o próprio filho se esvair em sangue como faria com um porco. Lágrimas jorram de seu rosto envelhecido, escorrendo pelo queixo anguloso. — É o que o Senhor deseja.

Isso não impede os gritos.

Eles só param quando o garoto fica seco. O choro é interrompido por um gorgolejo de sangue, e a cor some de sua pele. Tudo termina. Espero uma mudança, mas nada acontece, ao menos não de imediato.

Depois, uma tosse. Ele convulsiona em silêncio até o barulho se transformar em um engasgo ensurdecedor. Expele algo, e seu corpo se torna imóvel.

É uma semente.

Os homens a seguram com as mãos, os olhos marejados e felizes.

A porta reaparece a meu lado, entalhando-se na casca da árvore mais próxima. A maçaneta se abre sozinha, e uma nova cena me espera no outro lado. Um bosque familiar, uma família familiar.

Uma árvore emerge da terra congelada. É a maior do bosque; as pontas arranham o céu, a casca é negra e ensanguentada. Há um homem amarrado entre os galhos, o peito vazando como o âmago perfurado de um bordo. Ele não grita sozinho; seus gritos se misturam ao berro estridente de minha mãe conforme chego ao mundo.

Meu falecido avô mergulha a mão no peito do filho, arrancando uma semente direto da caixa torácica de meu tio. Recoberta com uma casca marrom e pequena como um carrapato. Ele brande a semente entre os dedos antes de se virar para mim.

Meus pais seguram o bebê, mantendo-o quieto enquanto o velho entalha uma lua crescente em sua pele. Sangue escorre do corte; porém, assim que a semente é enterrada em meu peito, a ferida cicatriza.

Meus dedos roçam a mesma cicatriz em meu peito.

— Regozijem-se — exclama meu avô para meus pais e o resto do bosque curioso. Eu tinha seis anos quando o vi pela última vez, e ele estava morto. Frio no caixão; os nós dos dedos do meu pai do mesmo tom branco e sobrenatural conforme jogava o primeiro punhado de terra sobre ele.

— O próximo ciclo começou. Somos sementes ao vento.

A cena se desfaz, minha consciência retorna a meu corpo com violência, e bato a cabeça com força na parede de terra dura. Vejo manchas confusas, pontos brancos de luz que piscam enquanto minha cabeça lateja.

Olho para a cicatriz em meu peito, o ar sibila em meus pulmões. A pele ficou translúcida e há uma semente no lugar do meu coração.

# CAPÍTULO VINTE E SEIS

## WIL

ACHO QUE NÃO PRECISAMOS DE UMA BALESTRA.

— Será mesmo? — pergunta Kevin, e me sinto secretamente aliviada por sua presença, assim como a de Ronnie. Os quinze minutos de espera por eles resultaram em gritaria, mas foi... constrangedor. Eu e Lucas passamos o tempo todo pisando em ovos e jogando conversa fora, sem querer arruinar nossa frágil aliança. Graças a Deus, Kevin e Ronnie dispersaram um pouco da tensão.

A sala de estar de Lucas é bastante espaçosa, mas ninguém está aqui para relaxar. Ignoramos a poltrona de massagem e o sofá felpudo e nos sentamos no chão duro e gelado. Com todos nós reunidos aqui, Lucas não demora em pegar todo o equipamento de caça do pai. É como uma pequena loja especializada.

Kevin tira as mãos dos bolsos do casaco e vejo que ele está usando luvas sem dedo. Por baixo da jaqueta e enfiada por dentro da calça jeans, usa uma camiseta *tie-dye* de recordação de um museu de coisas bizarras que fica em St. Ignace. Ele continua com um sorrisinho:

— Não vamos querer ser os únicos sem uma por lá. Não dá para ir a uma luta de balestra armado com uma faca.

Fico olhando para a bolsa.

— Não posso dizer que alguma vez tenha estado numa luta de balestra.

— Bom, posso assegurar que lá não havia nenhuma faca.

Sempre achei o humor dele irritante na escola, mas já estou me acostumando com ele. Costumo lidar com as coisas dando gritos abafados por um travesseiro ou socando o colchão, mas a estratégia dele — mesmo que seja óbvia — é estranhamente reconfortante depois de ter ficado sozinha em Morguewood.

— Não podemos apontar uma coisa dessas para a minha mãe.

— Enquanto isso, Ronnie não sabe como lidar com tudo aquilo.

Está enlouquecendo mais a cada segundo que passa, e não posso culpá-la.

Lucas tenta reconfortá-la colocando a mão em seu ombro, mas ela se afasta dele. Ele enfia a mão ofendida nas profundezas do próprio bolso.

— Não sabemos se ela está falando da boca para fora. Sua mãe pode tentar nos machucar de verdade. É melhor estarmos prontos caso ela chegue atirando. Sempre dá para usar a balestra como um bastão ou escudo. Ela é robusta. Está na família há um tempo.

— A balestra? Essa é a mulher misteriosa de quem você tanto fala? — Kevin pergunta. Lucas abre aquele sorriso brilhante que parece de âncora de jornal.

— Sim, a Bessie.

Ronnie bufa, mas releva. Ela nunca consegue ficar brava com ele. Ele a enfeitiçou com pasta de dente. Com magia ou sem magia, porém, ela insiste em uma coisa:

— Podemos levá-la, mas não quero que seja apontada para a cara da minha mãe. Tá? Mire na altura do quadril. — Seus olhos pulam para a notificação do celular. — Wil, seu pai está desesperado. Está me mandando mensagem neste instante.

— Lido com isso mais tarde. Ignora.

Me esforçando para ser útil uma vez na vida, eu me viro para o móvel da televisão e reviro uma das gavetas cheias de bobagem em busca de um papel e uma caneta. Depois de muito procurar, acho um menu antigo de restaurante e uma caneta quase sem carga. O folheto está cheio de orelhas e amarelado de sabe-se lá o quê, mas há espaço no verso, e isso é o bastante.

Aliso o menu do melhor jeito que posso e, assim que está livre de rugas de modo geral, começo a desenhar. Alguns traços vagos da caneta, e empurro o papel adiante com um gesto tímido.

Foi feito à mão e de forma grosseira, mas não deixa de ser um mapa. As árvores margeiam a cidade de todos os lados, e pontos de tinta imitam o hotel de minha família, a delegacia e cada cantinho de Pine Point.

— Chutaria que é a igreja. — Dou de ombros, deixando a caneta rolar da minha mão até o chão de linóleo. Está representada por um grande rabisco. Imponente, escura e quase tomada pelo bosque. — Apesar de que, até onde sei, ele pode estar no porão dos Clarke.

Kevin estreita os olhos ao ver meu desenho.

— Seria assim tão fácil? Eles já sabem que fomos até a igreja. Já vi filmes de terror demais para saber que pode ser uma armadilha.

— Duvido que eles façam o sacrifício na lanchonete do Earl — brinco, só porque não quero chegar a admitir que não pensei direito em tudo aquilo. Sou o tipo de garota que só se joga, da-nem-se as consequências.

Claro, falar isso me faz visualizar uma nova cena horrível. Em que a rifa mensal de churrasco da lanchonete do Earl se torna algo muito mais sombrio. A roleta não encara uma mesa cheia de bifes e costeletas, e sim preenchida por Elwood, amarrado em um espeto enquanto todos disputam um pedaço dele.

— Bem — dou uma tossidela —, onde acha que ele estaria?

— Não era você que os seguia o tempo todo? Você deveria saber os lugares preferidos deles.

Estou por um triz de me irritar em um impulso, mas ele não está errado. Eu poderia muito bem trocar meu endereço para os arbustos diante da casa dos Clarke. Minha mãe sempre achou que havia algo de errado na família e se meteu nos assuntos deles. Só estou dando continuidade à tradição familiar.

Pego o celular do meu bolso de trás e forço o grupo a se espremer ao redor da minha tela incrivelmente pequena. Já passamos da metade do último ano do ensino médio, e minhas fotos deveriam ser a galeria de minha juventude: amigos com sorrisos parecidos, *selfies* bem posadas nas quais me esforço para não parecer uma ogra, lembranças de perambular com Ronnie em Marquette enquanto congelamos no Lago Superior.

Em vez disso, meu telefone pode se vangloriar de um tipo diferente de coleção. Fotos incontáveis de Ezekiel saindo de casa, cenas monótonas do dia a dia que nem me dei ao trabalho de mostrar para Vrees, mas não consegui deletar, imagens de Ezekiel ensanguentado carregando um coelho em Morguewood...

Não achei que meu cérebro sonolento fosse capaz de uma revelação.

Mas me demoro na imagem e a amplio para olhar a enorme árvore atrás dele. É um monstro com seu tronco encorpado e um buraco enorme.

— Esbarrei com Elwood bem aqui naquela primeira noite. Havia um coelho empalado em um dos galhos.

Estremeço, e não é a imagem do animal que visualizo, mas o rosto de minha mãe distorcido. A boca contorcida em um grito que nunca terminará. Sangue escorrendo de sua pele e encharcando as raízes.

Ronnie franze o nariz.

— Eu também já vi essa árvore. Está em um mural na igreja. Ela é enorme.

— Bom — pergunta Kevin, deixando a marca de um arranhão vermelho na bochecha —, o plano é vasculhar o bosque à procura de uma árvore antiga e assustadora? — Ele ri, mas seu nervosismo é ainda mais aparente do que antes. Quase não consegue mais terminar uma única frase sem engasgar.

— Suponho que sim — respondo. Já passei à tarefa de catalogar tudo que temos: uma balestra (tá bom), uma lanterna, uma canetinha, uma faca capaz de cerrar cordas, uma campainha...

Espera.

Enrijeço ao toque, e os outros ao redor já estão congelados. Ezekiel e seu bando de assassinos alegres não tocariam a campainha, tocariam? Assassinos fazem isso? Batem na porta educadamente e perguntam: "Por favor, posso entrar e te esfaquear por um minuto?".

Kevin deve saber a resposta, mas não vou lhe perguntar. Ele me sussurraria um catálogo inteiro. Poderíamos estar com a cabeça na guilhotina: se eu perguntasse: "Ei, quantas vezes o Homem--Mariposa foi visto mesmo?", suas últimas palavras seriam: "Ao menos cem vezes".

Encontro os olhos de Lucas e chegamos a um acordo silencioso. *Pega a balestra e fica quieto.*

Nunca imaginei que faria algo em dupla com Lucas, mas, preciso admitir, trabalhamos bem juntos. Sigo suas deixas silenciosas até a porta e gesticulo para ele ficar atrás de mim e me passar a balestra. Ele pode hesitar, mas tenho raiva o bastante para saber que não seria o meu caso. Ele agarra o cabo da faca e se espreme contra a parede.

*Um.*

Ergo o dedo enquanto a outra mão segura a maçaneta.

*Dois.*

Sempre suei tanto assim? Meu corpo está pegajoso pelo medo e pela adrenalina.

*Três.*

A porta se abre, e a balestra fica apontada na cara do intruso. Ficarei feliz de atirar e…

— *Pai?*

*Merda.* Apontar uma arma letal para um ente querido pode não ser a melhor maneira de recebê-lo. Também vai ser difícil de explicar, já que ele ficou branco como uma folha de papel. Esbugalha os olhos ao ver a flecha afiada como uma navalha, e só aí me lembro de abaixar a arma.

— Hum, oi — digo, indiferente. Meu pai se remexe, relaxando os ombros agora que não está mais em perigo iminente. — O que veio fazer aqui?

Ele parece um pouco encabulado. Suponho que eu também estaria depois de encarar uma balestra assim.

— Rastreei seu celular. — Ele acena para o próprio telefone como resposta, e lá está o pontinho do GPS piscando. — Depois que vi o que aconteceu com metade do hotel, fiquei preocupado com que algo ruim pudesse ter acontecido com você. Liguei para Cherry. Mandei mensagens para seus amigos. E te liguei mais de cinquenta vezes, para falar a verdade. Você quase me fez ter um ataque do coração!

— Você o quê? — Não sei como me rastrear pode ser mais ofensivo do que o que eu mesma acabei de fazer, mas estou chocada. Meu pai nunca fez nada assim. Esta cidade é tão pequena que dá vergonha. Ele sabe todos os lugares que frequento… ou acha que sabe. E não deu a mínima para mim por um ano. O luto o tornou um estranho.

Quando foi que ele voltou a ser meu pai?

Ele acaba com a distância e me envolve em um abraço esmagador. Não retribuo. Não consigo.

— Ela me disse no que você se meteu — diz, a voz entrecortada e embargada. Ele engasga, as lágrimas arruinando-lhe o rosto. Meu pai não chora na minha frente desde que mamãe desapareceu. Em vez de sentir tristeza, ele preferiu não sentir nada. Nada mesmo. Agora, porém, todas as emoções que reprimiu estão escancaradas. Elas vêm à tona, reaparecendo com força.

— Ela estava histérica, Wil. Disse que você ia enfrentar os Clarke sozinha. — A voz dele treme. — E me disse a verdade. Sobre Elwood.

Tudo fica quieto. Por um momento, nada mais existe. A realidade consiste somente no rosto do meu pai, tomado pelo luto, seus dedos me agarrando, e na implicação sombria de suas palavras.

— Se veio me impedir, é tarde demais — digo a ele. Não me importo se cada palavra o atingir como uma bala no peito. Não voltarei com ele. Não posso. O vento volta a ganhar força e aquela confiança que havia nele se esvai.

— Por favor. — A voz dele se tornou mais fraca, menos exigente, mais suplicante. Me forço a virar o rosto. — Por favor, não faça isso. Podemos ir embora desta cidade horrível. Vou arranjar um trabalho qualquer e encontraremos um local…

— Não. — Estou mais calma agora, mas não vou voltar atrás. — Não tenho escolha. Não posso perdê-lo.

— Eu não posso te perder — ele rebate, e essas cinco palavras tornam minha resolução mais sofrida. Me forço a ser firme.

— Vou fazer isso. Você não pode me deter.

Ele empalidece ainda mais ao ouvir isso, e vejo a ideia passando por sua mente. Seus olhos são penetrantes; eles me arranham por dentro.

— Então vou junto.

— Não precisa fazer isso. — Mas não sou a única pessoa teimosa da família. Sei que não tenho como argumentar com ele só pelo jeito determinado de sua mandíbula.

— Eu vou junto — ele repete, sem abrir espaço para discussões. Preciso admitir que estou chocada de vê-lo demonstrar tamanha firmeza. E, ouso falar… estou orgulhosa?

— Hoje é seu dia de sorte, sr. Greene. Cabem cinco pessoas no meu carro — Lucas se intromete, interrompendo com eficácia nossa aproximação emocional. — E quanto antes partirmos, melhor.

Ele não precisa explicar o motivo. Já me sinto angustiada por todo o tempo perdido, mas me forço a ignorar os *e se?*.

Vou te encontrar, Elwood. Prometo.

# CAPÍTULO VINTE E SETE

## ELWOOD

A NATUREZA É VIOLENTA.

Algumas vespas seguem as presas em canteiros de flores, estraçalhando-as em pedacinhos com as mandíbulas. Outras se escondem debaixo da terra, arrastando as presas até as profundezas para que os filhotes possam comê-las.

E temos o meu pai.

Pela última vez antes de me devorar, ele veio observar enquanto me debato. A seus olhos, não sou nada além de uma mariposa infeliz, que chegou perto demais da luz. Mariposas são as presas naturais do louva-a-deus. Nunca fiz a conexão antes, mas agora é tudo em que consigo pensar. É a explicação da natureza para que eu morra em suas mãos. E até mesmo Deus não interfere com o mundo natural. Foi Ele que o planejou.

— Onde está minha mãe? — pergunto. — Achava que ela gostasse deste tipo de coisa.

Ele fecha a cara em resposta.

— Ela não quis vir assistir.

— Ela nunca teve problema em assistir antes.

Minha mãe, a lagarta-cobra. Às vezes, borboletas também são violentas. De tempos em tempos, as lagartas canibalizam umas às outras. Elas se livram da concorrência matando a própria família para permanecerem vivas.

Meu pai risca um fósforo e acende uma das tochas na parede. A escuridão aqui embaixo desafia a imaginação, e está tão frio que minha respiração forma uma nuvem de vapor constante. Ele se ajeita, batendo a poeira das laterais das vestes. Pisca devagar, observando-me com olhos sádicos e esbugalhados.

— Então chegou minha hora de morrer? — Saboreio cada sílaba da pergunta, o contorno podre das letras em minha boca. A casca escura da semente reluz, acompanhada de uma trilha de raízes verdes serpenteando por minhas costelas. Ela não está mais escondida dentro de mim; minha pele se torna mais transparente a cada segundo que passa.

— Eu vim plantá-lo — meu pai responde, e sua palma calejada alisa meu cabelo. Estremeço ao toque, especialmente quando ele segura meu rosto. O polegar paira perto dos meus olhos. Ele poderia arrancá-los sem esforço. — Você é uma semente, no fim das contas.

Fecho o punho.

— Vamos acabar logo com isso.

Assentindo, meu pai me liberta. Quando uma restrição é removida, outra é colocada no lugar. Minhas mãos são amarradas com força às minhas costas.

Seguimos em frente sob a terra. Durante todo o tempo, a podridão tem se espalhado para cima a partir desses túneis. Aqui embaixo, é extremamente tóxica. Há tantos ossos que revestem a terra congelada, corpos exauridos até virarem nada. Deve haver centenas deles, mais, até.

— Fertilizante — ele sussurra como se achasse graça. — É algo curioso a respeito de Pine Point. Os cemitérios estão vazios, e ninguém faz a mínima ideia. Seria um desperdício de cadáveres. Eles têm mais serventia aqui.

Luto para conter a bile que sobe pela minha garganta. Talvez seja vômito; talvez seja o caule de uma erva daninha fazendo cócegas ao crescer.

— Até onde vão esses túneis? — pergunto com uma sonoridade estranha na voz. Ela sai arranhada. Parece menos uma voz e mais o resvalar de um galho.

— Assim na terra como no inferno — meu pai responde enigmaticamente, mas não se volta para mim. Está virado para a frente. — Somos as raízes deste bosque.

Estar tão debaixo da terra é estranho. O teto do túnel roça minha cabeça. Se eu fosse um pouco mais alto, teria que me abaixar. É apertado para nós dois, ainda mais caminhando lado a lado. Meu pai pisoteia os mortos como se fossem pedras no caminho. Faço o que posso para contorná-los, em sinal de respeito.

Não que todos sejam estranhos. Encaro os olhos de um cadáver, e a luz da vela de meu pai ilumina os traços familiares de seu rosto. Mesmo com o apoio de meu pai, caio de joelhos.

— A mãe de Wil.

Sinto meu sangue gelar quando meu pai para ao meu lado. A risada dele é horrenda.

— Você a reconheceu? — Preservada na terra frígida, a mãe dela ainda não se tornou um esqueleto, embora o tempo já tenha lhe tirado demais.

O cabelo que um dia foi cheio ficou ralo e frágil, a carne rosada murchou até ficar cinzenta e retesada. Corta o meu coração ver como se parece tanto com Wil, cada pedacinho de mim se partindo de uma vez só.

O mundo dela era pleno demais para chegar ao fim. Por minha culpa, seu cadáver está aprisionado debaixo da terra, escondido em uma caverna tão profunda que Wil nunca a encontrará. É egoísta de minha parte, mas espero que nunca a encontre. Não quero que Wil venha até aqui. Não quero que veja o que aconteceu com a mulher que tanto amava.

A mulher que morreu por minha culpa.

— Ela se intrometeu demais. — Meu pai emite um som de desaprovação. — Tal mãe, tal filha.

Uma pedra rasga minha calça jeans, e o sangue que sai do corte me lembra que estou vivo. Em um local ocupado pelos mortos, meu coração continua a bater. Mas não por muito tempo.

Meu pai volta a me erguer, e suas mãos são a única coisa que mantém meus pés ao chão.

Sem ele, acho que flutuaria.

Meu pai também está frio. Sinto os arrepios em seus braços ao me segurar.

Caminhamos mais. Segundos viram minutos; o desconforto vira dor. Meu corpo está gelado da cabeça aos pés, minha pele está tão fria que quase parece quente. Andamos e andamos, e então meu pai para de súbito.

Estamos diante de uma escada construída de forma grosseira. Ela é mantida por um emaranhado rarefeito de lianas. Sem poder usar as mãos, é quase impossível me equilibrar por conta própria. O braço de meu pai pressiona minha lombar.

Em uma caverna cheia de horrores, antecipo o que me aguarda.

# CAPÍTULO VINTE E OITO
## WIL

MARCAR O TRAJETO COM UMA CANETINHA FAZ LEMBRAR A história de João e Maria.

Kevin inclusive faz o mesmo comentário.

Ronnie estreita os olhos.

— Esses daí não foram quase comidos vivos? Acho que é a última coisa que eu gostaria de ouvir agora.

A lanterna faz barulho em minha mão, mas é apenas um brilho suave em comparação com os faróis do carro. Ela ilumina alguns passos adiante, mas tudo o mais está além do alcance. O inverno transformou Morguewood em um labirinto de alvura, e a noite tomou conta do resto. É o tipo de bosque do qual não é possível escapar. Capaz de te conduzir para dentro sem pressa. Carcaças de bicho estão enterradas na neve, as caixas torácicas parcialmente expostas no gelo. É nauseante como se parecem com ossadas de humanos.

Kevin tira a tampa da canetinha e marca outra árvore com um enorme *X*. Fizemos dezenas de marcas até agora.

— Quem morre no final é a bruxa, de qualquer forma — Kevin balbucia para si mesmo, mas Ronnie já parou de prestar atenção há muito tempo. — Eles a colocam no forno.

Um arrepio particularmente desagradável me faz responder:

— Um forno seria ótimo neste momento, na verdade.

Papai está em silêncio a meu lado, exceto pelo barulho da sola dos sapatos esmagando a neve. Elas deixam para trás um rastro que será coberto em alguns minutos. Pegadas e migalhas não funcionam aqui, não em uma cidade que precisa marcar a posição dos extintores de incêndio. Distraída, me pergunto quanto tempo levaria para a neve me eclipsar por completo se eu sentasse aqui agora.

As pegadas de papai estão desaparecendo, mas os $X$ ainda não sumiram.

É difícil dizer quanto tempo passamos perambulando pelas árvores. O plano vago que traçamos era dirigir até a metade do caminho até o bosque e percorrer o último quilômetro a pé para não levantar suspeita. Na teoria, parecia um plano bom e razoável. Agora sinto que cometemos um erro terrível. O bosque se estende para sempre à distância. Ronnie esfrega os braços ao peito como se fossem lenha para uma fogueira.

Seguimos adiante, cada vez mais nervosos. A tensão faz meu peito arder e se espalha por minhas veias, espantando parte do frio.

O silêncio é interrompido pelo som de neve esmagada à distância e o raspar de luvas na casca de uma árvore. Congelamos coletivamente ao ouvi-lo, prendendo a respiração. Lucas ajeita a balestra, e eu desligo a lanterna.

Ele ergue o outro braço e gesticula para ficarmos atrás dele. Ainda não me mexo, mas espero que ele saiba que, se formos atacados, vou pular neles como um animal feroz.

Outra folha esmagada, e uma silhueta sai das sombras. Patrícia Clearwater.

Estou acostumada a vê-la com o cabelo esticado para trás e um conjuntinho de mãe-Barbie-da-associação-de-pais-e-mestres, mas hoje não. Só a reconheço depois que ela tira a caveira do rosto como se fosse uma segunda pele. Seus olhos não têm calidez; são tão pouco convidativos quanto a nevasca.

— Verônica — diz, e sua voz é suave e afiada ao mesmo tempo. Uma raiva delicada. — Afaste-se deles. — Ronnie se mantém no

lugar, e fico orgulhosa ao vê-la erguer o queixo de leve, a desobe-
diência ganhando do medo.

Ela cresceu tanto no último ano, não é mais instável ou fácil
de intimidar. Seus olhos vão até Lucas. Mais especificamente,
para a arma em sua mão. De um modo estranho, ela não lhe
diz para abaixá-la. Ainda não.

— Onde ele está, mãe?

Os olhos de Patrícia deixam a filha e pairam por todos nós.
Demoram-se em mim antes de seguirem até meu pai.

— Ben — ela o chama, e é bizarro ouvir o nome dele sair
dos lábios dela —, você já perdeu a esposa; agora vai se arriscar a
perder a filha? Tolo. Vá embora enquanto ainda dá tempo.

Os olhos de papai estão injetados e úmidos, mas seus lábios
se retesam para revelar os dentes cerrados. Seus punhos tremem
junto ao corpo.

— Está me ameaçando?

Ela engole em seco ao ver a raiva dele, mas se mantém resoluta.

— Estou lhe dizendo para ir embora. A cerimônia não pode
ser interrompida. Há unidades policiais cercando todo o bosque.
Ela precisa acontecer.

— Que azar. — Perco a paciência e, por Deus, também estou
quase chorando. Dou um passo à frente e teria dado na cara da
mulher se Ronnie não tivesse levantado o braço.

As lágrimas correm por suas bochechas castigadas pelo vento.

— *Como você pôde?* Como pôde fazer todas essas coisas depois
de tudo? Depois de me ensinar sobre amor e arrependimento, e
todas essas merdas, enquanto é insuportavelmente má. Você é um
monstro! — Sua voz vai ficando mais estridente a cada palavra.

— Verônica — a sra. Clearwater soluça, e consigo ver um
pouco da humanidade que há nela pela esperança despedaçada
com que olha a própria filha. Seria de partir o coração se fosse
outra pessoa —, você não entende. Eu não queria que você se
envolvesse em nada disso. Costumava achar que seria uma grande
honra ser escolhida, mas, quando não me escolheram… depois

da morte de seu pai, anos depois… fiquei aliviada de não ser considerada merecedora do Chamado. Eu poderia vê-la crescer e envelhecer. E, quando pensei que você poderia vir a ter filhos um dia, eu sabia que não poderia envolvê-la. Eu a deixaria se rebelar e ir embora sem nunca conhecer a dor de ouvir o nome de seu filho ser o escolhido. Mas aquele garoto… não é o que você pensa. Ele foi escolhido para isto, e agora não há como voltarmos atrás. Você não viu no que ele pode se transformar. — Ela se vira para mim, ficando mais desvairada conforme se aproxima. — Ele é perigoso. Uma coisa daquelas precisa ser contida. Ele destruiria esta cidade se o deixássemos livre. Mataria a todos nós.

— E vocês mereceriam — vocifero, e sou sincera em cada palavra. Eu o libertaria mesmo que isso significasse minha própria morte. — Você esqueceu que ele ainda é um garoto. Quem se importa com o que pode acontecer à cidade? Se este bosque inteiro sumir, que seja. Encontre outra cidade, outro emprego. Faça qualquer coisa que não isso. Seria capaz de matar um garoto para salvar Morguewood?

— Não temos escolha. Precisamos obedecer. É o comando do Éden. — Seu rosto está dividido entre a pena e o ódio, oferecendo uma combinação estranha de ambos. — Se não acontecer logo, será tarde demais, Wil. Você e sua mãe falharam em entender isso. Não tem ideia do que está por vir. Está preparada para amar um monstro?

*Será que estou?*

— Estamos em cinco contra um, mãe. Não tem como nos impedir. — Ronnie acena para Lucas com a cabeça, e nos separamos como o mar Vermelho ao redor da sra. Clearwater. — Agora se afaste.

A expressão de Patrícia se mantém firme por mais um segundo antes de sua resolução se estilhaçar. Ela cai de joelhos aos pés de Verônica e, desesperada, tenta segurar os tornozelos da filha.

— Por favor, não vá — ela soluça. — Essa garota vai levá-la à morte. Eu te imploro. Como sua mãe, por favor.

Ronnie congela por um momento, e temo que este seja o fim. Os olhos suplicantes e os dedos da mãe acabarão com tudo. Seu peito sobe e desce com rapidez, e ela suga os lábios durante um momento agoniante de deliberação.

— Você não é nada para mim — diz por fim, desvencilhando-se da mãe a cada palavra.

A sra. Clearwater não se levanta da neve. Talvez, depois de tudo, descobriremos mesmo quanto tempo demora para alguém ser enterrado vivo pela tempestade de neve. É difícil fazer qualquer coisa depois de ter o coração arrancado desta maneira.

Eu a odeio, de verdade. Eu a desprezo como desprezo o resto da seita pelo que fizeram com minha mãe. Pelo que planejam fazer com Elwood e pelo que teriam feito comigo de bom grado. Ainda assim, uma pena estranha arde em meu peito.

Mas não é suficiente para que eu a ajude a se levantar. Sua indagação permanece em minha cabeça enquanto seguimos em frente.

*Estou preparada para amar um monstro?* Acho que estou.

# CAPÍTULO VINTE E NOVE
## ELWOOD

A SUPERFÍCIE É TÃO ESCURA QUANTO O MUNDO DE BAIXO. A lua ainda não saiu de trás das nuvens. Ela se esconde em um véu pesado e nebuloso. Sei que não demorará a aparecer.

A árvore à qual me trouxeram é a mais alta do bosque. O tronco por si só é robusto, mais largo do que outros quatro ou cinco troncos juntos. Entre os pinheiros balançando ao vento, ela se ergue como um deus esquecido. Mas não foi esquecida. Segue sendo venerada. É aqui que me trouxeram chorando ainda bebê, e é aqui que morrerei agora.

— Você está se transformando rápido demais — meu pai me critica entre dentes. — Esse seu invólucro humano não durará muito até você germinar.

Prudence está deitada no chão sobre uma peliça grossa. Está sozinha em sua agonia; o marido não se importa em cuidar dela de modo algum. Ela é como eu, somos apenas os meios para um fim. Seus olhos se congelam nos meus quando a bolsa se rompe, sua respiração formando uma nuvem branca e congelada.

— O bebê está vindo. Rápido!

Ele me empurra contra a casca ondulada. Depois vêm as cordas, a sensação de mãos em tudo que é lado, um nó sendo feito com estardalhaço. A corda se afunda em minhas costelas, me prendendo no lugar.

O inverno roça os dentes em minha carne e rouba o ar dos meus pulmões.

O frio está me fazendo delirar. Me debato contra a casca, esperando alguma mudança no rosto do meu pai. Esperando que ria: o som da queda de uma árvore, grave e estrondosa em seu peito. *Nunca me desrespeite outra vez*, ele me diria, enfiando a unha no meu ombro. Eu assentiria e ele enfim relaxaria, me soltando. Seus dedos nodosos se aproximariam e ele desataria os nós. Rasgaria minhas amarras e me levaria de volta para casa. Ele me levaria de volta para casa, não me deixaria morrer aqui, congelado e preso ao bosque. Foi tudo parte de uma lição.

*Tum-tum. Tum-tum. Tum-tum.* O eco do coração do bosque faz a terra ressoar. Eu o sinto, mais forte do que nunca. Ainda mais alto, ouço o farfalhar de asas em meu âmago. Um enxame de mariposas de todos os lados, fugindo da copa das árvores e pousando em minha pele. Cortam a noite em um prisma de vermelho cor de sangue e marrom-acinzentado.

Meu pai desembainha uma faca de um estojo de couro. A lâmina foi tingida de preto depois dos séculos de sangue seco acumulado. Apesar dos anos que tem, a ponta parece tão afiada. Entendo que foi usada pela última vez contra meu tio; é o elo mais próximo que terei com ele. A voz de meu pai é um sussurro acima do vento quando ele se aproxima, a respiração se espalhando em forma de fumaça contra minha bochecha.

— Do solo foste forjado, à terra retornarás.

E, então, enfia a lâmina no meu peito.

# CAPÍTULO TRINTA

## WIL

UM GAROTO CAMBALEIA MAIS À FRENTE, O CORPO ENSANGUEN-tado amarrado com firmeza à árvore. Reconheço a corcunda e os cabelos bagunçados. Está vestindo a mesma calça jeans surrada e descolorida pelo sol, e a camisa xadrez desbotada que usava quando foi embora. Exceto que a camisa xadrez está encharcada de um vermelho evidente e zombeteiro.

— Elwood!

Mas é tarde demais. As nuvens se afastam, e sua pele é iluminada pelo brilho leitoso da lua. Depois, começam os gritos.

# Capítulo trinta e um

## Elwood

É UMA DOR SILENCIOSA.

Eu esperava sentir mais. A lâmina penetra minha carne como o roçar de um dedo. Eu a vejo enfiada até o fundo, o sangue esguichando do corte e no rosto de meu pai. Vejo tudo isso, mas não sinto nada. Se a faca estiver tentando tirar mais reações de mim, ficará decepcionada. Sou só um buraco vibrando. Não vou lutar. Me entregarei às árvores de bom grado.

A lua aparece às minhas costas, banhando minha pele e mergulhando o resto do mundo em um azul afiado e letal. Ela escorre sobre mim como ácido. Sinto cada sussurro prateado em minha pele como uma brasa chamuscante. Sou engolfado por uma dor tão profunda que tudo que sou capaz de fazer é uivar. O barulho arranha meus pulmões e escapa dos meus lábios de uma vez só. Começa e não para mais.

Minha pele é repuxada para trás, humana demais para me pertencer. Asas de mariposa irrompem de minha coluna, um borrão outonal contra o bosque escuro, e antenas emplumadas atravessam cada têmpora.

— Elwood! — A voz de Wil atravessa as árvores e, enquanto minha visão se esvai, eu a vejo lá parada como uma miragem na escuridão. É meu próprio anjo da morte. Absorvo cada parte dela conforme sou tomado pela dor. Deixo que seja a última imagem gravada em minhas retinas.

O demônio que há dentro de mim me rasga.

Os traços de Wil ficam nebulosos, desaparecendo em um borrão. Num segundo, a vejo com riqueza de detalhes; no segundo seguinte, ela se foi. Ela se foi por inteiro.

Fecho os olhos para o mundo que conhecia.

Volto a abri-los para a fome. Avassaladora, esmagadora, em tudo que é lugar.

A terra me chama. Cada canto do bosque aparece ao mesmo tempo diante dos meus olhos. Lobos virados para a lua; lebres em montes de gelo fresco; corujas-das-neves em árvores altas, me observando com os olhos redondos e arregalados. Sabem que não devem chegar perto de mim.

Mas nem todas as criaturas se afastam.

Humanos me cercam de todos os lados. São figuras que se movem mais à frente, corpos formados por um mosaico ultravioleta, acesos em meio a uma tela preta. Sigo as estrelas, e as constelações me atraem. Me aninho nelas e bloqueio o zumbido incessante do mundo. Só existe o pulso cambaleante e o suor pegajoso aflorando como orvalho fresco.

— *Ezekiel! O que foi que você fez?* — O calor se agita e espirala no ar. Ouço palavras, mas elas não são processadas. São confusas; foram familiares um dia, mas deixaram de ser. A única coisa que mantive foi o ódio. O que sinto pelos homens diante de mim é como um espinho encravado. O homem abre a boca, volta a falar comigo em sua língua incoerente e balbuciante.

Ouço um zunido feito por homens, uma estática penetrante, artificial.

— Precisamos de reforços. Depressa, ele já... — O barulho desaparece.

O medo dele é doce como néctar. Eu o provo em meus lábios e ele escorre, escorre, escorre. Sorvo tudo e acho que é sangue.

Eu o matei assim, com tanta facilidade? Ele sumiu em um piscar de olhos.

Mas o espinho permanece. Me viro para o último homem e o inalo.

— Meu Deus... Pai nosso, que estais nos céus... Elwood, filho. Retiro tudo o que disse. Eu não queria... — O som termina, triturado.

Agora há um corpo debaixo de mim. Um coração que ainda bate fraco. Eu o seguro e nele afundo os dentes. Eu o devoro até não sobrar mais nada. O corpo humano não é diferente de um tronco caído ou um punhado de neve.

Inútil. Quieto.

Estou com fome. Estou faminto. Vazio, oco, desejoso e precisando de mais.

Um berro agudo atravessa o ar. Além dos homens que devorei, há uma mulher. Uma criança, mas não é uma criança qualquer. Nela sinto o cheiro do bosque. Outro receptáculo para mim, outra carcaça para tomar e permanecer aprisionado.

Não. Isso termina agora. Vou escancarar a boca e dar um fim a seus berros, serei livre para sempre, serei... Algo me atinge. Frio como o gelo.

Me sacudo na direção do atacante e ouço o ar, conto os corpos, frescos e se retorcendo, apavorados. Um, dois, três, quatro. Cinco corações descontrolados. *Tum-tum, tum-tum, tum-tum, tum-tum, tum-tum.*

— *Wil!*

Outra investida contra mim. A criança foi esquecida, mas minha fome, não. Os humanos correm.

Mas eu sou mais rápido. Asas batem no céu, trovejando na noite. A lua me serve como farol, e eles estão impotentes quando volto a pousar, deixando listras de arranhões com minhas garras no solo congelado. Pego um homem, afundo os dentes nele e chego até o osso. Um berro retirado do peito humano, e saboreio o som. Quero ouvir mais.

— *Rápido, Lucas! Ele pegou meu pai! Joga uma faca. Faz alguma coisa!*

Estou prestes a ir mais longe quando ouço um farfalhar e sinto uma pontada lancinante na lateral do corpo. Rujo de dor, golpeando a fonte dela para longe. Ouço um berro e o som oco de um crânio atingindo um tronco.

— *Pai!*

Outro arranhão de neve me atinge na lateral. O ataque não termina até que me vejo encarando uma garota à distância. Há um clique retumbante e uma luz e, de repente, a lua brilha entre a neve, menor do que antes, mas, ah, tão clara.

— *Pode vir, Homem-Mariposa!*

Me viro na direção da nova lua. A garota a carrega consigo, levando-a cada vez mais para longe.

Ela não me escapará. Sou o vento serpenteando entre os galhos das árvores e o estalido quando a camada de gelo que recobre os rios se parte. Sou todos os espinhos brandidos, e esta humana não tem como fugir.

Ela contorna a clareira, esquivando-se das árvores e pulando por cima dos troncos caídos. Qualquer coisa para me evitar. Uma memória enevoada surge enquanto a sigo, algo além da fome:

*A mesma garota me encara com seus olhos doces. Ela é muito mais nova, mas tem um sorriso idêntico e um punhado de sardas. Seu cabelo está bagunçado e ela arremessa uma bola de neve em minha cabeça.*

*— Ai! — choramingo, tentando em vão secar meu cabelo, úmido pelo inverno. Estremeço de frio e ela dá risada. — Por que você fez isso?*

*Ela é bonita. Provavelmente mais bonita do que qualquer outra garota que já conheci. Mais bonita do que a lua e as flores no verão, e mais bonita do que a borboleta que às vezes pousa no parapeito da janela.*

*— Meu nome é Wi-lhel-mi-na! — ela canta.*

*— Só se for "má", não "ná".*

*— Pode me chamar de Wil! Meu pai me chama de Minnie.*

*— Wil — tento dizer. Gosto da sonoridade. — Serei seu amigo se prometer que não vai mais atirar bolas de neve em mim.*

*— Trato feito.*

Continuo atrás dela e afasto a estranha intrusão. O medo emanava com tanta força dos outros, mas quase não consigo farejá-lo nela. Com a boca salivante e o sangue jorrando em minhas entranhas, tento alcançá-la, mas a perco por um fio de cabelo. Ela é rápida. A fome me queima e me consome, me impelindo adiante.

— *Ai, meu Deus, por que você fez isso?* — *diz Wil, mas ela não está brava. Estou segurando duas pulseiras feitas de dente-de-leão. Elas estão unidas pelos talos. Coloco uma no punho dela, deixando minha mão descansar na dela mais tempo que o necessário. Finjo que estou entrelaçando nossos dedos. Ela solta um barulho baixinho e puxo a mão para trás, colocando minha própria pulseira com rapidez.*

— *Gostou?* — *pergunto, e ela ri.* — *São pulseiras da amizade.*

— *Dou um dia para elas se desfazerem. Esses trecos nunca ficam no lugar.*

*Sacudo a cabeça. Gosto do brilho do sol em seu cabelo.*

— *Estas vão durar.*

— *Você promete?* — *ela pergunta, fungando.*

— *Prometo.*

*Ela junta o mindinho ao meu e os sacudimos. Quero deixá-los assim para sempre.*

Lá está ela de novo. Esta emoção bizarra se revelando. Olho para a garota e não sinto piedade, mas sinto… algo.

Decido que deteste este sentimento. O vento selvagem me açoita, os galhos me atingem com força. Sei o que farei quando a capturar. Vou afundar minhas garras nela e rugir para o céu. Vou parti-la e engoli-la por inteiro. Talvez dê conta da fome e as memórias desaparecerão. Mais um corpo para saciar minha barriga e a lua.

O inverno rouba seu cheiro. Me abaixo até o chão e a inalo para minhas veias. Seu coração está temperado de cravo e canela.

*O declive do nariz, a curva dos cílios, a batida de meu coração cada vez que faço um traço com o lápis. A beleza dela é mais suave quando ela baixa a guarda. O cabelo se espalha pelas suas costas, desgovernado, tantas trancinhas feitas por mim.*

*Eu me encosto nas arquibancadas de metal. Com outro movimento do lápis, coloco borboletas em seu cabelo. Uma dúzia de monarcas empoleiradas nela parecendo joias preciosas. Mais tarde vou pintá-las em uma explosão luminosa de laranja.*

*Meu caderno está cheio. Já acabei com vários. Esboçando asas e antenas, tórax e mandíbulas, mas também Wil e Wil e Wil e Wil.*

Chega. Amaldiçoo a visão por anuviar a concentração. Não posso parar agora.

Estou me aproximando. O medo floresce nela pela primeira vez. Encho meus pulmões com ele, saboreio seu gosto em minha língua.

Não é tão prazeroso quanto pensei que seria. Quero cuspi-lo.

— Elwood! — Aquele barulho mais uma vez. Ela grita mais alto que o vento.

Ela não é nada além de um vislumbre de calor. Um borrão vermelho em meio ao preto. Golpeio, mas ela se esquiva mais uma vez. Posso ter errado, mas o bosque não erra. Invoco uma raiz e ela tropeça. Está caída debaixo de mim, as costas contra a casca de uma árvore, o resto do corpo eclipsado pela neve.

Seu sangue encharca o gelo. Eis aí o que eu procurava. O cheiro é celestial.

*Não terminei minha coleção sozinho. Foi preciso encomendar alguns espécimes de lugares distantes, lugares onde o sol brilha mais forte e a vegetação não é tão brutal.*

*O bosque é denso, mas também é silencioso. Ando pelas árvores e procuro as mortas. Quero que voltem a ficar como novas. Ocasionalmente, encontro algumas — corpos amassados, asas curvadas —, mas, na maioria das vezes, não encontro nenhuma.*

*Já estou espiando o caixote de hoje. Tudo está preservado com cuidado, embalado várias vezes, aninhado debaixo de um amontoado de tecido de proteção. Minha borboleta-caveira está deitada com as asas fechadas, enfiada em um pedaço de cera que a protege.*

*Rasgo o pacote para abri-lo, incapaz de conter um sorriso explosivo. Ela é perfeita.*

*Borboletas e mariposas chegam teimosas e rígidas. Preciso tomar cuidado para abri-las. Coloco o novo espécime em uma vasilha de água com gentileza. Com o tempo, ela estará pronta.*

*Não me importo de esperar.*

— Você precisa me ouvir, Elwood! Não sei que porra é essa, mas não é você. — De alguma maneira, a voz dela desanuvia minha mente. Eu a ouço pela primeira vez, mas tudo está confuso. Entra e sai de foco. Faz sentido em um momento; o perde no outro.

O coração dela parece desenfreado no peito.

E a lua exige que eu o tome. *Tum-tum. Tum-tum. Tum-tum.*

Lanço-me para trás, com presas rangentes e garras deslizantes, e um desejo tão potente, tão brutal, contra o qual não consigo lutar. Sou impotente diante dele, e...

— Eu te amo!

E... titubeio. A névoa se retrai, mesmo que apenas por um ou dois segundos. Comovido, encaro os olhos doces e o maxilar anguloso.

Meus lábios engasgam ao tentar formar uma palavra, meu espírito humano cativo se remexendo pela primeira vez dentro de mim. *W... W... Wi...*

— Wil?

# CAPÍTULO TRINTA E DOIS

## WIL

ELE ESTÁ AQUI. O GAROTO QUE CONHEÇO. O QUE NUNCA DEIXEI de conhecer.

Ele solta um uivo sobrenatural, um som que faz as plantas ao redor voltarem à vida. Elas desenterram as próprias raízes, tentando ir para a frente.

Se tudo tiver dado certo, os outros devem estar a salvo a esta altura. Atraí Elwood para longe deles, para que possam fugir. Cherry está a cerca de um quilômetro deles, e pode fazer o carro voltar à vida para levá-los ao hospital. O bebê de Prudence poderá ser uma criança, e não uma *oferenda*. Podemos acabar com o ciclo. Precisamos fazer isso.

Meu pai me chama à distância, mas me recuso a olhar para trás. Ele terá sorte se não tiver uma concussão depois daquela queda. Ainda não consigo acreditar que está aqui comigo. Sinto uma pontada no peito por isso. Já perdi mamãe. Não aguentaria perdê-lo também.

O banho de sangue teve início assim que a transformação roubou Elwood. O pai dele e o xerife Vrees estão mortos. Estraçalhados, completamente desmembrados. Eu vi tudo. Peitos abertos se espalhando pela neve.

Sinto o gosto salgado do suor que escorre pelo meu rosto. Ele poderia me matar com a mesma facilidade. Talvez faça isso.

Mas ele está aqui, em algum lugar.

Elwood é mais borboleta do que homem. Um corpo estranho, mantido por trepadeiras e pedaços de musgo. Costelas que guardam uma dúzia de corações presos que sangram — nenhum deles parece pertencer ao corpo, todos parecem roubados. Humanos.

E asas magníficas e sobrenaturais.

Ele se abaixa para me ver, me encara com olhos brancos e leitosos.

Sinto sua respiração em meu pescoço. Quente e pegajosa. Aquelas asas maciças, feitas de milhares de folhinhas verdes, se abrem.

Reúno o que ainda me resta de coragem. Uma respiração profunda, que me chacoalha até os ossos. Meus pulmões chiam por conta do frio. O que sobrou de Elwood está sendo engolido. Logo, não haverá mais nada dele.

Preciso arrancá-lo dali, ou ele vai se afogar.

Aperto os olhos com força. Não vou ver o que ele se tornou. Vou manter sua memória vívida em minha mente. Chega de asas e ossos, chega de corações e antenas. Tudo que vejo é o Elwood Clarke gentil e tímido que conheço desde criança. Elwood e suas borboletas, o jeito tão emocionado com que tagarelava sobre elas. Elwood e os retratos que enfiava em meu armário, os que tinha vergonha de me mostrar pessoalmente. Os olhos de Elwood se iluminando quando falamos sobre um dia fugir juntos.

Então digo a ele. Tudo. Todas as coisinhas que tranquei em meu peito. Todos os trejeitos que tanto amo nele. As cartas que escrevi e nunca mandei *(Querido Elwood: em primeiro lugar, como você ousa?)*. A dor causada por sua ausência. Como se tivessem arrancado a parte mais importante de mim, me roubado dela. Digo a ele que talvez tenha sido isso o que papai quis dizer, afinal, quando falou que viver sem minha mãe era quase impossível.

Elwood sempre fez parte de mim. Sempre foi minha parte mais importante.

— E que o inferno me leve se esse monstro te roubar de mim — concluo, de lábios trêmulos e unhas enfiadas na terra. — Eu te amo.

O mundo fica muito quieto depois de minha confissão. Como se nós dois estivéssemos suspensos no tempo, quem sabe até flutuando. Mas, depois, os elementos monstruosos nele se agitam, ondulam e mudam.

Pouco a pouco, eles desabam como uma casca, e ele se move como uma lagarta saindo do casulo. É humano de novo, mas não por completo. O bosque vive dentro dele. Seus olhos são muito mais nítidos e verdes do que me lembrava. O véu que havia neles se dissipou. O poder o enche de vida. Um poder que irradia dele em uma nuvem pulsante: o vento corre por seus cabelos, suas mãos balançam com ele a cada lado do corpo. O vento muda de direção a um toque de seus dedos.

Nada disso me importa. Eu me enterro nos braços dele.

# CAPÍTULO TRINTA E TRÊS
## ELWOOD

Pela primeira vez, sinto o amargor ferroso do sangue deles em meus lábios. Ele tinge minha boca, sujando e cobrindo cada dente. Começo a tossir e cuspir, mas o gosto perdura, agarrado à minha língua. Minhas unhas se tornaram garras pretas, curvando cada um dos dedos, e minhas palmas estão manchadas de um vermelho terrível conforme me afasto de Wil.

— Eu te machuquei? — pergunto, arfando. Sinto que acordei de um sonho horrível e tenebroso. Eu me viro, encarando-a. Seu joelho está ferido, o tecido da calça jeans em frangalhos. — Me diz que eu não fiz isso.

A verdade me atravessa da mesma forma que atravessei meu pai. As memórias me envolvem ao brotar, ervas daninhas e amargas que não consigo arrancar. Elas me lembram do que fiz. Do que sou.

Não tiveram nem chance de lutar comigo, de impedir o que já havia começado. Persegui suas pulsações. Meu pai berrou até não poder mais, mas não o ouvi. Não o vi. Em minha mente pairava uma névoa, embotando os gritos. Embotando o monstro dentro de mim.

— Mas não era você — diz ela, e sinto seus polegares percorrendo minhas bochechas. — Não é você.

Ela me abraça, e eu me enterro em seus braços. Quero me esconder para sempre. O mundo se transforma a meu redor. Ela é a única constante.

— Estou mudando, Wil. — Mesmo agora, não sei o que esperar do futuro. Meu hálito passa como um fantasma ao lado de seu rosto. Sinto gosto de pinheiro e terra na língua. Wil me trouxe de volta ao meu corpo, mas não sei por quanto tempo. Posso ter escapado do monstro, mas não posso fugir da semente em mim. Ela já floresceu, e logo virarei uma coisa completamente diferente.

Uma transformação, foi o que Cherry falou. Talvez ela tenha razão, e a Morte não signifique morte, afinal. Talvez a morte seja a combustão de minha antiga vida para que a nova possa ressurgir das cinzas. A fera em mim nunca foi de fato uma fera. Era só um garoto envenenado por séculos de matança e escuridão.

— Saiba que eu te amo. Não importa o que acontecer.

— Não vai acontecer nada — ela sussurra em meio às lágrimas, mas nós dois sabemos que isso não é verdade. Algo está por vir.

Pressiono os lábios nos dela e permaneço assim o máximo que consigo. Em meus últimos segundos, levo a boca até sua orelha e lhe sussurro minha promessa. Saboreio os olhos se arregalando enquanto o mundo muda. Enquanto eu me transformo.

Meu coração é substituído por um novo tipo de tremulação, como o gentil bater de asas. Um beija-flor levantando voo.

Minha visão permanece, mesmo enquanto todo o meu ser é consumido por milhares de mariposas pequeninas.

Compreendo quando as árvores me chamam e as plantas mais jovens clamam meu nome. É assim que deve ser. Como sempre deveria ter sido. Com um leve movimento dos meus pés, o solo retumba e se abre. Meus dedos se dobram e a brisa muda de acordo com minha vontade. Um único sussurro chiado é o bastante para tirar a neve da copa das árvores.

Depois de todos esses anos, sei quem sou.

Sou Elwood, nascido da terra e do gelo, destinado a entregar meu coração a estas árvores. Este é meu lar.

# CAPÍTULO TRINTA E QUATRO
## WIL

A voz de Elwood ecoa em minha mente, suas palavras finais entoadas como uma prece. *Venha me encontrar no bosque. Esperarei você.*

São as últimas palavras que me diz antes de se desfazer. Acontece tão rápido que mal me dou conta. Em um segundo, ele estava lá, com um sorriso de partir o coração; no outro, já havia desaparecido. Sua silhueta paira no ar, uma marca azul dele que se congelou no mundo. O vento o leva para longe, e eu desabo, caindo na neve.

Não é o que deveria ter acontecido. Eu deveria ter salvado Elwood do monstro, feito ele retornar a meus braços. Nós teríamos uma vida normal. Eu poderia até mesmo voltar a frequentar a escola a tempo de ir ao baile de formatura com ele. As coisas voltariam a ser como eram. Antes da nevasca. Antes de mamãe. As coisas voltariam a ser boas.

Mas agora tudo mudou.

Soluço no gelo, minhas lágrimas congelando em minhas bochechas enquanto jorram dos meus olhos. Vou vasculhar o bosque inteiro para encontrá-lo outra vez. Mas o que será que encontrarei? Há queimaduras na ponta dos meus dedos, mas quase não as sinto. Uma rajada indescritível de luto me arrebata, me tomando como fez um ano atrás. Ela começa pela garganta, me estrangulando com os dedos, bloqueando minha respiração. Estou arfando, lutando por um ar que não vem — cada segundo parece levar minutos. Os dedos me soltam, e solto uma lufada dolorosa e desesperada. Ela me rasga por dentro até se transformar em um soluço asfixiante, saindo de meus pulmões em direção à língua.

Me forço a andar. Caminho pelo bosque denso, mal sentindo o frio enquanto ele arranha minha pele exposta. Há uma falsa sensação de paz: a neve brilha azulada à luz da lua; o vento se acalmou até desaparecer. Se o pai de Elwood ainda estiver aqui, foi engolido pela nevasca.

E o resto do grupo não foi embora.

Meu pai está caído ao chão, choramingando agoniado. Seus olhos se movem rapidamente, como alguém que não sabe se deveria dormir ou continuar acordado. Há sangue seco no couro cabeludo dele; começa na linha do cabelo e acaba sob o queixo. Ele sempre lutou. Eu apenas não notara isso antes.

— Onde ele está? O que houve? — Lucas tenta encontrar sentido no que testemunhou. Fica me encarando, esperando que eu explique, mas não consigo. Minha cabeça segue girando. Ele está machucado, com um arranhão particularmente feio atravessando a bochecha. Seu cabelo está emaranhado e grudento de sangue.

Ao lado de Lucas, Kevin e Ronnie não parecem nada bem. Kevin tem um olho roxo e o lábio de Ronnie foi arrebentado por um corte, e os dois têm hematomas terríveis e roxos espalhados pelo corpo. Cherry estacionou o carro e correu para ajudar Prudence. O bebê está vermelho, gritando e *vivo*, embrulhado em vários cobertores pesados.

Tudo me escapa em um soluço.

— Ele se foi.

Eu me viro para observar Pine Point à distância. Quero nos arrancar do mapa.

O bosque ondula menos de um minuto depois. Ganha vida com uma corrente de ar repentina, uma energia inconfundível. Trepadeiras deslizam pela terra. Galhos se esticam como mãos. O bosque inteiro parece ficar senciente. Agarra o que sobrou da igreja, a alguns metros daqui, enterrando os dedos nos alicerces e arrastando-a em direção à boca escancarada do bosque, que por ela espera. Assistimos a tudo desaparecer. Devorada por inteiro. Das sombras, ouvimos os tijolos sendo triturados e o ruído dos vidros estilhaçados.

Tudo está voltando para a terra. Cada um dos pesadelos é dissolvido, feito em pedacinhos. Não consigo vê-lo, mas sei, de alguma forma, que Elwood é o responsável.

Em alguns segundos de poder liberado, Elwood transformou uma sala em pó. Depois de um minuto, ele faz o mesmo com a igreja e com a própria casa. O bosque devora o que nunca deveria ter existido.

# CAPÍTULO TRINTA E CINCO

## WIL

SEMPRE ODIEI HOSPITAIS.
Paredes brancas e estéreis, macas enferrujadas passando pelo piso de linóleo. A cara entediada e fria da recepcionista. Me remexo no lugar, arrastando os calcanhares para a frente e para trás no chão. O saguão está praticamente vazio. No canto há um idoso resmungando a respeito de uma hérnia de disco, e uma mãe afaga o cabelo do filho pequeno do outro lado. A criança funga, o nariz vermelho e ranhento.

E eu também estou aqui, sentada o mais longe que consigo dos outros, aninhando uma lata de energético obscenamente grande. Estou exausta, mas acelerada demais para sequer pensar em dormir. É uma combinação horrível. Meus olhos ainda ardem pelas lágrimas que não derramei. Passei de um luto agoniante a uma apatia que me toma por inteiro. Não sei qual é pior.

É impossível que algo assim tenha se passado.

Uma enfermeira de meia-idade aparece à porta. Seu cabelo ressecado está preso em um rabo de cavalo. Ela parece tão cansada quanto eu.

— Wilhelmina Greene? Venha comigo.

Eu a sigo por um labirinto de corredores, mas tenho certeza de que ela conseguiria não se perder por eles mesmo dormindo. Pelo olhar vidrado e os olhos semicerrados, me pergunto se já não adormeceu. Ela me leva até uma sala, me mandando entrar.

Ele exibe um colar cervical e está com o pé esquerdo elevado, com certeza destruído.

Uma fileira de pontos vai da orelha até a linha do cabelo. Sento na beirada da cama e a enfermeira verifica o histórico dele.

Ele logo entra no modo paterno, que eu presumia não existir mais.

— Fico feliz que esteja bem. Você poderia ter se machucado feio.

— Realmente vai me dar bronca? — falo, e é evidente que ele não gosta de minha resposta impertinente. Penso na facilidade com que ele poderia ter sido partido em dois. Morto como mamãe. Minha voz falha enquanto digo, irritada: — Nada daquilo era da sua conta. Você não deveria ter ido comigo.

A enfermeira desaparece em silêncio, voltando ao saguão como se fugisse para um abrigo nuclear. Não a culpo. Eu também me esconderia.

— Seu bem-estar sempre foi da minha conta.

Estou prestes a perguntar um "desde quando?", mas não chego a ter essa oportunidade. Ele me envolve em um abraço esmagador, ainda na cama.

— P-pai, deita, você não está bem. Precisa pegar leve.

— Naquela hora, achei que você tivesse morrido — ele sussurra no meu ouvido, a voz dolorida e embargada. Ele soluça, e seu rosto é tomado pelas lágrimas. — A antiga sala da sua mãe sumiu em um piscar de olhos. Eu procurei em tudo que é lugar e não consegui encontrá-la. Achei que tivesse te perdido.

As lágrimas dele fazem com que algumas das minhas venham à tona. Preciso esfregar os olhos para que não desçam pelas bochechas.

— Por que você não foi capaz de se importar dessa forma quando mais precisei? — pergunto, e as palavras machucam. Elas nos empalam, me rasgando e deixando-o sem saber o que dizer. Minha mãe nunca teve um funeral, então a enterrei usando os panfletos que a declaravam como "Desaparecida".

Meu pai se enterrou no próprio quarto. — Eu perdi vocês dois ao mesmo tempo.

Passei dias, semanas, meses atrás de respostas, tudo para fugir do luto, que estava sempre à espreita, aguardando o momento do bote. Corri mesmo quando minhas pernas falhavam e meu peito ofegava, mas meu pai desistiu desde o princípio.

Me virei com as contas no lugar dele, pulando de emprego em emprego enquanto ele continuava em coma na cama. Não estava morto, só determinado a definhar. Chorei, gritei e implorei, mas o pai que eu conhecia não estava mais ali, e não havia pôsteres de "Desaparecido" que o pudessem trazer de volta para casa.

— Você não estava lá — repito, e agora as lágrimas correm e sou incapaz de contê-las. — Você não estava lá quando eu precisei. Me deixou sozinha. Então não finja que se importa agora.

— Eu nunca deixei de me importar, eu só… — Ele pega um punhado de cabelo, e o vejo tentar juntar todos os seus pensamentos fragmentados. — Eu me importava demais. Esse era o problema. Eu me importava tanto que não conseguia respirar ou comer ou sair do lugar. Entende isso, Minnie? Sua mãe era a melhor parte de mim. A parte mais importante. Quando ela desapareceu, tudo terminou. Ela foi embora uma vez quando você era pequena, disse que essa vida era sufocante demais para ela. Aquilo acabou comigo, e quando ela se foi de novo? Achei que dessa vez ela tivesse ido embora para sempre. *E eu nunca mais…* — Ele engole o soluço, roçando os nós dos dedos nos dentes. — Não conseguia não ver a vida que construí com ela quando te olhava. Não conseguia não pensar que era eu que deveria ter desaparecido. O fato é que ela teria lidado com isso muito melhor do que eu. Lidado com você. Eu não me sentia bom o bastante.

— Minha mãe? A mulher que chorava no funeral de qualquer um? — pergunto, e, assim que as palavras me escapam, sei que ela teria lidado com isso de modo muito pior. Sempre soube disso, mas esta é a primeira vez que ouço a verdade em voz alta. A primeira vez que a admito para mim mesma. — Não, a mamãe era gentil demais para lidar com o luto. Teria sido destruída por ele.

Ele dá de ombros, tentando se controlar, mas, depois de desabar tantas vezes, essa é uma tarefa difícil.

Voltar ao "normal" é impossível. Ao menos não para o que éramos antes.

— Me destruiu também — ele sussurra, a voz tão suave que aperta algo dentro de mim.

Enterro a cabeça no peito dele. Quando eu era criança, ele era um gigante. Depois de tantos anos, porém, quem cresceu fui eu, e ele só continuou o mesmo.

Ele se assusta, e temo que volte a se fechar, mas sua mão cansada encontra meu cabelo. Não consigo vê-lo, mas sinto seu corpo estremecer enquanto verte lágrimas.

— Sinto muito — sussurra junto a meu couro cabeludo. — Você não precisa me perdoar. Não estou pedindo que me perdoe. Mas saiba, por favor, que sinto muito por ter te deixado sozinha por tanto tempo. Estava tão consumido por meu próprio luto que deixei o seu duas vezes pior. Eu sinto tanto, tanto, Minnie. Hum, desculpa. Sei que você prefere Wil agora.

Mordo a bochecha com força para lutar contra as lágrimas. Só hoje, chorei por uma vida inteira.

— Não — digo contra a camisa dele antes de me afastar. — Pode ser Minnie.

— Sua mãe estaria orgulhosa demais de você. — Ele cobre minhas mãos com as dele, se certificando de que vou prestar atenção ao que diz. — Mesmo.

Meus olhos se enchem de lágrimas, que correm bochecha abaixo.

— Ela estaria orgulhosa de você também, pai. — É tudo que consigo dizer. Qualquer outra coisa fará meu peito arder.

— O médico disse que vai levar uma semana até eu poder voltar para casa. Parece que vou comer um monte de comida de hospital. — Ele acena com a cabeça para os restos na bandeja. É exatamente igual aos pratos servidos na escola. — Quando eu sair daqui... eu... estive pensando em voltar a cozinhar.

— Mesmo? — sussurro, deitando a cabeça no peito dele mais uma vez, ouvindo os murmúrios suaves de seu coração.

— É, tá na hora, não acha? — O sorriso ergue um canto de sua boca.

— Panquecas com recheio de chocolate? — pergunto, esperançosa.

— Com uma porção extra de chantili — promete. Sorrir é difícil, mas eu me esforço.

# CAPÍTULO TRINTA E SEIS

## WIL

### CIDADEZINHA DOS HORRORES

Não tem nada mais estranho do que ver sua casa de infância na CNN. A repórter lê o destino de nossa cidade no teleprompter, o rosto treinado a permanecer impassível e solene, sem hesitar.

— No dia vinte e seis de dezembro, um terremoto de magnitude 8,1 atingiu a pequena cidade de Pine Point, no Michigan. A enorme devastação causou duas mortes já confirmadas. Um jovem continua desaparecido, e as autoridades acreditam que ele tenha morrido. — A foto de Elwood aparece na tela, uma imagem cortada dele no jardim, a pele parecendo suave à luz do sol. Fica um momento na tela antes de se dissolver e dar lugar a uma cena de crime. — Mas o que começou como um infortúnio causado por Deus logo se transformou em um pesadelo para a comunidade local. O terremoto revelou uma série de túneis subterrâneos com centenas de corpos: todos eles sob a igreja Jardim de Adão, agora destruída. O FBI chamou a seita de "extremamente perigosa".

Os destroços da igreja aparecem na televisão. Tábuas despedaçadas e retorcidas em ângulos bizarros, o campanário completamente desmoronado. Os destroços passam para o lado de fora de um tribunal, com a sra. Clearwater encarando as câmeras sem sair do lado de seu advogado. Outro flash e a cena a mostra com a mão erguida para fazer o juramento.

— Agora, cinco meses depois, começa a próxima rodada de julgamentos dos membros do Jardim de Adão. Esperamos nos aprofundar nas entranhas sinistras deste caso e desenterrar as raízes desta igreja. Mais informações com o nosso repórter Chett Adams, que agora entrevista Brian Schmidt, um rapaz que mora no local.

As câmeras cortam de um caminhão carregado de toras descendo a estrada para um jato de café enchendo uma xícara (surpreendentemente) limpa na lanchonete do Earl. Brian aparece na televisão, o cabelo saturado pelas luzes fluorescentes.

— Brian, como está lidando com as consequências de tudo isso? — Chett pergunta, e, por Deus, o sujeito parece muito deslocado com um urso empalhado logo atrás dele.

— Ah, é um desafio diário, Chett. Mal consigo dormir à noite. E pensar que eu estava tão perto *assim* do centro de tudo…

Desligo a televisão. A voz irritante de Brian se dissipa com o som da estática.

— Eles dão espaço pra qualquer um, não dão? — Cherry murmura da mesa da cozinha. As raízes de seu cabelo brilham como serpentinas caindo sobre sua cabeça. — Aquele garoto já apareceu várias vezes na TV. Jura de pés juntos que fazia parte do grupo de vocês e ajudou a solucionar tudo. O noticiário está adorando.

— Ele age como se não passasse o tempo inteiro pegando no meu pé e no do Elwood — resmunga Kevin. Do jeito que o aniversariante está se jogando para trás, ele tem sorte de estar com a única cadeira cujas quatro pernas estão em bom estado. Senão já teria caído para dentro do lixo. — Aquele cara puxou minha cueca até rasgar no sétimo ano, e agora somos grandes amigos?

— Sabe de uma coisa? Deixa ele fingir — Lucas diz, falando por cima do borbulhar de uma latinha recém-aberta. É difícil levá-lo a sério usando seu chapéu de festa do Homem-Mariposa, mas, como todos nós estamos vestindo *alguma* coisa relacionada a criaturas sobrenaturais, não posso falar nada. — Não aguento mais dar entrevistas. Não consigo pisar para fora de casa sem algum repórter enfiando uma câmera na minha cara. Se o Brian quiser ficar com todos eles, que bom pra ele.

— Ah, você acha que está ruim assim? — brinca Ronnie. O chapéu dela está torto. É o Monstro do Lago Ness desenhado de qualquer jeito com canetinha preta. Não há muitas lojas de artigos de festa que entreguem em nossa cidade, por isso tivemos que contar com chapéus lisos e usar a própria imaginação. — Tenta ser a filha da única pessoa do Jardim de Adão disposta a falar… Eu sei que deveria ficar feliz por ela enfim tentar consertar as coisas, mas não aguento mais. Só quero que me deixem em paz.

— Sinto muito, amor. — A expressão de Lucas se suaviza e ele faz círculos carinhosos na pele dela. Beija sua bochecha, ela se aproxima mais e…

— Lá se vai meu apetite — digo, porque sou alérgica a demonstrações de afeto alheio. Não é apenas constrangedor, mas, agora, vendo-os se comportarem de forma nojenta e apaixonada, só consigo pensar em Elwood.

— Você não tem direito de perder o apetite — meu pai se intromete. Com sua carinha de bebê sem a barba e a voz ofegante e aguda, daria para pensar que meu pai voltou a ser criança. Com certeza ele está tratando o forno como se fosse um de brinquedo. Precisou de sete tentativas para aprender a cozinhar de novo sem queimar tudo. — Eu me esforcei muito para fazer esse bolo, acho bom comerem tudo.

— Poderia ter sido um bolo de micro-ondas de boa — brinco. É estranho fazer piada com ele. As coisas ainda estão estranhas entre nós. Ele pode ter feito um gesto de boa vontade, mas tudo permanece frágil. Vai demorar bastante até voltarmos ao normal, se é que isso é possível. Mas é um começo.

— Bobagem — graceja ele, colocando a monstruosidade com *fondant* sobre a mesa. — Acha que um bolo comprado ficaria *assim*?

*Assim* deve ser interpretado como um treco cinza com luzes vermelhas de óvni e dois alienígenas feitos de pão de ló empoleirados no topo. Nele está escrito TENHA UM ANIVERSÁRIO DE OUTRO MUNDO, KEVIN.

— Não, acho que realmente não daria — digo rindo.

Não importa que eu não tenha ficado muito impressionada. Os olhos de Kevin brilham como o sistema solar. Ele sorri com todos os dentes.

— É perfeito, sr. G. Posso ficar com o pão de ló… hum, o alienígena… do topo? — Meu pai assente, e Kevin morde a cabeça do monstro verde. — Valeu, gente. Não sei o que dizer. Só estou feliz que todos estejam aqui.

Até agora, eu girava o garfo distraidamente na mão, mas então o agarro até os nós dos dedos ficarem brancos e o enfio na madeira.

— Quase todos — sussurro, detestando a dor em minha voz. *É o aniversário de Kevin. Não chora. Não chora, não chora, nem pensa em chorar.*

Mas é tarde demais. Uma lágrima escorre por minha bochecha. E, depois que uma cai, as outras a seguem. Ronnie demora só um instante para vir para o meu lado. Ela me aperta com força.

— Não chora, Wil — sussurra. — Você ainda pode ir lá para vê-lo hoje, depois de…

Essa é a pior parte. Por mais que eu possa ir visitá-lo… temo falar com ele sobre o futuro. Passei tanto tempo tentando encontrar o assassino de mamãe e manter Elwood a salvo que nunca parei para pensar no que quero fazer da vida. O mundo que me espera, quase ao alcance de minhas mãos. Como gostaria de poder mapear o universo como as estrelas grudadas no teto do meu quarto. Como gostaria de deixar Pine Point.

— Não sei como ele vai reagir à notícia. Não quero magoá-lo.

Quem me surpreende é Lucas. Ele se levanta em silêncio e corta o bolo de papai. É um pedaço mal cortado em um prato de papel, acompanhado do pão de ló restante.

— Pega — diz. — Algo doce para amenizar o golpe. Eu queria deixar um pedaço pra ele.

Um sorriso aparece em meu rosto. Seco as lágrimas e olho para a oferenda feita de creme, me sentindo mais forte do que me senti nos últimos meses.

— Obrigada, Lucas.

Ele abre o sorriso que é sua marca registrada e, pela primeira vez, não o odeio por completo.

— Amigos são para isso, não?

As árvores abrem caminho conforme atravesso Morguewood: galhos quebram, silveiras se afastam dos meus pés. O bosque é incrivelmente gentil comigo, dobrando todas as pontas selvagens e se transformando nitidamente no coração de Elwood. Não é mais denso, escuro e perigoso, mas um parque pontilhado de flores e cheio de vida.

O verão floresceu do gelo; pétalas rosa como algodão-doce, ervilhas-de-cheiro e asclepias, e tudo mais que o sol forte batendo no solo é capaz de criar. O silêncio é interrompido por uma orquestra de gafanhotos e cigarras. Borboletas passeiam por canteiros preguiçosamente.

Colho algumas flores perdidas enquanto percorro o caminho para chegar à árvore de Elwood. Ela paira sobre todas, direcionada ao céu, as pontas se retorcendo até as nuvens. Costumava ser ameaçadora, mas, à luz do sol, é diferente.

O bosque respira, produzindo sons ao meu redor. Pássaros cantam sozinhos, fazendo chamados em meio às árvores densas; esquilos fogem pelos galhos mais altos.

— Elwood? — Limpo a garganta e falo alto, gritando pelas copas. — Eu trouxe bolo.

— Estava te esperando — uma voz familiar vem de trás. Dou um pulo e me viro. Elwood anda até a clareira. Esta versão dele tem uma galhada que sobe até o céu, olhos grandes e pupilas que não se parecem tanto com pedras preciosas cavadas da terra. Ele se aproxima devagar, e me preparo para não pular nem estremecer diante de sua aparência. Precisei de tempo para me acostumar. Achei que ele houvesse se transformado por completo antigamente, mas estava errada. É assim que ele é, de verdade, por dentro. Suas asas brilham na tonalidade do verão.

A cada passo, ele se transforma, ficando mais e mais como o garoto que eu conhecia. As trepadeiras somem. A pele se gruda aos ossos. Os olhos ganham um verde magnífico e silvestre. É o mais próximo de um ser humano que ele consegue ficar. Ele me olha, e nele vejo o bosque inteiro.

Não me importa o que ele é — corro até ele, me jogando em seus braços e amassando o bolo sem querer no processo.

— Seu bobo — digo arfante, enfiando as unhas nas costas dele antes de notar o que acabo de fazer. — Ah, meu Deus, estraguei o seu bolo.

Ele limpa um pouco de cobertura da bochecha.

— É de creme?

— Receita do meu pai.

— Meus cumprimentos ao chef.

É tão inacreditavelmente *normal* que preciso rir. Passei todo o tempo nervosa, e aqui estamos nós, falando sobre algo tão insignificante quanto cobertura de bolo.

— Você não deveria estar na festa? — ele pergunta, um sorrisinho se espalhando pelo rosto. Parece mais um garoto que leva um buquê para seu par no baile de formatura do que um espírito da floresta. Não sei se é tolo ou adorável.

A felicidade some do meu rosto. A culpa toma o seu lugar.

— Eu saí mais cedo. Queria falar com você, na verdade.

Ele segura a minha mão, e o toque dele é tão cálido. Humano. A terra se alisa sob seus pés, um caminho sinuoso emergindo à nossa frente. Nós o tomamos, chegando a uma clareira isolada.

O ar fica mais quente a cada passo que damos, tanto que abro o zíper do casaco primaveril e o seguro embaixo do braço. Deitamos na grama, os olhos virados para o céu cor de pêssego. O sol morre no horizonte, perdendo o que sobrou de sua cor.

Eu deveria lhe contar sobre meus planos, mas guardo as palavras para mim um pouco mais.

— Como se sente nessa nova forma?

— Não consigo descrever — ele diz, virando para o lado e estendendo a mão para brincar com uma mecha do meu cabelo. — Tudo faz sentido. Nunca me senti completo. Se me perguntasse quem eu era antes, não saberia dizer. Mas agora... — O sorriso volta, maior do que antes. — Agora eu sei. Eu sou o bosque. Cada árvore, cada folha de grama. Tudo isso sou eu, sempre foi. Eu não sabia. Este é o meu lar. O bosque me aceitou porque fui o primeiro sacrifício a se oferecer por vontade própria.

Fico junto à terra, me aninhando no balanço suave da grama sob mim.

Quando a luz se esvai, aparecem os vaga-lumes, voando por todos os lados como fogos de artifício. São bonitos, e ficam ainda mais acesos na escuridão. Eles dançam acima de nós, e nenhum sai desta área invisível. O lugar onde o inverno termina e começa a primavera.

Quero retribuir o sorriso, mas continuo remoendo uma pergunta amarga.

— Você poderia sair deste bosque se quisesse?

Isso tira o sorriso de seu rosto. Ele abre a boca, mas depois engole de volta as palavras.

— É complicado, Wil. — Fecho a cara e ele tenta de novo. — Para começar, eu não tenho mais um invólucro humano e...

— Então está preso aqui?

Ele balança a cabeça.

— Não é isso. Como disse, não sei explicar direito. Eu não quero ir embora. Este é o meu lar. É mais do que isso.

Nós dois ficamos em silêncio. Ele me olha — me olha de verdade. Vejo a compreensão em seus olhos.

— Você quer ir embora. É isso que estava com medo de me contar?

— Sim. — Antes de tudo o que aconteceu, eu teria gritado isso a plenos pulmões. Sem hesitação. Sempre olhando para as estrelas do meu quarto e sonhando com o dia em que descobriria o que existe além desta cidade. Agora, só admitir a verdade já parece brutal. Meu estômago se revira de culpa. — Tem tanta coisa no mundo que eu não conheço. Sempre falei pra minha mãe que iria…

Ele traça um círculo reconfortante em minha bochecha com o polegar.

— Faz isso, Wil. Vá conhecer o mundo.

Sacudo a cabeça; ele pode achar que seus sentimentos são complicados, mas os meus também são.

— Eu não posso. Tem os negócios… você…

— Seu pai é mais forte do que você pensa. — O sorriso dele é genuíno. — E eu sempre vou esperar você.

— Mesmo? — Não reparo que estou chorando até ele secar uma das lágrimas.

— Mesmo — ele repete. — Vá conhecer o mundo e, quando voltar, me conte todas as aventuras. Me conte sobre todas as maravilhas do mundo. — A risada dele é suave, e ela me percorre como a brisa de verão. Ele pisca. — E, se trouxer lembrancinhas, melhor ainda.

Isso me faz rir.

— O que você faria com toda a tralha? Ímãs de geladeira, globos de neve e camisetas?

Elwood dá de ombros.

— Terei um jardim de lembrancinhas. Será lindo.

Não consigo controlar a afobação empolgada em meu peito. Meus dedos se contraem na grama, buscando se entrelaçarem aos dele.

— Eu te amo.

— Deixe-me ouvir isso mais uma vez. — Ele tem o perfume das árvores. Pinhas, húmus e troncos molhados pela chuva. Um cheiro terroso de especiarias que só se encontra em fragrâncias. Eu o acusei de se encharcar com colônia antes de ir para a aula, mas agora me pergunto se estava errada. Talvez o cheiro corra por suas veias. É por isso que os olhos dele são tão verdes... um bosque inteiro brotando na íris.

— Não força. — Mas nem eu sou imune à carinha de cachorro abandonado. — Eu te amo. Pronto. Feliz?

— O mais feliz de todos — sussurra. — Acho que nossa história só está começando, Wil.

Ficamos observando as estrelas aparecerem.

# AGRADECIMENTOS

Ter a chance de escrever a página de agradecimentos é *surreal*. Sinto que me chamaram para falar no palco, e aqui estou eu, tentando organizar os cartões de discurso. Preciso agradecer tanta gente que nem sei por onde começar.

Primeiramente, gostaria de agradecer ao programa Pitch Wars e às minhas duas mentoras incrivelmente talentosas, Allison Saft e Ava Reid (por favor, leiam os livros delas, se já não o tiverem feito), por verem potencial nesta historinha esquisita e me ajudarem a transformá-la. Sem elas, acho que esta história não existiria neste formato. Amo as duas!

À minha agente, Claire Friedman, que é uma estrela — você é *incrível* e me ajudou a transformar meu maior sonho em realidade. Obrigada a Maggie Rosenthal, a editora mágica que viu algo especial em *Juntos em ruína* e com quem troquei informações sobre insetos. E ao resto da equipe da Viking, que dedicou tanto tempo e cuidado em editar minha história! Devo tanto a vocês. Marinda Valenti, Abigal Powers e Nicole Wayland.

Agradeço ao meu marido, Derek, que lidou comigo saindo da cama às quatro da manhã todos os dias para escrever e tagarelando sem parar sobre meu livro de inseto. Eu te amo. Digo o mesmo para minha mãe e meu padrasto, meus avós e bisavós, e minha irmã mais nova, Celeste. Minha família torceu por mim desde que eu digitava histórias quando criança. Vocês estimularam meu amor pela escrita desde cedo.

Obrigada às minhas leitoras beta: Kalla Harris e Phoebe Rowan. Vocês leram cada versão desta história (e viram cada versão de Elwood), e sempre estiveram por perto para me manter com os pés no chão. Eu as aprecio mais do que sou capaz de dizer. Vocês significam tudo para mim.

Obrigada a Rachael Moore e Maria Pawlak! Trocamos histórias em 2019, e foi incrível ver como evoluíram desde então. Sem vocês, minha história não teria chegado até onde chegou, nem nosso grupo de escrita! Sinto um orgulho infinito de vocês e mal posso esperar para ver o que o futuro nos reserva. Amo vocês!

Obrigada a todos que participaram do Pitch Wars comigo! Juliet Hollihan, Courtney Kae, Olivia Liu, Kyla Zhao e o resto da turma do PW de 2020. Vocês são maravilhosos.

Obrigada ao Hex Quills. Para mim, vocês são mais que um grupo de escrita. São todos amigos próximos, e sou grata a todos, incluindo: Brittany Amalfi, Holly Blanchard, Alex Brown, Shay Chandler, Livy Hart, Helena Hoayun, Kara Kennedy, Shay Knell, Kat Korpi, Samantha LaVallie, Wajudah Maheeb, Marina Massino, Alex Meese, Darcy Pope, Mackenzie Reed, Lindsey Skipworth, Morgan Spraker e Abby Welch.

A todos meus amigos escritores do Time Claire (em especial a Courtney, que me deixou gritar antes do Chamado). A Jennifer Elrod (que me deixou gritar incontáveis vezes). E a Codie Crowley, por me animar!

Agradeço muito minha melhor amiga, Cassie Bridenhagen, por estar ao meu lado desde o ensino médio.

E, por último, quero agradecer a você, leitor, por pegar este livrinho estranho e chegar até o fim. Esta história agora é sua.